陇东学院学术著作基金资助出版

美润童心：多维视野下的中国当代儿童文学研究

王东凯　著

吉林人民出版社

图书在版编目(CIP)数据

美润童心：多维视野下的中国当代儿童文学研究 /
王东凯著 . -- 长春：吉林人民出版社 , 2024.4
ISBN 978-7-206-20818-8

Ⅰ . ①美… Ⅱ . ①王… Ⅲ . ①儿童文学 – 文学研究 –
中国 – 当代 Ⅳ . ① I207.8

中国国家版本馆 CIP 数据核字 (2024) 第 068877 号

美润童心：多维视野下的中国当代儿童文学研究

MEIRUN TONGXIN : DUOWEI SHIYEXIA DE ZHONGGUO DANGDAI ERTONG WENXUE YANJIU

著　　者：王东凯

责任编辑：田子佳　　　　　　　　封面设计：武思岐

吉林人民出版社出版 发行（长春市人民大街 7548 号）　邮政编码：130022

印　　刷：河北万卷印刷有限公司

开　　本：710mm × 1000mm　　　　1/16

印　　张：14.75　　　　　　　　字　　数：200 千字

标准书号：ISBN 978-7-206-20818-8

版　　次：2024 年 4 月第 1 版　　　印　　次：2024 年 4 月第 1 次印刷

定　　价：88.00 元

前　言

　　儿童文学既有一般文学的特征，又具有自身独特的性质。儿童文学要在遵循儿童语言、认知、思维特点的基础上进行艺术创作和加工，其创作者和接受者都具有特殊性。儿童文学具有独特而鲜明的审美特征，能够被读者把握，满足读者的精神需要，具有独特的审美价值。从读者层面来说，儿童文学作品满足了儿童对于游戏、审美情感和审美想象的需要。从作品的角度来说，儿童文学作品是一种审美体现，诗意、幽默和幻想色彩是构建儿童审美的重要内容。总体而言，儿童文学作品具有突出的趣味性特征，其幻想色彩对儿童而言有足够的吸引力，对儿童审美观念的形成有十分重要的影响。

　　本书通过儿童文学的创作、教育、阅读等多个维度对中国当代儿童文学进行了分析阐释。全书共分七章，第一章对儿童文学的理论知识进行了概述；第二章是关于当代儿童文学构建中的神话元素的解读；第三章"儿童本位"论视野下的当代儿童文学创作，首先阐释了儿童本位论的相关理论，其次论述了儿童本位论在中国的诞生和发展，最后分析了儿童文学创作中应该如何守持"儿童本位"的问题；第四章介绍了审美视野下的儿童文学教育，阐述了儿童文学审美价值的内涵及具体体现，进一步就儿童文学对儿童审美体系的形成及审美教育等方面的内容展开论述；第五章对接受理论视野下的当代儿童文学阅读进行了阐释分析；第六章主要分析了新媒介视野下当代儿童文学的创新发展；第七章论述了语文学科核心素养视野下的当代儿童文学教学的相关内容。全书集系统性、科学性、新颖性于一体，知识性趣味性强、语言描述准确、章节划分得体、结构体系完整，能够为中国当代儿童文学研究提供合理建议和科学指导。

　　本书在撰写过程中参考了一些专家、学者的研究成果和著作，在此表示衷心的感谢。由于时间仓促，水平有限，可能存在一些不足之处，恳切希望广大读者、专家批评指正。

目　录

第一章　儿童文学简述

第一节　儿童文学的概念界定

儿童文学的概念有广义的和狭义的两种。广义的儿童文学指的是适合于各年龄阶段儿童的心理特点、审美要求以及接受能力的，有助于他们健康成长的文学。其以专门为他们创作、编写的作品为主，也包括一部分不为儿童作家主观意识抒写却能为孩子们所理解、接受，并且有益于他们身心发展的文学作品。广义的儿童文学包括婴幼儿文学、儿童文学、少年文学。狭义的儿童文学则指的是其中的"儿童文学"。通常所说的儿童文学乃广义的儿童文学。

文学，作为一个总体概念，有多种分类。按照历史的顺序划分，可分为古代、近代和现代文学；按照国家、地域划分，可分为中国、外国文学，或东方、西方文学；按照读者对象划分，可分为成人文学和儿童文学。这说明，儿童文学和成人文学都是文学的有机组成部分，它们在本质、特征乃至基本原理等方面都是一致的。从本质上看，它们都是一种社会意识形态，和道德、法律、宗教等一样，都是经济基础、社会生活的反映；从运用材料上看，成人文学、儿童文学又与其他艺术不同：它们是语言艺术，通过语言文字的描述刻画人物、表达主题，表达作家对生活的理解，有别于音乐的借助旋律、节奏，绘画的借助线条、色彩等。概括地说，儿童文学和成人文学都属于以语言为材料，从整体上反映社会生活的意识形态的文学。

作家在阶级社会中，必然从属于一定的阶级。因此，在创作中会自觉或不自觉地从本阶级的立场出发来选取题材、塑造人物。文学作品无论是从文学自身的本质、特征，还是从所反映的客观现实和所寄予的作家的思想感情来说，都不仅仅具有形象性、典型性，还具有思想倾向性以及民族性和时代性。这一切，正是儿童文学与成人文学的共性。这些共性，以及作家深厚的艺术修养，决定了优秀的儿童文学作品不仅使小读者喜闻乐见，而且使成人读者也乐于阅读，只是他们欣赏的角度和理解的深浅有所不同。当然，儿童文学对成年人的吸引力、启发和教育不会像对儿童那样强烈、明显，因为它是为孩子们创作、编写的，适合于儿童的，直接为儿童服务的。所以，儿童文学既有与一般文学相一致的共性，又有与之相区别的独特的"个性"，即特殊性。

弄清了儿童文学的概念，是否就知道了儿童文学的范围呢？那还不一定。比如《西游记》《伊索寓言》《格列佛游记》《鲁滨孙漂流记》等作品，最初都不是"专门"为儿童创作的，看起来好像都不属于儿童文学作品，但是人们在阅读儿童文学论著，特别是阅读儿童文学巨著时，经常将上述作品作为论述对象，这是为什么呢？

事实上，存在着两种意义上的儿童文学。一种是古典意义上的儿童文学，另一种是现代意义上的儿童文学。它们有着许多不同的地方。比如，古代儿童文学不是专为儿童创作的，它们来自民间、成人文学领域，常常直接是儿童教育的工具；现代儿童文学却是专门为儿童创作的，它适应儿童的文学欣赏特点，满足儿童的审美情感需要等。因此，古典意义上的儿童文学的范围与现代意义上的儿童文学的范围是不一样的。中国古代儿童文学作品主要有四种类型：一是民间口头文学。像《牛郎织女》《田螺姑娘》《老虎外婆》等民间文学都曾经在口耳相传的过程中为历代儿童所接受和喜爱。二是注重故事性，具有一定的文学色彩的作品。

像宋代朱熹《小学》中的外篇、明代萧良有（号汉冲）的《龙文鞭影》、清代程允升的《幼学琼林》等，多取材于历史，主要是围绕道德伦理，作为事例讲给儿童听的。三是专门编写的所谓"陶冶性情"的成人文学作品，主要是诗歌。如《千家诗》《神童诗》等，其中不乏有些语言浅显、音调优美、内容上比较适合儿童阅读的作品。四是古典文学中常常为儿童读者所选择和接受的作品。如《西游记》中的三打白骨精，《水浒传》中的武松打虎，《封神演义》中的哪吒闹海，还有《聊斋志异》中的一些富于童趣和幻想色彩的故事等。

　　从上述四类中国古典意义上的儿童文学作品来看，它们基本上不是专门为儿童创作的自觉的儿童文学作品，它们不符合现代意义上的儿童文学的含义和要求，但是古代意义上的儿童文学作品在人们的生活中影响却不小，因此将它们称为儿童读物。儿童读物和儿童文学在"适合于儿童"的特点上是一致的。在内容上，儿童文学作品中常常包含着一定的知识信息。但是，儿童文学并不以系统地介绍和说明知识为目的，它只是将有关的知识内容有机地融入作品整体的审美世界之中，诉诸儿童读者的审美心理世界。因此，儿童文学的文学性是一种有机的、整体性的审美构成，而不是传达知识内容的形象化手段。儿童读物并非都有文学属性，虽然它也可以吸收、采用一些文学手法，但并不具备独立的、完整的艺术品格和审美价值，它实际是儿童课外阅读的各种书籍的总称，其含义比儿童文学宽泛得多。因此，儿童文学和儿童读物是两个内涵和外延都不同的概念。

　　了解了儿童文学与儿童读物之间的关系，还要知道儿童读物的分类方法与角度多种多样：按读者对象划分，有婴幼儿读物、儿童读物和少年读物；按产生的时间划分，有古代、近代、当代的启蒙读物等；按内容划分，有科学、思想品德等知识读物；按表现形式划分，主要有文艺性和非文艺性两种。儿童文艺读物因其固有的形象性、艺术性受到儿童的欢迎，儿童文艺读物包括儿童文学以及受儿童喜爱又易于被儿童接受的部分成人文学作品，如《西游记》《堂吉诃德》《汤姆叔叔的小屋》等作品，它们虽并非专门为儿童创作，但因某些方面适应儿童的心理特点和审美兴趣而稳定地进入了他们的阅读范围，备受他们的欢迎，对他们也更有教育意义，并且在儿童全部课外读物中占有较大的比重。

第二节　儿童文学的主要特征

一、独特的审美特征

（一）稚拙之美

植根于儿童生活之中的儿童文学，它的艺术魅力主要来自它的稚拙美。儿童文学作品所表现出的稚拙并不是愚昧或傻里傻气，而是一种超越原初意义的高级的质朴。未经历过世事的儿童往往在其日常生活的言谈举止中表现出内心的稚嫩、纯朴、清新和自然，这些特质经过儿童文学作家表现在其作品中，就演绎和升华成了审美意义上的稚拙之美。这种稚拙之美折射出了儿童内心真实的思想和情感。比如，冰波的《阿笨猫全传：捣蛋发明家》中的主人公阿笨猫，是个有点"缺心眼"但又憨厚、可爱的小家伙。有一次，阿笨猫发现自己家中的水费大增，为了省钱，就弄来了一台电动造水机，结果水费降下来了，电费却猛增。阿笨猫气得要命！又有一次，阿笨猫因错吃了一种迷药，爱上了拳击手大狗熊，结果被大狗熊揍得鼻青脸肿，让人哭笑不得。

（二）幻想原则

幻想对于儿童文学来说，犹如水之于鱼。当提到儿童文学这四个字时，人们仿佛在冥冥之中就会进入一种特殊的语境，产生一种特殊的，交织着浪漫与想象、梦幻与诗意、神秘与瑰丽的意境。没有幻想，就没有儿童文学。因而儿童文学的审美创造无论在什么时候，总是与幻想世界紧密地联系在一起。幻想打开了通向另一种生活的窗子，那里，有一种自由的、无畏的力量存在着和行动着，幻想着更美好的生活。最初的童话幻想缘于原始人对科学知识的贫乏而感到周围事物神秘莫测。在他们看来，自然界的许多东西都是有灵性的，具有超自然的力量。在远古时代，人类有一个普遍的倾向，就是认为所有的生物都和他们一样，并把他们所熟知的性质推想到它们身上。这种思维方式的结果是给无生命的东西以生命，给无人格的东西以人格，从而构成儿童文学幻想的主要表现形式——拟人化。幻想是人类的天性，幻想是丰富天性的必要因素之一，幸福对于这类天性来说仅仅寓于人的心灵生活之中，因而培养这类天性对于儿童的心灵来说是必不可少的。

儿童的理性思维偏弱，现实感不强，往往分不清现实与想象、自我与他人，也不懂得事物的内在联系，常常将不同类别的事物联系在一起，因此儿童文学具有与众不同的奇幻色彩。奇幻色彩的主要表现就是儿童文学主张要张扬幻想。优秀的儿童文学作品就应以与儿童相近的心灵去感知世界，在作品中展现充满奇异色彩的幻想世界，为儿童打开一扇通向幻想王国的大门。

（三）寓言框架

所谓寓言框架，即以一个虚构的故事作为外在的形式框架，这个外在的形式框架是由作品中的人物（无论是拟人化的动植物还是常人或其他生物）关系、情节细节因素构成，而其外在形式框架之中的内在结构则可以看作对人类生活之某种形态的描述或解释。比如古希腊伊索寓言中的《龟兔赛跑》，其外在的形式是坚持不懈的乌龟在一场长距离的赛跑中战胜了骄傲自满、小觑对手的兔子；其内在结构却意在显示批判人们那种自以为是、故步自封的错误心态。

寓言形态作为一种文学形态，为儿童文学所适宜，并与儿童文学的作者和读者、创作和欣赏之间的特殊关系同构对应。儿童文学在童年情态审美意象系统所组成的单纯简约的外层结构中，浓缩着来自创作主体的复杂深厚的社会文化积淀。由于儿童文学与寓言形态的外在形式同构，因此其作为一种具有单纯、形象、线形形态的审美符号体系很容易为儿童理解接受，并引起共鸣。而蕴含其中的有关社会、人生、自然的种种复杂丰富的哲理性深层内涵，使这种审美符号体系如同一颗颗根植于儿童意识深处的富于美学生命力的种子，在儿童精神成长过程中潜移默化地释放能量。另外，寓言形态也使不同年龄的读者能够从中感受到不同层次的美学魅力。

二、独特的语言特征

（一）浅显的语言

儿童文学永远存在着一个读者接受问题，儿童文学的语言首先应该为少年儿童读者所理解和接受。儿童年龄小，生活经验少，思维能力薄弱，所掌握的词汇量有限，这不仅需要作品语言做到浅显、简洁、准确、流畅，而且要求其比一般文学语言更具体、更形象、更生动、更风趣。儿童文学作品的语言应以规范化的儿童口语为主，努力做到浅显明晰。儿童口语以实词为主，实词中又以名词和动词为多，其次是那些比较形象的形容词，虚词则用得较少。比如，儿童习惯说"我累了"，而不是"我感到疲倦"。

儿童文学作品的句子往往比较简短，单句多，复句少。有的句子必须较长才能把意思表达完整，也往往断成几段来念。儿童年龄小，掌握的词汇不多，理解复杂语句的能力比较差，那些含义隐晦的语言，他们是不能接受的。因此儿童文学的语言要力求明快、准确、生动、形象，不仅一看就懂，而且读起来要朗朗上口。

然而，即便是口语，优秀的儿童文学作品使用的也是优美、规范的文学语言。为了使儿童文学作品能够帮助儿童发展语言、发展思维能力，培养他们正确地说话、正确地思维、正确地接受知识，语言的准确性是十分必要的。优秀的儿童文学作品是儿童学习语言的极好教材。儿童可以从中学到大量的词汇、规范化的句子和语法规则，从而提高语言能力。如郑春华的《浮萍》：

> 漂在水面上，
>
> 一颗，一颗，亮晶晶。
>
> 是谁撒下了，
>
> 这绿色的小星星？
>
> 鱼娃娃抬起头来数星星，
>
> 数啊，数啊，数不清。

这篇儿童文学作品语言优美、生动、简洁，有色彩，有韵律，能给儿童很好的语言熏陶。

（二）语言具象化

所谓具象化，指的是儿童文学作品的叙述语言必须具有一定的具象性，儿童文学的每句话、每个词都尽可能运用形象化手法，把人物和事物的声音、色彩、形状、神态、心理等鲜明地、具体地、直接地凸显出来。儿童以具体形象思维为主的思维特点决定他们只能看到事物的表面现象，不能透过现象了解本质，所以儿童文学作品的语言应该是形象的、生动的、具体的、动态的，而不是抽象的、刻板的、含蓄的、静态的。这样，儿童通过听觉感受，就会如闻其声，如见其人，如入其境。值得注意的是，儿童文学的语言形象应该和儿童脑子里的形象（表象）相呼应，所以必须是儿童常见的、熟悉的、简单的具体形象。比如"陷阱"这个词的形象对儿童来说比较抽象，改成"坑"或"洞"，虽然不能把"陷阱"的意义表达完全，但形象已简化，而且抓住了"陷阱"的主要特点。为了达到语言形象性的目的，儿童文学往往采用摹状、比喻、比拟、夸张等修辞手段。如鲁兵的儿歌《小刺猬理发》：

> 小刺猬，去理发。
>
> 嚓嚓嚓，嚓嚓嚓，
>
> 理完头发瞧瞧他，
>
> 不是小刺猬，
>
> 是个小娃娃。

这首儿歌一开头便给人一个错觉，以为去理发的真是小刺猬。其实，这"小刺猬"只是一个比喻，而且这比喻也够夸张的。只因为比喻贴切、夸张强烈，才把久未理发的小娃娃的特征给强调了出来，给人留下鲜明的印象。而那摹状剪发的"嚓嚓嚓"的声响，更强化了小刺猬般的头发的形象感。此外，儿童文学的形象性语言往往有较多的动态，显得生动活泼。如金近的童话《小猫钓鱼》中有这样的句子："猫妈妈打开窗子，太阳光就笑着跑进来，把屋子里照得金光透亮。"天亮了，这是平平常常的自然现象，而作家把太阳拟人化了，说其"笑着跑进来"，使静态变成了动态，形象且鲜明，而且富有生动的美感。

（三）语言幽默感

幽默，是审美趣味的重要因素。幼儿文学的幽默来自幼儿的心理行为，尤其与他们的游戏关系密切。这在幼儿看来是十分亲切有趣的，很能激发他们快乐的情绪。

形成幼儿幽默趣味的是错位和夸张。所谓错位，是指生活现象和它本质之间的矛盾。错位现象在幼儿的心理行为中十分常见。其实，不仅在幼儿身上，在他们的生活周围也常常发生着异于常情、常理、常态的事情。由错位引起的不协调，只要被幼儿所意识，他们便会产生惊喜感和胜利感。然而，幼儿还不能体验复杂微妙的情感，也不能区分事物之间细微的差别，只有抓住事物明显的特征把它强调出来，才能让幼儿感受到、意识到。所以，夸张是十分重要的，它是幼儿表达感情、认识事物的重要特征。错位和夸张一旦结合，幽默感便变得更加鲜明浓烈。比如，罗大里的幼儿童话《电话里的童话》中的一则小童话《冰激凌宫》，说的是从前在波伦亚有一座冰激凌宫，除了"宫顶是奶皮贴成的，烟囱是果脯做成的，烟囱里冒出来的烟是棉花糖"，剩下的门、墙、家具全是冰激凌做的。这一建筑材料错位的童话环境，很能反映幼儿的幼稚而新奇的愿望。孩子们最爱吃冰激凌，常想能够美美饱餐而不受限制。冰激凌宫这个幻想物，把孩子们爱吃冰激凌的愿望大大地夸张了。你看，"一个顶小的孩子走到一张小桌子跟前，一口一口地舔桌腿，结果连桌子带上面的盘子全倒下来，扣到他身上"，可是，一点也没有伤着他，因为"那些盘子都是巧克力冰激凌做的，最好吃了"。幼儿听到这里，一定会为这夸张的有趣的幻想世界发出愉快的笑声。当然，这种被强调出来的幽默感，并不只是为了逗人发笑，更主要的还是让幼儿自然而然地意识到不能像波伦亚的孩子们那样吃冰激凌，不然要"闹肚子"的。

这种夸张和幽默在儿童文学中是十分重要的。有经验的儿童文学作者都把"引起兴趣和使人发笑"当作写作的一个最重要的法则。这两者在作品中常常是相互结合的，它们的出现是作者善于捕捉儿童生活中最有趣的材料，并加以巧妙构思和想象的结果。

三、童性的特征

儿童文学的接受主体大部分是儿童，儿童文学作品描绘的基本是儿童的生活和世界。儿童的生理及心理特征决定了儿童文学的特殊性，其主要表现在以下两个方面。

（一）趣味性

儿童对外界事物的注意在很大程度上取决于事物本身的趣味性。儿童喜欢听有趣的故事，做有趣的游戏，对乏味的事物反应淡漠甚至先天厌恶。如果说成人文学的趣味性对于某些层次的读者必不可少，那么儿童文学的趣味性对于所有的小读者都是不能缺少的。趣味性强的儿童文学作品，即使成年人读了也会受感染、陶醉甚至忘情大笑。刘心武写过一个调皮的小学生，班主任老师找他谈话时，这小家伙表面上洗耳恭听，思想却在走神，总在琢磨"墙纸上那块水渍，究竟像只鸭子，还是像个茶壶？"。一个小小的心理细节描写，童趣十足，令人发噱。

当然，儿童文学的趣味性绝不只是指叙述上的"惹人发笑"，或者是结构上悬念的设置，情节上的曲折离奇。趣味性是少年儿童的想象、思想、情感等心理状态及与之相应的行为、语言在文学作品中的艺术反映。儿童文学创作要做到这一点，并非易事。

（二）游戏精神

中国儿童文学对"游戏精神"一词的最早使用，可以追溯到五四时期。那时的文献中已经存在"游戏精神""游戏性""游戏"这样的词汇。中国的儿童文学最早提出"游戏精神"是在五四时期《童话小说在儿童用书中之位置》一文中。但这一词汇在当时的使用是比较随意的，使用者并没有为它特别设定内涵，在20世纪80年代再次提起"游戏精神"时，也存在这个问题。"游戏精神"似乎是一个信手拈来的词汇，然而却有着强大的包容性，它能一下子表达出一种与小孩子的天性相适应的、与文学的自由精神相符合的美学意味，使人们能立刻体会到其与传统文学迥然相反的精神。

游戏精神是形成人类审美态度的一个重要来源，每个人最先获得的正是这一心理快乐。儿童文学作家是一些仍能获得、品尝这种心理快乐的成人。游戏精神是可以得到发展的——巫术思想和魔术思想都同它关系密切，这两种潜藏在无意识之中的心理，常可在成人的迷幻思维形态和非理性审美情绪中散发出来。这正是一种彼得·潘式的儿童性格，它常以玩耍和胡闹的形式，明显地区别于那种道学气息；它仍感兴趣于超现实、神秘主义和自我幻觉，对理性世界颇感乏味；它始终对宇宙万物及其关系抱有神奇的观点，并极愿对生命、物质、时间、空间、心理现象和物理现象等"存在"的材料，去沉浸于一种摆弄和操作的动作思维的乐趣之中。

儿童文学是快乐的文学。娱乐和求知既然是幼儿重要的心理原则，做游戏便成了幼儿的天职，成了他们生活中的主导活动。他们在包括玩玩具在内的游戏中，满怀兴趣地模仿着周围生活以至成人世界的一切。他们和自然的、社会的、有生命的、无生命的一切事物进行对话。他们靠自己独特的想象方式，创造出一个天真烂漫的、奇妙无穷的、充满童话色彩的世界。这是一种象征性游戏，主要特点是扮演、模仿和演绎。他们自己组织游戏，规定主题并扮演角色，一方面由于他们想象的再现性，在游戏中重现自己的生活经验；另一方面又由于他们想象的无意性，在游戏中往往不顾生活的真实逻辑，进行想当然的变形、移位、添加和任意组合。值得注意的是，幼儿游戏在"玩"的表面形态之中又融入了幼儿天然的纯真情感。他们的求知愿望、情感态度和他们的游戏形式交融同构，透露出独特的美学意味。

这种游戏精神成了成人作家创作儿童文学最基本的审美原则。所以，在优秀的儿童文学作品中，人们总是可以感受到富于美学意味的游戏精神的存在。它会让人联想起母鸡身旁蹒跚学步的叽叽欢叫的鸡雏，清水池塘不停游动的蝌蚪，沐浴在朝霞和晨露中的花苞，碧蓝夜空中闪烁不定的星星……它是那样的稚嫩、纯净、欢乐和奇妙！

四、教育性的特征

文学作品的教育性问题，在我国历来是比较强调的。不但成人文学如此，儿童文学更加如此。儿童文学作为审美对象，以其丰富、乐观向上的内容及繁复多样的样式带给儿童美的享受。儿童在阅读儿童文学作品时，始终处于一种感官愉快、精神愉悦的状态。他们被作品的内容深深打动，被作品的形式（语言的音响、色彩、韵律等）深深吸引，在享受审美愉悦的同时受到了深刻的教化。但在"教育性"这一问题上，儿童文学与成人文学还有明显的差异。

从知识的层面而言，儿童文学作品是将儿童引出蒙昧状态的指路明灯。通过深入浅出、趣味横生的文学作品，儿童可以开阔眼界、丰富知识、培养想象力、激发创造精神。少年儿童正处于长知识时期，在这个阶段应该打下良好的知识基础，以各种必要的科学文化知识武装青年一代，并让他们在掌握知识的过程中为逐步形成辩证唯物主义的世界观奠定基础，这正是儿童文学的特殊任务之一。少年儿童有着强烈的求知欲，对各种新鲜的事物都有浓厚的兴趣，但他们又缺乏足够的抽象思维能力和理解能力。这样生动有趣、引人入胜的文学作品，尤其是科学文艺作品，可以吸引他们用好奇的心理去打开科学文化的大门，让他们接触各种各样的知识。儿童文学就成了形象地普及各种生活知识的有力工具。它使孩子们看到了许多有趣的新天地。为此，相关人员要为少年儿童提供更多更好的文学作品，打开孩子们的眼界，开阔他们的视野，激发他们学好科学文化知识的兴趣和信心。这是儿童文学的任务，也是当前的重要课题之一。儿童文学各种体裁的作品往往都有丰富的知识内容，包括自然的、社会的，以至日常生活的。这些知识熔铸在艺术形象之中，形成色彩绚丽、奇妙无穷的画面，对儿童具有强烈的诱惑力，能够开阔他们的视野，引导他们观察和思考世界，激发他们对科学的热情和志趣。比如，被誉为儿童生活知识"百科全书"的瑞特柯夫的《我看见了什么》，便写了小主人公阿辽沙跟随妈妈到莫斯科、基辅等地旅行的故事，通过妈妈对阿辽沙所提的问题的解答以及母子途中的见闻，巧妙地为三岁到六岁的幼儿说出很多问题的答案。其中包括动物、植物、铁路交通、轮船、飞机等许多知识。诸如此类的儿童文学作品都承担着开阔幼儿的眼界，丰富他们的知识，回答"十万个为什么"的任务。

从审美的角度而言，美感是人对事物的审美体验，它是根据一定的美的评价标准而产生的高级情感。审美能力是一个人接触到艺术和日常生活中真正的美时，能感到满意，觉得精神愉快，并由此去鉴别美好与丑恶、纯真与虚假、文明与粗野、崇高与卑下等的能力。

儿童文学是最美的文学，它清新明媚，旖旎迷人，既有幽默和智慧，又有勇敢的精神、纯真的情感。因此，儿童文学能给儿童以美的享受、美的渲染、美的陶冶，同时"锻炼美的感觉"。儿童文学的教育作用、认识作用都是通过美感作用来实现的。

优秀的儿童文学作品，往往使小读者如痴如醉，如临其境，如见其人，如闻其声，给孩子们带来无穷的愉快和享受。它在发展孩子们的美感、提高审美能力的同时，为幼儿欣赏文学和将来创造更加美好的生活奠定了基础。

从思想的纬度而言，儿童文学作品能以一种轻松愉悦的方式，帮助儿童在其幼小朦胧的非成人意识中，培养起较为正确合理的世界观、人生观和价值观。儿童文学作品通过或生动有趣或婉转优美的表述方式，在儿童内心培养自尊自信、爱国爱家、爱人类、爱劳动的正确人生取向，教导他们应当尊老爱幼、锄强扶弱。

第三节　儿童文学的主要功能

文学具有多种功能，儿童文学亦如此。儿童文学因儿童教育的需要而独立于文学之外，儿童文学的功能有审美功能、娱乐功能、认知功能、教育功能。

一、审美功能

（一）情趣是儿童文学审美功能的核心

儿童带着新奇来到这个世界，认识社会是儿童极为重要的精神追求内容，儿童文学为满足这一追求而具有的启蒙性是显而易见的。由于儿童心理不成熟，"万物皆有灵"的泛灵观念在其心中表现明显，诸如鸟能语、兽能言、石头能说话，孩子往往把外界事物的审美特征融合到自己的心灵中，其思维经常处于幻想状态，他们可以按主观愿望把互不相干的事物结合在一起，以"想当然"的前因后果观念，用自己有限的感知对各种事物作出解释，从而产生谐趣横生、异想天开的意境。这样的情景往往把人带入生命归真的境界。正是这种带有自我幻化与精神扮演的童真童趣，展现了一种原始的、质朴的、悖于常情常理而又令人惊奇、赞叹的荒诞美，它美得异常明净、异常透彻。把握了这种美，有利于培养儿童自由的天性，以及奇特而丰富的形象思维能力。儿童文学这种荒诞美、纯真美、稚拙美给人优美、明朗的体验，让孩子在轻松愉悦中享受快乐，形成活泼开朗的性格。同时，儿童只有从小感受美、欣赏美、萌生对美的热爱，才会为日后去追求美、创造美积贮起足够的心理动力。

（二）培养丰富的情感

任何高尚的行为总是有高尚的情感作为支点，而高尚情感，往往是通过美感体验的积累而获得的。

儿童文学的语言浅显、优美而规范，是学习语言的极好范例。借助语言，儿童又能从作品中体会到各种情感，儿童文学情感主题的多元性为儿童提供了多样的情感体验。除了挚爱、敬慕、同情、怜悯、友谊、团结、诚实、善良、勇敢、礼貌、信念、关心等人类美好情感，也可以让儿童体验一些悲剧情感，"悲剧是把人生有价值的东西毁灭给人看"[①]。带有悲剧色彩的童话能引起儿童心灵的震撼。现实不可能都是美好的，悲剧情感对提升儿童的社会情感非常重要。因为儿童天然亲和的安详宁静迟早会被纷繁的现实干扰，不可能永远保持，所以在陶冶情感、净化心灵的过程中，逐渐提高儿童的心理承受能力，就成为情感主题的应有之意。生活并非始终甜蜜的，让儿童在审美中适度地感受一些生命的苦涩是必要而有益的，但不能毫无节制，不能损害儿童文学欢快明朗的整体色调。

---

① 曹鹏志，张胜冰.实用美学 [M].昆明：云南大学出版社，1993：16.

二、娱乐功能

如果儿童文学只存在一种审美功能，那么这样的文学园地不仅将是单调的，而且，它的单向的发展，终将使自己走向荒芜。这不是危言耸听。成人的眼光虽然充满着爱，但毕竟有它的局限性，它未必总能促成儿童自身的全面发展，尤其是到了那种"有创造力和能推动未来社会前进的个人"①纷纷蓬勃欲出的时代，这种单一的功能就不能适应儿童的全新的需求了。

事实上，从"儿童自己的眼光"出发的带有娱乐功能的作品一直都是存在着的。它在一个很长时期里不是儿童文学的主流，它不受家长、教师的重视或赏识，甚至屡遭教育主义者的摒弃与排斥；然而它们依然蓬蓬勃勃地存在着，因为儿童读者永远是那样由衷地喜爱着它们。早期的带有娱乐功能的作品包括德国拉斯伯的《敏豪生奇游记》，西班牙的《小癫子》，英国卡罗尔的《爱丽丝漫游奇境记》以及中国吴承恩的《西游记》中的部分章节。具有娱乐功能的儿童文学作品使儿童不仅在审美中获得爱抚和导引，也能保持甚至激活儿童内在的热爱自由的天性。儿童的自然的选择，总是有其合理性，它们总是迎向未来的。儿童喜欢机智不喜欢愚笨浅陋，喜欢成功不喜欢上当受骗，正是面对未来复杂的现实人生的一种最初的心灵准备，它是对教育主义者的"正面教育"的一种十分必要的补充。

儿童文学是快乐的文学，它有明显的游戏性质，往往可以作幼儿游戏娱乐的材料。儿歌、幼儿戏剧自不必说，就是生活故事、童话故事，也可以边讲述边表演。同时，新奇有趣的情节、绚丽多彩的图画、活泼悦耳的音韵、机智幽默的情趣，会使幼儿神采飞扬、心情愉悦。比如在林格伦的作品中，在那些无拘无束的、生气蓬勃的让人不得不拍手叫绝的孩子们身上，难道真能学到什么优秀品质，或引出什么道德教训

---

① 胡明鑫.皮亚杰谈创造力[J].昆明师专学报，1988（4）：78–82.

来吗？她以一种前所未有的态度津津有味地欣赏着孩子们的天真与调皮！——这样的作品，对小读者有什么积极的作用呢？小飞人卡尔松就算是个自私、任性、贪玩、馋嘴、好吹牛、爱闯大祸又不知害羞的坏孩子，人们还是忍不住一遍又一遍地看他搞恶作剧的那些细节，人们抛弃一切道德律令为他的行为哈哈大笑，人们感到自己笑得无拘无束，异常轻松和快活。正是被成年人看不起的、被认为缺乏深度的儿童文学，以它的具有娱乐功能的作品曲折地表达了这一关于人类发展的最深沉也最深刻的呼唤！这就使儿童文学具备了许多成人文学杰作所无法企及的深度，也就使儿童文学具备了对于人类发展来说不可或缺的价值。

当孙悟空在天宫中不顾后果大啃大嚼王母娘娘的蟠桃，随后又跷起双脚呼呼大睡的时候；当爱丽丝跟着那只身穿背心、背心口袋里还藏着一只怀表的野兔，毅然决然跳进那个怎么也掉不到头的神秘深洞的时候；当彼得·潘偷偷跑进达林夫人的家里，把文蒂、迈克尔和约翰这三个孩子带离家庭，飞往遥远的"永无岛"的时候……有哪个小读者心中不会滋生起一种蠢蠢欲动的感觉？

这种意外获得的美感，就其特性来说，趋向于"外放"而非趋于"内敛"。这是儿童本身具备的狂野的天性的体现，而在这天性背后所隐藏的则是整个人类追求未来的全面发展的自由的愿望。在这痛快淋漓的宣泄中，在这种心灵波动的高潮的冲击下，审美主体自身的思路、情感和情绪大为开放，儿童的想象天性也被迅速地激发和释放了出来。

三、认知功能

儿童文学是社会现实生活的反映，儿童通过阅读文学作品可以了解社会、认识生活、开阔视野、增长知识。这里，可以分两种情况加以说明。首先是那些百科全书式的知识性的儿童文学作品的认识功能。这是很明显的，也是容易为人们所承认的。儿童文学可以用知识丰富儿童的头脑，开阔他们观察生活的眼界，使他们去认识那美妙的大千世界的无穷无尽、千姿百态的现象。著名童话《尼尔斯骑鹅旅行记》就是这样的一个典范。童话主人公尼尔斯骑上白鹅周游瑞典，瑞典的自然风光、风土人情、民间传说等组成的一幅幅生动的画面随之展现在少儿读者面前，从而使他们在尼尔斯的愉快的旅行中获得了许多有关地理、社会、文化等知识。其次是非知识性的儿童文学的认识功能，这常为人们所忽视乃至否定。人们往往只强调少年儿童的认识理解能力的局限性，强调少年儿童辨别是非、善恶、美丑、真假能力的局限性，并以保卫儿童身心健康为由，给创作设下许多禁区，这实际上限制了儿童社会生活中的诸多可能性，否定了儿童文学的认识功能。相关儿童心理研究证明：儿童不仅有强烈的认识社会、参与生活的欲望，而且有着一定的认识社会、参与生活的能力；随着儿童的成长发育，这种能力将不断得到提高。因此，儿童完全可以通过文学作品去认识社会人生。当然，儿童认识社会是用一种不同于成人的方式进行的，幼儿常常通过游戏来表达他们对社会的认识，少年儿童在认识社会时常有着浓重的理想主义色彩。儿童文学在反映社会生活时应该充分注意儿童的这些特点，不但要注意反映的方式是否容易为儿童所接受，而且要注意反映的内容是否会给儿童留下消极的乃至坏的影响。勇敢地正视现实，正确地加以引导，努力在儿童认识社会人生的同时帮助他们形成正确的人生态度，这才是儿童文学创作者在进行创作时应有的态度。设置禁区的消极回避式写作只能使儿童文学走向粉饰生活、脱离现实的泥潭，最后落下一个"哄孩子"的恶名声而被人抛弃。

儿童文学有利于儿童认识万事万物。从大自然到各地的风土人情都可以成为儿童文学创作的题材。在表现形式上，一些低幼的识图卡片和读物中还有专门向幼儿介绍动物、植物的"动物儿歌""植物儿歌"，童话中也有"知识童话"的类型，幼儿科学文艺在引导幼儿学习初步的科学知识上更是功不可没。还有一些作品能够帮助儿童理解一些日常生活的内容，如吃饭、穿衣、大小便、洗脸。这些基本能力的获得是幼儿日常学习的主要内容。儿童文学能以含蓄的方式，让孩子们在吟唱儿歌或聆听故事时了解这些内容，同时对儿童心理成长有着启蒙作用。

四、教育功能

"教育"不可能成为某一种文学的本质特征。儿童文学也是文学，它在本质上也是具有审美的。审美是一种情感的活动，爱也是一种情感，它可以转化为审美。教育从整体上看却不是一种情感。一部儿童文学作品可以有比较明显的教育价值，但只有当这种教育价值被爱的情感所笼罩，并且整个地融入爱的情感中去的时候，它才可能成为优秀的作品。不然，这种教育就可能成为游离于文学的审美整体之外的赘物，也许还会破坏作品的完整性。只有教育而没有爱的作品，绝不是儿童文学作品。

在中国古代，这类作品有很多，所谓"蒙学书籍"即是。比如，《三字经》《千字文》《增广贤文》等。单是为女孩准备的，就有《女儿经》《女论语》《女诫》《女训约言》《闺范》《女小儿语》等十几种。书中的内容，当然都是关于封建道德的教育训诫。西方与中国有所不同，西方将训诫的内容改编成供儿童自己阅读的小册子，中国则几乎千篇一律都是"课本"，是必须在父母或垫师的训导监督下熟读并背诵的。这些压抑儿童思想情感及自由天性的书籍，自然更不是儿童文学。

一般来说，教育总是比较偏于伦理或理性的。而理性的认识与伦理的原则总是相对的，随着人类"人化"步伐的前移，它们难免要过时。因此，过去时代的教育，那些"训诫书""蒙学书籍""课本"，就不可避免地带有浓重的陈腐感，为今人所不取，今天的儿童就更不会读它们了。然而爱却能超越教育的这种短期性与局限性，将教育内容化为爱的情感而长存。安徒生的有些作品也带有宗教教育的内涵，但它们却有着永恒的魅力。这就是文学与审美的优越之所在。

人生最重要的习惯、倾向、态度，多半是在六岁前培养的，所以人们要从小培养人才幼苗。人在幼儿时期，可塑性强，最容易接受外界的影响，尤其容易接受形象化的教育。幼儿文学以鲜明生动的艺术形象，来启发幼儿辨别生活中的是非、好坏、真伪、善恶、美丑，培养孩子们坚强勇敢的性格以及勤劳、友爱、诚实等美好的思想品德。

第二章 当代儿童文学构建中的神话元素解读

第一节 神话对儿童文学创作的价值和意义

神话反映古代人们对世界起源自然现象及社会生活的原始理解，也是人类最宝贵的文化记忆。它记录着当时人们对自然和社会的认识，由此可以看到人类的文化传统和思想的进程。而神话思维虽然原始，看似缺乏科学性和逻辑性，实质上是"感性"与"理性"的有机结合，有其内在逻辑，看似矛盾的叙事中蕴含着某种辩证统一，这种充满"童真"的思维特点使它与儿童文学的思维方式相类似。无论是从文化传承，还是作家的创作动力，抑或是创作素材的获取和创作方法的借鉴来看，神话对儿童文学创作都是有价值和意义的。

一、神话是文化大传统和文学创作的源泉之一

神话作为人类文化的重要载体，在文字产生之前就经历了漫长的历史。许多历史、文学、哲学、宗教、人类学等人文知识还有一些自然科学知识都通过世代口耳相传的神话记忆保存下来。因此不少学者认为，与文字记录的人类传统文化相比，神话这类最早出现的文化类型具有人类文化大传统的性质。直至当今，民间还把神话作为传递知识和表达信

仰的重要来源。

美国人类学家罗伯特·雷德菲尔德在 1956 年提出了类似于"上智下愚"的概念，把它叫作文化的"大传统和小传统"，即由国家、当权者和知识阶级所掌握的文化大传统与乡村乡民通过口传的方式继承的文化小传统。叶舒宪结合中国的文化渊源，"把由汉字编码的文化传统叫作小传统，将前文字时代的文化传统视为大传统"[①]。由此可见，文化大传统是文化小传统的根基，文化大传统中蕴含着各种思想。如果以此为标准，那么流传在各个地区，由当地人们讲述的少数民族神话就是中国文化的大传统，它们形成了中华民族的文化基因和模式，奠定了文化小传统的基础。比如苗族妇女至今还有佩戴银饰的习惯，她们银饰的纹样有多种类型，有花草的图案，如三角形枫叶纹。人们不禁会追问，为什么会选用这种形象作为纹样？苗族人把枫树看作自己的祖先之祖，枫树又生了蝴蝶，蝴蝶又生了十二个蛋，最后鹊宇鸟孵化出了苗族的祖先和他的十二个兄弟。这些民俗中包含着许多神话思维，其中典型的图腾形象印记在服饰中、建筑物中的情形非常多见。"图腾观念来源于梦境的角色幻化现象，人们在梦中'看见'人与动植物能够互化，便相信在现实生活中也真的能够这样。这一方面为人与动植物结亲打下了基础，一方面也让人相信万物是由人或图腾所变化。""早期的创世神话往往与图腾神话有关。"[②]上述枫树化身的内容，既是图腾化身神话，又是创世神话、物种起源神话。苗族人对祖先的崇拜转化为了对枫树的敬畏，这是他们对自己同源血统的认定。他们通过把自然图案刻在银饰上，并且佩戴在自己身上，寻找一种心灵寄托。这也体现了苗族人崇尚自然，与自然和谐共存的思想。在人们已经走出原始社会许多年后，他们依然对自然的赐予充满感恩，把自然的图像刻画在银饰上，让自己与自然共生。少数民族

---

① 叶舒宪.金枝玉叶：比较神话学的中国视角 [M].上海：复旦大学出版社，2012：34.

② 吴晓东.苗族图腾与神话 [M].北京：社会科学文献出版社，2002：57.

神话在千百年的传承过程中，无论经历怎样的变化，原有的主题、人物形象等一些标志性成分，都会在长期的流传过程中稳定下来，成为规范、程式、套语等标志性民族文化而被世代继承。① 枫树化身的神话和如今的苗族银饰正体现了这一规律。枫叶纹的形象不是后人的突发奇想，而是以神话形式留下来的对文化大传统的一种记忆。神话流传的不稳定性因被群体承认接受，而变成了一种无意识行为和欣赏习惯，最终变成了一种文化象征。神话中的情节依然承载着这个民族的信仰、追求和内心的情感需要。

纵观文学史的发展历程，神话始终与人类的文化创造相伴。许多作家也从神话中获得主题、素材和创作灵感。从古至今，在诗歌、散文、戏曲、小说等文类中，都无一例外地可以看到神话的印记。

神话可以转化为经久不衰的民间故事。比如牛郎织女的故事在全国不同地区都广泛流传，在《中国民间故事集成》（山东卷）中出现过三次可以分成两类：第一类是牛郎和织女被王母娘娘分开后再也无法相见；第二类是王母娘娘最终被牛郎和织女的感情所打动，同意他们在每年的七月七日见一次面。前者是无法相见的苦闷，后者在这种忧伤之中又有对见面的憧憬希望。牛郎织女神话所蕴含的情感在后世的文学作品中则演变成了文学的诗性。古诗乃至现代诗歌中出现的牛郎织女的意象数不胜数。在汉末的《古诗十九首》中，有一首《迢迢牵牛星》，其取材于牛郎织女的神话。作品给人的感觉依然是朴素而美丽的，只是主人公由两个人变成了织女一人，但传达的依然是相思的苦闷和思而不得、天上人间分离的忧伤，这也是神话所传达的感情。只是这一次，是用朗朗上口的词句、清丽的画面和女子敏感的感受来表现的。

在历代文学的创作中，神话对作家创作的影响非常明显。比如，鲁

---

① 汪立珍.弘扬中华民族文化的少数民族神话[J].长江大学学报（社科版），2016，39（3）：1-4，9-10.

迅用神话人物及其故事写的《故事新编》，成为新的神话作品。作家用浪漫主义的写法和借古讽今的方式，对神话进行了改写，用以抨击社会现实。《补天》中女娲造出来的人，一个个呆头呆脑、獐头鼠目，只会做些互相伤害的事情。作家用的依旧是神话中的素材，展现的却是现代社会中人的弱点，给人留下新鲜的感觉和深刻的印象。那些神话中的英雄被拉回到现代日常生活中，呈现出作为一个凡人的面目。比如，《奔月》不写后羿的赫赫战功，而竭力谱写他由英雄变为凡人后的心境与遭遇：不仅遭到弟子的背叛与亲人的离弃，还有那纠缠于琐屑的日常生活逐渐平庸的精神状况，失去了英雄光环的倦怠与失落。这是能够引起每一个现代人的共鸣的。神话故事在重新书写后又具有了现代性。郭沫若的《女神》《星空》等作品同样借助女娲补天、盘古开天辟地、蚩尤、烛龙等神话母题表达自己的思想，为当时的时代发声。抗战时期的童话创作如苏苏的《新木偶奇遇记》用神话思维和创作手法表现抗日的主题。正因为这些妇孺皆知的神话，才使得这些作品在广大民众中产生了相对广泛的影响。神话对"新时期"的小说产生的影响也非常明显，莫言的小说就化用了神话资源。神话思维的一个重要的特点是想象和幻想，在莫言的小说中则表现为人的经验世界与神话世界融合在一起。这里的神话世界是指"人的非经验的认知方式，纯粹主体的情感意愿以特殊的心理逻辑推动的艺术思维，对客观现象世界加以重构的虚幻世界也就是作品中那些非写实的表现形式"①。比如，《透明的红萝卜》中的主人公在那个压抑痛苦的年代，在冷漠的环境之中一直渴望着温暖，以至于他在铁炉前产生了一个奇异的幻象：眼前出现了一个玲珑剔透的红萝卜，美丽的弧线上漾出一圈金色光芒，他努力想抓住它。神话的产生也是由于人们对现实有所不满，希望有所改变却没有实际力量，只能通过幻想来实

---

① 季红真.现代人的民族民间神话：莫言散论之二 [J].当代作家评论，1988（1）：80-89.

现。而莫言小说这种奇观的展示正是神话介入现实世界的证明。这不是一种规范的美，却足以震撼人心，它超越现实，与人类的原始力量相连接，也是每个人内心深处最真实的呼唤。神话的浪漫与想象依然影响着后世文学的创作，而它观照现实的一面也随着时代的变化不断创新。

作为接受主体的儿童，与成年读者相比，更加感性，充满好奇心，有着无拘无束的想象力。而儿童文学作家在一定程度上保留了儿童的心性特点，他们会自觉地从神话中寻找灵感和题材，借用神话的创作方法创作儿童文学作品。因此儿童文学创作中把神话作为参考或直接作为创作素材的情况非常多见。刘守华对中国幻想故事系列的梳理就为创作幻想小说提供了思路，"幻想故事的流行是世界性的，中国这类故事在古代称为'志怪'，'五四'以后长时期被有关学人叫作'民间童话'，还有叫作'魔法故事'或'神怪故事'的"①。这些民间故事将神奇因素引入普通民众生活，带有许多幻想性色彩，但讲述的仍然是普通人的生活和心境。如果作家不仅仅局限于阅读文学文本，而去民间收集神话故事，也会得到许多素材与灵感。

二、神话的文化价值与传承意义

第一，中国神话既包括汉族神话，也包括少数民族神话。这些神话具有非常丰富的思想内容、文化内涵和情感力量。神话虽然讲述的是古老的故事，但其中包含的价值观念、所孕育的文化精神，依然能给现代人带来许多启示。如壮族、瑶族中流传着盘古的神话，盘古活着时嘘出一口气就刮风下雨，喊叫一声就电闪雷鸣；睁开眼睛就是白昼，闭上眼睛就是夜晚；欢喜时是晴天，恼怒时是阴天。就连死后，他的身体也变成大地的一部分。盘古开天辟地的神话体现了远古先民"天人合一"的观念，他们将自身身体的感觉与"垂死化生"巧妙结合起来，认为认识

---

① 刘守华.中国民间故事类型研究[M].武汉：华中师范大学出版社，2002：36.

大自然也要从身体中的每一种器官出发。天地万物与人们的身体息息相关，要想认识自己生存的环境，把握人与周遭世界的关系，就要从自身的真实感受出发。因此，这类创世神话中蕴含着的"人生观""价值观""世界观"为人们的生活提供了警示，告诉人们更加重视理性思考和对客观事物的认知，要积极处理好自身与周围环境的关系。如创世神话中张扬的无私奉献、勇于创新、敢于担当的精神，都是中华民族的优秀文化传统，这是人们从神话中得到的人生启示。神话中蕴含的价值观不会因为年代久远而被遗忘，反而因为时代的进步有了更多阐释的可能。

第二，神话承载着一个民族的文化传统。透过神话的叙述，人们能够看到一个民族曾经有着怎样的文化心理。比如在满族中，流传着许多太阳神话。在《三音贝子》的神话中，神阿不凯恩都里造出人类后发现大地到处一片黑暗和冰冷，人类没法生活，于是他派徒弟造了几个太阳。这几个弟子怕光和热不够用，一口气造了九个太阳挂在天上，嘱咐它们轮番照射。几个太阳趁他们一走，争先恐后地早出晚归，尽最大力量发光发热。鄂伦春族的神话《太阳的传说》讲，秦始皇为了修万里长城，派人用竿子支住太阳，这样一来就没有白天黑夜了。这些表现出满族人和鄂伦春人对光明和温暖的向往和渴求。这源于在当地人的观念中普遍存在着日神崇拜意识。因为他们常年处于严寒的气候中，所以普照万物，带来光明与温暖的太阳对他们来说便显得格外宝贵，也是他们能生存和繁衍下去的保障。正是出于这种现实和实用的生存需要和目的，他们把太阳奉为始祖，产生了日神崇拜心理①，以至于在许多年以后，他们依然认为太阳是光明、幸福和兴旺的象征。人们需要知道，神话不是谎言和纯粹想象的产物，它是人类思想的朴素的和自发的形式之一。它们对远古先民有着非常重要的意义，即使在经历了多少个世纪之后，对人们依然有许多启发。神话让人们更深刻地理解人类的童年。神话虽然充满了

---

① 逄增玉.黑土地文化与东北作家群[M].长沙：湖南教育出版社，1995：31.

想象的色彩，却是远古先民最真实的心理反映。

第三，各民族神话是人类传递生产生活经验的重要载体，蕴含着大量的文化信息。人类最早的带有智慧性的叙事是从神话传说开始的。[①] 人类文明开始于人类对客观世界和生命产生疑问，并试图对这些问题做出解答的时刻。那些所谓的"神话"历经各个年代，经过不同人讲述，呈现出不同的面貌，它们承载的不仅是神话内容本身，还有人们对于宇宙、人类、万物起源的思考，从中可以看到人类文明的进程，这正是神话所蕴含的丰富的文化信息。比如多个民族都有关于人类取火的神话，在傣族的神话中有这样的阐述："顺手捡起两块石头，撞来撞去打着玩。打着打着，两块石头相碰处突然迸出闪闪亮亮的火星……猎人又拾了几根柴丢进火塘，火苗苗就燎得越高，猎人把打来的野鸡投进火堆，过了片刻，火堆里就发出香气。"[②] 这里写到了人类不仅掌握了取火的方法，还能熟练运用其来满足自己的生存需求。在景颇族的神话中也有用两块石头相碰取火的说法，还有用牛角尖钻火草和用干竹片摩擦起火的方式。由此可以看到人类取火的办法越来越多样。而且在这个神话中，人类是在失去火后又重新学习如何得到火，并且能正确地保存火，让火种代代相传。火在人类文明进程中起到了非常大的作用，学会使用火是人类文明进程的一大进步。人类一开始是从自然现象中发现火的。然而从认识火到掌握火，从用自然火到人工取火还要经历一段时间，而神话的讲述正反映了原始人用火取火的场景，让人们看到了人类进化的影子。

第四，神话也诉说着人类千百年来的人生体验与生存智慧。许多民族原始的观念意识里都存在万物有灵的观念，自然中的动物和植物一直被人们视为崇拜的对象，他们认为整个世界都是有生命的，花草树木跟人类一样拥有灵魂，所以要像对人一样对待它们。在白族的传说中，人

---

① 文日焕，王宪昭.中国少数民族神话概论[M].北京：民族出版社，2011：113.
② 中国民间文学集成全国编辑委员会，《中国民间故事集成·云南卷》编辑委员会.中国民间故事集成：云南卷：上[M].北京：中国ISBN中心，2003：306.

能和熊、老虎、蛇、老鼠繁衍后代。这体现了他们把自己和动物看作一体的观念，也反映出了他们的自然崇拜心理。而在傈僳族的神话中，则记录着祭拜山神的情节，因为山神活着的时候总为山中的人做好事，他死后人们也通过祭祀敬献自己的诚心。不仅如此，人们遇到难处也向山神化作的岩桑树哭诉，这时，就会有树叶从岩桑树上落下，落进哭诉人手里，并通过讲话来为人排解忧愁。天长日久，人们就用桑叶来占卜凶吉。人们认为自己同自然中的其他生灵和神灵生活在同一世界，既可以平等相处，又有敬畏之心，遇到生存困境时又可以向神灵诉说，以寻求安慰与解脱，这些无不体现着人丰富的内心世界和情感需要。

值得注意的是，从中国神话研究学术史看，许多研究者都把研究重点放在汉族神话和文献神话上，得出中国神话数量不多，凤毛麟角，不能形成完整的体系的结论，甚至出现一谈神话就"言必称希腊"的妄自菲薄。事实上，这是在一定程度上忽视了中国少数民族神话这个重要组成部分所致。一般而言，中国各民族都广泛存在神话，数量众多，形式多样，有很多少数民族神话被记录于各种文献之中，少数民族地区至今仍有大量口耳相传的活态神话。这些神话是文学作品，也是中华民族传统文化的重要构成，和中华民族生产生活密切相关。这些神话中所蕴含的价值观念对人们今天的生活依然有启示作用，并且会成为各类文学创作的重要来源之一。神话对于人类起源、生产生活方式的思索又展现了人类文明的进程，它们所蕴含的情感力量又常常让人们产生共鸣，这些都说明了神话传承与再利用的重要性和必要性。

另外，许多民族神话用口头传承的方式让各个民族的传统文化、民族精神和审美情趣得以保留。比如少数民族神话中关于民族工艺和民族节日的故事已经形成了一种民族记忆，也被其他民族所了解和认同，这些构成了中华文化的基石，传承神话也有助于继续发扬中华文明。

三、儿童文学创作与神话思维的关系

对儿童文学的研究离不开对儿童本身的研究，而儿童文学的创作也要符合儿童的心理和思维特点。这里首先从儿童思维的基本特征这一角度来探究儿童文学创作的特点。黄石提出，神话可与近代人所作的童话有同等的价值。其价值之所在，并不是给他们以知识，却在于适于儿童的心理和培养儿童的想象力。①无论是作为读者的儿童，还是写作儿童文学的成年人，他们都有一种儿童的眼光、思维和审美，其中也体现出了一种神话思维。很大程度上，是这种神话思维让儿童文学变得有趣，受到欢迎和喜爱。

儿童在"前运算阶段"，思维处于"我向思维"与社会化思维之间的状态，最大的特点是自我中心主义。就像处于人类童年时期的原始人一样，儿童常常不能区分主观和客观，把客观世界中的所有事物都进行人格化的想象。最典型的表现是儿童意识中的"泛灵论"，认为自然万物，甚至眼睛看不见的东西，都是有灵魂的，而且像人一样有感觉和意识。在他们的世界中，现实与想象相融合。

因为儿童的思维有泛灵的特点，所以在儿童文学作品中经常使用拟人的手法。这种方法也是神话中常见的创作方法。比如在《夏洛的网》里，无论是威尔伯在农场的谷仓度过的温情时光，还是被拉走准备卖掉，最终在夏洛织的网的帮助下逃离了这场灾难，都让人觉得夏洛和威尔伯是人们身边熟悉又可爱的朋友。如果再往前追溯，会发现儿童的泛灵论意识与神话中的万物有灵论是相对应的。在远古时代，自然界的风云雷电、洪水大火等各种现象超出了人们的认知范畴，让他们感到无能为力，于是借助想象把种种事物都人格化，所以出现了树神、天神等崇拜的对象，把自然现象都看作人类灵魂的活动，然后又按照人间的关系来对待它们，就有了各种祭祀活动。

---

① 黄石.神话研究[M].影印本.上海：上海文艺出版社，1988：70.

儿童文学作家其实在某种程度上保留了一部分儿童的心性和早期神话创作者看世界的特点。这一特点主要表现在创作时首先要把自己融入某个情境之中，"要有一种深入万物、了解万物的'消极感受力'"①。即把自己当成大自然里的一部分，去感受花鸟树石等自然万物的一种生命状态。这种深入事物的能力和对真情实感的感受能力正好模糊了创作主体与客观世界之间的界限，作家深入现实生活，在此基础之上，描绘出自己头脑中的景象。

想象力是儿童文学的灵魂，这种想象力是一种联想能力，作家从自己的感觉出发，把主观联想与客观实际相结合，产生一种新的事物。联想具体来说有三种方式。第一种是相似联想，即把某些具有相似性的东西联系起来构成的一种联想。这在童话中的变形中体现得比较多，如《灰姑娘》中仙女教母为灰姑娘准备去参加舞会的行装时，把南瓜变成四轮马车，把老鼠变成带有灰色条纹的骏马，把长着长胡须的大老鼠变成嘴边长着漂亮胡须的胖车夫，把壁虎变成仆人。②人们会发现，这些被施了魔法后变成的东西和原本的物体是有相似点的：南瓜的颜色、形状和藤蔓缠绕的样子和马车很像，壁虎瘦长的外形像是仆人的体态，不同体型的老鼠有不同的分工。这种相似性联想在神话中也经常出现，比如把太阳和月亮说成是由盘古的左眼和右眼变来的，也是由于它们外形比较相似，以及日、月的光照类似于人的目光。第二种是对比联想，即把各种相互对立的事物加以对照形成的一种联想。这种方式在儿童文学中用得最多，人们经常能够看到正义与邪恶、光明与黑暗、爱和恨的对比，以及由此而产生的各类形象。比如，《哈利·波特》中的哈利和阻止他拿到魔法石的奇洛之间的较量。想要害死哈利的奇洛从伏地魔那里听到，他只有利用哈利才能拿到魔法石。奇洛让哈利站到魔镜前，魔法

---

① 王佐良.英诗的境界[M].北京：生活·读书·新知三联书店，2017：80.
② 佩罗.佩罗童话[M].李梵音，译.哈尔滨：哈尔滨出版社，2014：15-16.

石真的落到了哈利的口袋里。奇洛企图抓住要逃跑的哈利，但他一碰到哈利的皮肤就剧痛难忍，哈利死死抓住他，直到发觉他的手臂挣脱了自己。这是正义最终战胜邪恶的故事。神话中也有对比联想，比如水神共工和火神祝融的大战，就是作为对比物的水与火的较量。第三种是因果联想，即把没有因果关系的事物按照因果关系相联系。从思维角度考察，儿童式的好奇心来自他的前因果观念。① 这种前因果观念会产生任意结合的思维方式。这种好奇心虽然看似荒唐，不合逻辑与科学规律，但任意结合的思维能够把看似没有关系的事物结合在一起，让人们从中发现乐趣。这甚至可以成为创作儿童文学的一种方法，如创作了《借东西的小人》的玛丽·诺顿，把一个幻想空间——地板下的世界写得让人惊叹，分外生动，十分有趣。只有几寸高的小人住在房子的地板下面，靠从住在房子里的人那里"借"东西为生，他们把小漆盒的内部塞满，打开盒盖，充当高背靠椅。他们把几个火柴盒拼在一起做五斗橱，做饭时从储藏室滚出一个土豆，用半片指甲剪刀切下一片来煮着吃。借东西的小人用奶酪切割器上拆下的金属片、苍蝇拍的铁丝网……做成一道道防护门。外出借东西时穿越这一道道门，爬到地板上之后，抛出帽针插在椅子的座位上，然后拉着帽针上的名条爬上椅子腿，再拔出帽针，扔向更高处继续爬。这些日常生活中的东西虽然不再发挥它们本来的作用，却成为建造这个迷你世界的材料，反而使这个新的世界变得生动可爱。作为读者，人们从中看到的是独特的创造性与敏锐的直觉观察力。儿童的联想方式与早期人类的因果观念是相对应的，他们相信一件事的发生是有其他力量在起作用。在佤族的神话里，雨水、露珠和云雾产生是因为天和地原本是对夫妻，他们不愿分开，不停地哭泣，流不完的眼泪变成了自然界中的水。夜晚的产生也是因为把大树放进月亮里，月亮变得阴凉了，

---

① 王泉根.论原始思维与儿童文学创作 [J].西南师范大学学报（人文社会科学版），1990（1）：80-88.

不再像白天那么晒，于是就分出了和白天不一样的黑夜。儿童文学和神话一样，都是因为有了这些离奇的因果联系才变得神秘新奇，把人从乏味的现实中解救出来。

第二节　儿童文学创作中神话的创新应用

中国当代儿童文学对于神话的借鉴多出现在幻想类小说中。幻想性是这类文学体裁的第一属性，而中国的神话可以为其提供丰富的资源。中国神话富于画面感，并且有其自身的空间，因此幻想小说作家在把神话加工为可用的素材时，应当注重幻想空间的建构、如何展现超自然力量，以及如何让神话中的人物重新出场。另外，中国神话本身独特的审美意蕴也是作家非常看重的。而在图画书创作中，则更为关注神话的文化内涵与传承。一般而言，在许多儿童文学作品中都可以看到其印记。

一、神话在《山海经新传说》中的创新应用

在以神话为素材创作的儿童文学作品中，薛涛的《山海经新传说》是代表作，被看作对神话继承最突出的幻想小说，也是当代最早把神话故事引入儿童文学的作品。

（一）儿童文学创作中反映了作家的神话素养

薛涛在谈到为什么要创作一部与神话有关的作品时说，虽然已经写过一些儿童文学作品，并且得到了业内人士的认可，但他感到自己内心深处最看重的东西仍然没有表达出来，那是关乎民族品格和优秀文化的东西，也是他的精神家园和内心的文学归宿。[1]于是，他想要在包含着神话传统的民族文化中为自己的文学创作之路找到一个可靠的精神归

---

[1]　邱华栋，薛涛.幻想之鸟从远古飞来[J].课外语文，2005（Z2）：112-117.

宿。他想到，或许可以在传统文化中寻找灵感，写一部让自己满意的作品。正如童庆炳在论及童年对文学创作的影响时说："童年经验的这种性质对作家至关重要，它意味着一个作家可以在他的一生的全部创作中不断地吸收他的童年经验的永不枯竭的资源。"①如果一个作家在小时候痴迷神话，或经常听到一些与神灵有关的故事，那么在他日后的写作过程中，童年时的记忆与感受又会重新出现在作品里。2005 年薛涛参加了中国海洋大学和《文艺报》主办的"中国原创儿童文学的现状和发展趋势研讨会"，曾以"中国儿童文学的文化性格意识"为题作了发言，认为中国本土文化中有许多与儿童文学不谋而合的因素，如对自然和生命的敬畏，对鬼神的想象和描绘。这些形成文化性格的因素如果表现在作品中，会使其显示出特有的味道。因此他主张创作富有本土文化性格的儿童文学作品。他希望创作的小说是从语言到审美趣味，以及作品中的意象都十分"中国化"的文本，而不是只有一个传统文化的标签。同时，它还要蕴含着优雅、温和、善良、宽容、仁爱这些经典儿童文学的品质。②再加上薛涛中学时非常迷恋诗词歌赋，着迷于古代文人的生活情趣，那时他就感受到中国文化有无穷的魅力，这也为他创作《山海经新传说》提供了很好的支撑力。正如他谈到自己的创作体验时所说，正当他准备创作时他又想起了小时候看的《山海经》，再加上开始写作后接触到的几种版本的《山海经》，又让他重新为作品的想象力和宏大的品格所折服，于是开始着手写一部与《山海经》有关的儿童小说。

（二）《山海经新传说》的神话创作元素分析

《山海经新传说》的题目明显受到神话文献《山海经》的启发，借这个主题灵活选材，创作出一系列充满幻想色彩的故事。该书包含《精卫鸟与女娃》《夸父与小菊仙》《盘古与透明女孩》三个独立的故事。

① 童庆炳.作家的童年经验及其对创作的影响 [J].文学评论，1993（4）：54-64.
② 许宁.重返孩子的世界：薛涛儿童文学创作研究 [M].沈阳：春风文艺出版社，2008：117.

《精卫鸟与女娃》讲述了小学生小瓦一直过着平淡无趣的生活，他渴望生活有一些改变，于是冒充"JK组织"头目写了一封信，要求收信人把埙送到A地。一天下午放学后，他和同桌小当去学校外面矮墙后的草坪里找他们事先藏好的埙，却发现这里的草和里面的一切都很不正常地长高了一倍。小瓦写的信又寄回到了他和小当手中，于是他怂恿小当按照信里的行路指南去探一下"JK组织"。当他们来到草坪拿埙时却发现草坪已经长成了一片森林。小当在这片"林子"里遇到了一个捡石头的女孩。之后小瓦和小当沿着"行路指南"，被一条闪光胡同快速送到了海边。在这里，他们认识了瑶姬和女娃，不料女娃在游泳时溺水死了。当小瓦和小当再次来到海边时，发现这里在不断重复那天发生的事情。后来小当又在草丛里见到了捡石头的女孩，认出她就是女娃。他跟随女娃来到海边，看到海里有一个似乎要吞噬掉一切的漩涡——烟鬼，女娃捡石头是为了填平它，让它不再制造灾难。小当和小瓦回到他们的城市后，发现这里也出现了像烟鬼一样的漩涡，它也开始"吃"人。小瓦找到了女娃，他们用绳子用力把即将被吞噬的一个小孩从漩涡边拉了回来。在另一个世界，女娃仍然不停地往漩涡中扔石头，最后漩涡终于不再转动。她托梦告诉小瓦和小当，漩涡填平了。而此时，城市里的洪水越来越大。女娃发现烟鬼利用连接他们各自空间的矮墙，从大海来到他们的城市。他们无奈拆掉了矮墙，洪水开始退回，城市又恢复了正常的秩序。而小瓦、小当也和女娃失去了联系。

成长是这部小说突出的主题。感到日常生活乏味的小瓦和小当在经历了幻想世界带来的惊异和现实生活中的变故后，也有了新的成长变化和体悟。他们的成长体现为与烟鬼进行较量，和酒吧男孩斗智斗勇，在这一过程中，他们变得比以前更加勇敢。在这部小说中，精卫填海的神话被赋予了新的内涵，填海的不只有女娃，还有小瓦和小当，除了复仇这一基本含义，他们还承担着拯救整座城市的使命，让城市恢复平静与安宁。在小瓦、小当和女娃合力战胜烟鬼的过程中，他们也感受到了生命的意义和尊严。神话依旧有着它神圣的内涵，只是它走出了远古时空，与每个人联系得更加紧密，也让每个人对这种内涵理解得更为深刻。

该小说的独特之处在于作者不仅设置了闪光胡同这一个由现实通往幻想世界的通道，还出现了乐器埙，这是一种文化符号，这古老的乐器很容易让人将它与神话联系起来，这让之后按照它上面的纹路走入异世界，也让从现实走入唤醒世界变得顺理成章。幻想小说之所以受到孩子的欢迎，是因为它们满足了儿童的愿望和心理期待。他们对世界充满好奇，而现实生活千篇一律，无法满足他们的想象。他们渴望变化，因此常常有不合常规的行为，渴望打破现有秩序，去建立一个崭新的世界，成为"英雄"。而薛涛所表现的儿童的成长正好满足了他们的这一心理需求。

《夸父与小菊仙》讲述的是小瓦和小当分开后的经历。小瓦偶然结识了一个滑板少年夸父，于是也萌生了学习滑板的念头。他在一个花园里面练习滑板，认识了管理花园的小菊和她的爷爷。在花园里，时间总比外面世界过得快，小菊和爷爷以让人意想不到的速度长大和老去。小瓦在一次练习滑板时不慎摔伤在家休养，无意中转动了那只一直保存着的埙，结果夸父出现了，他告诉小瓦他讨厌黑夜，为了不让太阳落下去，只能拼命追赶。看到花园里的情景，小瓦想到了请夸父帮忙，借助他的力量，使时间加速流逝的花园慢下来，恢复到正常速度。夸父甚至帮小菊把时间追回到她没出生并且花园里只有爷爷的时候。小瓦在这段时间帮爷爷照顾院子里的蓝菊，这个时候小菊重新出现在花园，小瓦发现她原来是园子里那朵一直被自己和爷爷照顾的受伤的蓝菊。后来，爷爷的身体越来越差，小瓦为了赚钱给爷爷买药，为花园打广告，引人来参观。小菊不想让小瓦这样做，她不希望别人来打扰她和爷爷的生活。爷爷临终前，小瓦依照他的愿望，用埙吹了一首曲子，把他变成了一朵蓝菊。因为小瓦贴的广告，花园还是被人们破坏了。小菊决定要带着花园里的一切离开。小瓦吹奏了一首曲子，实现了她的心愿。后来，小瓦用小菊送给他的匙叶草的叶子看到了夸父：他累倒了，在他倒下去的地方出现了小菊的花园。

　　在这个故事中，成长的意味更深了一层，即儿童在成长的过程中应如何面对好朋友突如其来的告别。在小说的最后，小瓦用匙叶草的叶子看到了小菊在花园里工作、写信，也看到了一直挂念的夸父，这是小瓦内心愿望的显影。但他无法抗拒时间，还是把叶子埋掉了，作家借小瓦之口说道："我不能总是回到过去啊！我还得有我自己的新的生活啊！"①这是对成长过程中必然的流逝的释然。这种现实性也是作者看重的，想借此提醒读者，不应一直沉湎在过去的回忆里，回忆再美好也要回到现实中，要看到脚下和未来的路。

　　小说参考了夸父逐日的神话，小说中的人物依然想要征服自然的力量，只是不再是大自然面前的弱者，而是在不懈的努力下征服了自然，展示出了人的不屈与自尊。和神话中的结局一样，夸父最终也倒下了，也留下了一个悲壮的形象，而这种悲剧性也让小说更富有神话的意味。这部小说与其他两部有着明显的不同，作品中不再有正与恶的较量，而是充满了诗意的审美情调。这也体现了作者独特的思维，不执着于创造一个与现实迥然不同的异世界，里面堆砌着令人惊异的事物，而是把幻想场景、神话中的人物和现实世界里的人物都放置于一个开满蓝菊的花园之中，选用了花田的蓝紫色作为幻想空间的主色调，通过这片蓝紫色来营造一种诗意感伤的氛围，从而透露出一种温情宁静的气息。

　　《盘古与透明女孩》将神话元素融入两个儿童的人物关系上，讲述的是小当转学后和新朋友小顽的经历。小当无意中找到了当初小瓦写的那封把他们带到海边的信，他和小顽依照信中的路线图，穿过闪光胡同，这次来到了一座寂静破旧的游乐场。小顽走进了游乐场的迷宫，迷宫里的网把他层层裹住，紧接着出现的一只巨大的蜘蛛迷乱了小顽的心智，

---

① 薛涛.山海经新传说：夸父与小菊仙 [M].成都：四川文艺出版社，2016：208.

小顽受到蜘蛛的控制，从迷宫走出来后变得越来越怪异。他们在游乐园遇到了被蜘蛛吃掉的女孩化作的魂灵苹果。找不到游乐场出口的小当和小顽只能在这里住一晚。小顽要砍木马腿做燃料生火，而苹果和她的朋友为了让这些木马复活而保护它们，于是小顽和苹果展开了较量。每当苹果把坏了的木马腿重新装好，小顽又把马腿全部砍断，小当只能帮助苹果把木马全部修好。小当意识到只有杀死蜘蛛才能使小顽恢复正常，他要捅破蜘蛛网却总遭到小顽的阻挠。在对峙中，小当和苹果一边等待着盘古将要带来的复活机会，一边监视着小顽和控制他的蜘蛛的行动。等小顽离开，他们点燃了他的住处，烧死了蜘蛛，小顽不再受蜘蛛的控制，恢复了正常的心智。他们终于等到了盘古开天辟地的日子，于是骑上木马，加速奔跑，穿过隧道，回到了现实世界。

成长是儿童文学永恒的主题，这部小说也不例外，在这部作品中主要表现在小当和透明女孩与蜘蛛进行的生与死的较量上。另外，作家把这部作品当作哲学含义的表述场，借助幻想小说的质感，引发读者进行深刻的思考，指向儿童和成人要共同面对的那些哲学问题，面对朋友的背叛，是帮他找回自己的真心还是保全自己的生命。在薛涛的作品中，可以看到他试图用快乐中掺杂着感伤的"音调"来讲述自己心中的故事。

《盘古与透明女孩》是三部小说中风格最为凝重的，涉及"盘古"形象的章节虽然不多，但盘古把小当、小顽和透明女孩送回现实世界的行为却蕴含着重大意义，它不再是创造一个崭新的世界，而是在小当把小顽从蜘蛛的控制下解救出来后，为他开启了一个回到现实世界的通道，让他彻底摆脱还会被蜘蛛残留的意识控制的可能。同时，让小当、小顽和透明女孩离开了游乐园阴森、破败、死气沉沉的环境，重新回到明亮正常的现实世界，这对于他们来说是一次新生。如果说盘古创世的神话是一个从无到有的过程，那么在这部小说中，盘古则是让习惯了黑暗如同待在垃圾堆里的人看到了什么是美好。

（三）神话元素在《山海经新传说》中的创新分析

1. 神话人物作为特定的"线索"或"意象"激活创作空间

作者试图打通现实与幻想的空间，让远古世界的场景、人及其事件穿过时间的幕布与现实世界的场景、人和事件相遇；也让现实中的儿童暂时摆脱乏味的现实生活，进入异世界，体验一次新奇的旅程，让彼此在不同的时空中经历一种全然新鲜的另类命运。

作者让神话中的人物在小说中重新出场，赋予他们现代人的面貌，但人物形象依然蕴含着神话中的文化含义。在《夸父与小菊仙》中，夸父是一个为了让太阳不落下去，滑着滑板不停追赶太阳的少年，看上去与普通男孩并无二致。小瓦和夸父相遇时，夸父总是气喘吁吁的样子，他向小瓦讲述自己的经历，他经常因为追太阳而感到口渴，对现代生活却不怎么熟悉，如不会使用饮水机。有一次在快渴死时遇到一片大泽，一口气把它全部喝干。

在小说的后半部分，夸父追日的行为开始真正发挥作用。小瓦发现花园里的时间比正常时间快，爷爷加速老去，小菊也以几乎让他认不出来的速度长大着。小瓦请夸父帮忙把时间追回来。在追逐太阳让园子里的时间慢下来的情节中，夸父跑得大汗淋漓，口渴难耐，小瓦把花园的水管递给夸父，让他喝水解渴。终于，夸父追日有了成效，小瓦看到花园里太阳停在某一位置，不再移动。在结尾处，小瓦透过匙叶草的叶子看到夸父因精疲力竭倒了下去，再也没有站起来。

《盘古与透明女孩》中有关盘古的叙述只出现了三次。第一次是从苹果那里听来的传说：它最初躲在鸡蛋一样的东西里面，孵到火候才出来，是一个不知是鸟还是鸡的"神"。第二次是在苹果的梦里，苹果梦见了一个声音，这个声音自称是盘古，它把游乐场的秘密告诉了苹果：那只灰蜘蛛是她的敌人，它要让整个游乐场布满蜘蛛网，变成由它控制的地盘；五天后她会得到一次复活的机会，骑上木马可以回到现实世界。最后一次是复活的机会终于到来时，苹果、小当和小顽骑上木马，在逐渐加快的速度中穿越幽深的隧道，当他们睁开眼睛时，已经回到了现实世界。作者在这个故事里借用了神话中盘古的形象。

2. 神话人物成为作品主题或结构的重要构成

神话中的人物常常借助某种神秘的力量来帮助自己实现某种心愿。这种超自然力量是指其起源和性质都在人类的知识或普通经验值之外的某种力量。《山海经新传说》三部小说中的神话人物都具有超能力。《精卫鸟与女娃》中现实世界与幻想空间的连接通道是闪光胡同和学校外矮墙后面的草地，而女娃从远古世界的海边来到小瓦的城市时，作者只把这种神秘的力量解释为一种比出租车还快的速度，她就像被一阵风刮到了城市里。在《夸父与小菊仙》中，夸父本来是具有超能力的：在埙高速旋转时，他无论在哪里都会停下正在做的事立刻出现。在《盘古与透明女孩》中，盘古利用隧道把小当、小顽和苹果送回现实世界：起初整个木马场旋转起来，随之木马奔跑的速度逐渐加快，奔腾穿过隧道，他们醒来时已经回到了现实世界的游乐场。这里把神话人物与现实中的人融合在一起，也是当今利用神话元素组织作品结构的一种常见方法。

3. 神话语境直接根植在作品的叙事中

《山海经新传说》中也有关于神话场景的描写，如在《精卫鸟与女娃》这部小说中，作者把远古神话场景设置在海边，作者描写了海水激起浪花、落日的场景，还有小瓦和小当在这里见到了瑶姬和女娃，目睹了女娃被席卷而来的浪潮淹没。瑶姬、女娃和大海是神话人物和场景的复现。之后女娃不停捡石头去填平烟鬼来复仇便是精卫填海这一意念的视觉化。

神话场景在神话中是概括式的交代，而作家却把这一场景描绘得更为具体，带来的是远古和现代时空相交织的新鲜体验。值得注意的是，远古和现代的时空界限虽然被打破，但女娃所在的神话时空的时间却是静止的，无论小瓦和小当第几次来到海边，目睹的都是女娃溺水死亡。所以就算小瓦和小当知道女娃的命运，也无法阻止和救她，只能目睹她一次次被海水淹没。这制造出了一种现实世界中的人与远古世界的距离感，然后以他们的视角构建了这一神话场景。

二、神话母题在儿童文学作品中的创新应用

神话的母题被加工成儿童文学作品，往往是因为神话中的形象、情景可以作为直接利用的创作素材，或者神话本身的寓意在当下仍然能发挥作用，又或者神话所包含的精神力量是作者所看重的，甚至成为他们的某种意念。

（一）对神话人物母题的应用

神话母题的儿童文学代表作品如刘刚的《盘古起床啦》、王晋康的《古蜀》、张世明的《后羿射日》、邬朝祝的《晒龙袍的六月天》、刘刚的《奔跑吧夸父》等。这些作品在对神话人物母题的运用上呈现出三种倾向。

第一，增强神话人物的神性光辉。比如西王母，在民间流传的神话中，她是一个有着高贵身份的人物形象。在山东部分地区流传的牛郎织女和安徽亳州市流传的王母拔庄稼的神话故事中，西王母更加具有普通人的特点，阻碍牛郎和织女见面，或者被他们的不幸遭遇所感动，允许他们每年见一次，看不惯人们糟蹋粮食的行为，给人类发出警告，这些都体现了一定的日常性。而《古蜀》中的西王母，作家虽然保留着她高贵的身份，着重表现的却是她不同于凡人的神性。她温柔有智慧，能够洞察天下事。在每一章的开头，都有一段"西王母致后人"的文字，有一种西王母以超脱凡人的神性目光鸟瞰时空的意味。西王母接受了蜀国祭献的礼器，肯定了它们的精美和壮观，也看到了蜀国人的奢靡，感慨道：虽然先民的本意是以青铜器敬拜神灵，但人权的昌盛和神权的衰落也自此开始了。鳖灵率众人开山引水让西王母意识到这是人类第一次合众人之力改变神灵定下的秩序，人的时代即将开启，神灵的时代要结束了，这是连神灵也无法改变的时代更替之道。然而她更加担心战争也会

随之到来，满目繁华的古蜀文明将转眼成空。在这部小说中，西王母的形象在原有神话的基础上又多了一些审视人类文明发展历程的神性而平静的目光，还有古蜀文明在人类日益增长的生活需求面前无法完整保留的感伤。

第二，保留神话人物的原有特征，在此基础上展开联想，突出描写神话人物的人性。这是儿童文学作品中写神话人物时常用的方法。神话中出现的人物，叙述重点大多是他做了什么事，如何做的。比如关于夸父的神话，他追日是因为太阳离地面太远，要把它抓回来为人类做有益的事。在《奔跑吧夸父》这部小说中，夸父追日是因为炎帝被黄帝打败之后被迫割让天下，雷霆大怒，家中也失去了往日的快乐和温暖，炎帝的妻子离开家去了太阳住的地方。夸父看到精卫整日思念妈妈心痛不已，决定帮她把妈妈追回来。在这部小说中，夸父身上不再承担着关乎整个人类的使命，他追日的驱动力源自精卫的情感需要和他自己内心的不忍。

第三，把神话人物母题与美术形式相结合，将其神性与人性同时展现出来。比如张世明在图画书《后羿射日》中把后羿这一神话人物母题与敦煌壁画的艺术形式相结合，形成了一种全新的审美感受。射日的后羿在神话中属于文化英雄。"文化英雄是神话中最常见的半神形象。""虽然具有神的某些属性和威力，但他们本身却是人，确切地说，是具有神性的人。"[1]作家为了表现后羿的神勇，赋予他丰硕矫健的体形，借鉴了敦煌壁画的线条风格来表现。敦煌早期壁画中的线条以曲线居多，流畅感强。这种曲线正适于表现男子曲而有劲的肌肉线条，体现健硕的力量感。另外，这种流畅有力的线条着重于表现人物动态的张力感和流动感，后羿作为神箭手一口气射下九个太阳的一气呵成的过程也非常适合用这种线条风格来表现。后羿属于为人们创造舒适的基本生存环境的开辟英雄，

---

① 陈建宪. 神话解读：母题分析方法探索 [M]. 武汉：湖北教育出版社，1997：83-84.

给人们的生活带来了安定，人们对他自然也充满敬仰之情，对他的行为大加赞颂。作者用线条勾勒的形态是完美男子的化身，能够体现人们对后羿的崇拜之情和他在人们心中的至高地位，具有飞舞感的线条也为人物增加了一些不同于常人的神灵特征。除了描绘后羿射日的经过，作者也描绘出了他的心理状态，他在看到在太阳的炙烤下人们活得痛不欲生，有越来越多的人死去时，内心也无比难过，这时可以看到强劲、极具力量感的线条中又多了一些柔美性，更加富有变化，这是后羿人性化一面的展现。

（二）对神话情节母题的应用

在图画书创作中，神话的情节母题往往被直接拿来使用。比如土家族流传着英雄覃屋王的神话，覃屋造反，结果在六月六日遇害，血染龙袍，人们为了纪念他，便把他穿的龙袍脱下来洗晒，后来没有了龙袍便晒衣服，就有了"六月六日晒龙袍"的说法。在这个神话中，覃屋向皇帝射箭报仇和覃屋被皇帝杀害是主要情节，蕴含着悲痛的感情。曾获布拉迪斯拉发国际儿童图书展"金苹果"奖，并担任博洛尼亚国际儿童图画书插图展评委的湖南儿童文学图画书画家蔡皋就把这个神话创作成了图画书《晒龙袍的六月六》，故事依然保留了这两个主要情节，并对这两部分内容进行细致描绘，加以适当的联想，形成故事的主体部分。故事的创新之处就在于画家在沉重的情绪基调中融入了轻快的元素，如官兵来到山寨掠夺东西时，作家用了夸张的手法，把覃屋画成顶天立地的样子，让他一手抓水牛，一手抓巨石，那勇猛的表情和英雄气概与官兵惊慌害怕、吓得仓皇逃走形成鲜明对比。这为情节增加了一些轻松和趣味。

（三）对不同神话类型的应用

一部儿童小说中也可能出现多种不同的神话类型，如刘刚的小说《盘古起床啦》就把创世神话、人类起源神话、文化起源神话、征战神话和灾难神话聚集在一起，通过洛洛汀在上古神话中游历的经历把它们串联起来。盘古劈开了天地之后，一个喷嚏把洛洛汀吹到了天上，不知飞了多久，落到一片草地上，看到了女娲，目睹了女娲造万物的经过。洛洛汀发现女娲造的小人到了第二天就忘记前一天的事情，决定教小人写字。女娲叫来比自己聪明的弟弟伏羲跟着洛洛汀学写字，然后帮着她一起教小人，在学写字的过程中伏羲研究出了八卦图。

三、神话在其他儿童文学代表性作品中的创新应用

现今，越来越多的人认识到神话的价值，作家在神话中寻找创作灵感和素材，家长注重的是神话的启迪作用，神话丰富的想象力又吸引了大批儿童读者，于是儿童文学作品中出现了越来越多的神话元素，它们丰富了孩子们的心灵世界。这些儿童文学作品以幻想小说和图画书为主，基本表现为三方面：一是借用神话人物形象和情节进行新的创作，并赋予其现代性内涵；二是保留了神话的象征意义，具有神话的审美内涵；三是发挥神话的教育功能，展现民族文化和情感。

（一）神话在幻想小说《怪老头儿的把戏》中的创新应用

孙幼军是中国首位国际安徒生奖提名者，也是中国第三代儿童文学代表性作家，创作了许多为儿童所喜爱的童话形象。他还是一位有着强烈的社会责任感的作家，不仅用儿童能接受的语言展现了一个有趣的幻想世界，还力图反映现实。他的创作以童话为主，善于借鉴民间资源，《怪老头儿的把戏》是其代表作之一，这部作品运用了创世神话的内容，相比于薛涛的《盘古与透明女孩》，在创作上有更多可以借鉴的地方。赵新新和怪老头儿通过衣柜的通道进入异世界，盘古开天就是这个通道。他们掉入深渊一样的洞里，起初连一丝声音都没有，只有远处一点飞蛾般的亮光；接着是犹如擂鼓般让人吃惊的声响，那点橘黄色的亮光也越扩越大。这正是创世之前的景象，而那团亮光正是盘古。赵新新和怪老

头儿在不断接近盘古这个大得出奇的婴儿的过程中，在他的变化下，他们的行动一点一点变得迟缓。关于赵新新的身体描写是这样的：整个身体像在一团牛油似的液体里翻滚，随着液体逐渐凝固，四肢的活动越来越吃力，进而动弹不得，又慢慢变得僵硬，只能保持一个姿势。直到随着撼天动地的巨响，盘古用自己身体的力量打碎这个巨大的石块一样的空间，他们才活过来，一个崭新的世界出现在他们面前。

这是幻想小说中对人物感觉力的描写。幻想小说幻想的逻辑性在阅读中表现为"情节从现实进入幻想或从幻想退回现实的那种自然性与平滑感"①。以这一标准体味一下将盘古开天作为进入幻想世界的通道的设置，它带给读者的是一种冲击力，那种感觉就像是一开始缓缓地进入，似乎一切并无异常，进而开始加速，一切变得越来越压抑，突然，像一场沙尘暴瞬间席卷了整个宇宙，一种惊心动魄的力量摧毁了一切。神话故事与幻想小说的融合不仅在于将神话作为连接现实世界与幻想世界的通道，还在于作者保留了盘古创世那种宏大震撼的力量。叶舒宪在谈论身体与神话的关系时说道："神话想象一开始就离不开身体想象……创世神话中，有一种天地父母或者原始夫妇神生育万物的类型，其基础观念就是把宇宙及万物的产生认同为两性的性器之功能。其幻想的发生原理在于，人类用自己的身体行为为坐标，把整个宇宙都身体化了。"②在《怪老头儿的把戏》中，一切幻想情节的发生都是从身体想象开始的，盘古开天的通道既可以看作使赵新新和怪老头儿获得新生的"子宫"，又蕴藏着开辟幻想空间的能量。

《怪老头儿的把戏》中写到了许多人物形象，这些从神话中走出来的人物在本来的神话色彩的基础上，又多了一些现代性。比如女娲造出来的人，有的身体畸形，歪鼻子斜眼，拦路打劫，要吃掉赵新新和怪老头

---

① 李学斌.幻想与现实的双重变奏："幻想文学"之我见[J].文艺报，2001（11）：2.
② 叶舒宪.神话意象[M].西安：陕西师范大学出版社，2018：58.

儿，为了争夺"猎物"互相厮杀，却跟女娲说是他们欺负他；有的四肢匀称，五官端正，纯朴礼貌，请怪老头儿和赵新新吃果子；有的身体扭曲，嘻嘻哈哈，却会在一同行走时蓄意把赵新新推下悬崖。作者着力描写的，就是女娲这些孩子们各自不同的外貌和行为，以及闯入远古世界的怪老头儿和赵新新与他们搏斗或受到他们帮助的事。奇幻的细节是围绕这些不同的"人"展开的。

幻想小说虽然建构的是想象中的世界，但它阐释和映照的却是现实。就像安徒生，他用童话的情节写自己受到评论家的批评，写受到许多不公和奚落却依然谦虚的天鹅。孙幼军用神话故事写的女娲造人的情节也让人想起《故事新编》里的《补天》：女娲造出来的人，一个个呆头呆脑，獐头鼠目，只会做些互相伤害的事情。《怪老头儿的把戏》也一样，作者通过写不同的人来反映人类的品行，关注的是现代人的弱点，从对人物的语言和心理描写中也能体会到作者自己的感情态度。但作者似乎并无意提出警告，阐述道理，这不过是赵新新的一次旅程，无论遇到什么样的人和事，对他而言都只是一次新奇的体验。

（二）神话在幻想小说《大王书》中的创新应用

曹文轩是 2016 年国际安徒生奖的获得者，他的作品多次入选小学生分级阅读书目。曹文轩通过古典文学的审美趣味与安徒生童话的悲剧意味，展现纯正的文学趣味《大王书》是他扎根于历史，融合了幻想，创作出的一部充满象征意义的小说。小说写的是熄担心充满智慧的文字有一天会让人们的心灵觉醒，于是他发动了一场毁灭文字的浩劫，而一本"大王书"却逃脱了此劫。放羊娃茫在冥冥之中被大王书选中，要与熄抗争。最终他攻下了金山、银山、铜山和铁山，解救了失去光明、听力、语言和灵魂的人，推翻了熄所统治的王朝，成为一名真正的拯救万民的王。茫身上所体现的悲悯情怀与兼济天下的胸襟很容易让人联想到神话中的英雄，如开天辟地，甚至把自己身体的每一部分都变成天地万物的盘古。

曹文轩在写作《大王书》之前，阅读了《金枝》《原始文化》《原始思维》等二十余部人类学著作，他试图从这些书中找到人类的原初幻想，也为了在创作的过程中找到一种鲜明的幻想体验。小说所表现的原初幻想更像是一个充满了象征的神话世界。"大王书"不仅是熄焚书后腾空而起留下的一本书，它还承担着重新带给人智慧和光明的使命。"大王书"从来不会轻易给茫提示，有时候"大王书"似乎是不经意地显示某个信息，随即便消失了。对于茫来说，"大王书"是崎岖路上的陪伴，在"大王书"的指引下，茫不再是一个孩子，而是一位王者。因此，"大王书"除了本身就带有的神秘力量，所蕴含的还有引导茫走向未来新的人生；是暗示，是神秘地显示，是天意和命运的象征，告诉茫关乎尊严、灵魂和精神的东西。

这种具有神圣意义的象征也是神话中经常出现的。比如，从夸父逐日的神话中可以追索生命的意义：可以解读出原始人类对时空本质的追问，渴望拥有掌控自然的能力，以及对自身生命能量的赞颂。可以看到，《大王书》是在审美层面上具有神话内涵的作品。

（三）神话在图画书创作中的应用案例

神话常常会成为图画书创作的素材。那些口耳相传的神话故事中的故事背景和人物形象往往被直接拿来运用到图画书创作中。作者把古老的神话传说用儿童能够接受的语言风格讲述出来，并配上图画来呈现。比如北京师范大学出版社 2013 年出版的"绘本森林·中国民间故事与神话传说"系列，包括《女娲补天》《精卫填海》《愚公移山》《后羿射日》等九个故事，它们基本是对神话的一般性复述。这类图画书创作的目的是让儿童感受神话的魅力，有民族文化认同感。这类作品虽然创新性不是很明显，但图画式的解读却能给读者带来一种新的体验，在阅读中也会产生新的认知。

第三节　神话对儿童文学创作的影响

一、神话对儿童文学创作具体方面的影响

神话对儿童文学创作具体方面的影响体现在以下四个方面。

（一）神话对儿童文学创作思维方面的影响

不可否认，在当下的环境中，儿童文学被认可还是因为其教育的功能，因为它蕴含着能引导儿童健康成长和发展，陶冶情操的价值观。而神话又是各个民族文化的重要载体之一，包含了丰富的文化传统，讲述着正义、勇敢、顽强，有奉献等优良品质，还有先民对自然现象、社会生活、万物起源和自身的认识，这些传统和思考对当下人们的生活仍然有指导意义和启发作用。当儿童文学作家读到这些神话时，依然会感到震撼和感动，于是通过儿童文学的形式来阐述神话本身所蕴含的价值。童话与神话思维有某些相似性。正如童话家陈伯吹所提出的，"神话"和"童话"都属于民间文学，这些文类都起源于人民的口头制作，并且都是带有"幻想"色彩的故事。[①]

（二）神话对儿童文学创作主题的影响

本书所研究的儿童文学主要集中于小说，部分涉及图画书，这些作品都包含人物形象、故事情节、环境描写这三个基本的小说要素，因此在这里可以借鉴小说关于主题的定义："主题就是对一篇小说的总概括。它是某种观念，某种意义，某种对人物和事件的诠释，是体现在整个作品中对生活的深刻而又融贯统一的观点。"[②] 如果带着探究主题的目的去

---

① 陈伯吹.儿童文学简论 [M].武汉：长江文艺出版社，1982：57.
② 布鲁克斯，沃伦.小说鉴赏 [M].成都：四川人民出版社，2019：259.

阅读一部小说，确实会失去一部分乐趣，也让小说不免带有说教的意味；但不可否认，人们在阅读时常常会被各种信马由缰的联想所左右，此时就需要对这部作品有一种整体的把握，从而约束、整理自己杂乱的思维，使其变得更成体系，而主题就是让阅读时产生的种种片段式的感悟变成更有条理的稳定性因素。

因此，在儿童文学创作中，主题可以帮助作者快速建立写作的基本框架，而神话是作者寻找作品主题的来源。神话可以为儿童文学提供本土化的创作资源，作家可以神话为主题创作儿童文学，以此向儿童讲述民族文化品格；或者从现实生活中得到感悟，从当代人的情感需要出发，通过对神话情节进行现代改写来表现更贴近当下生活的主题。儿童文学以它多元的形式、优美的语言，使神话重新焕发光彩，主题也变得更加多元。神话中的形象和情节也常常被作家直接拿来进行儿童文学创作。

（三）神话对儿童文学创作选材的影响

同样的小说题材可以表现出不同的主题，这说明作家在面对同样的素材时可以选择不同视角。比如夸父逐日这一神话素材，既可以通过夸父追赶太阳追回加速流逝的时间表达主题，又可以通过夸父奔向太阳寻找女孩的妈妈表达主题。前者作者立足于对生命意义的思索，后者作者更关注普通人的情感需求。这也体现了神话作为创作素材与儿童文学主题多样性的结合方式。作家可以借助神话，从多个方面表现生活面貌。

（四）神话对儿童文学创作手法的影响

文学的创作方法是指"作家在一定的世界观的指导下，根据他对文学与社会生活关系的认识和理解，在选择和概括生活材料、塑造艺术形象、再现社会生活的过程中所遵循的基本原则和方法"[①]。有的作家按照生活本来的面貌对创作素材进行加工，力图真实地反映生活；有的作家按照自己的想法，通过奇特的想象塑造艺术形象。不同的创作方法是通过

---

① 童庆炳.文学理论导引[M].北京：高等教育出版社，1988：207.

各种艺术表现手法来体现的。借用了神话的儿童文学作品大多采用浪漫主义创作方法。

第一，神话中的夸张是儿童文学作家借鉴和运用得较多的创作手法。在神话中经常能看到某一事物夸张式的变化。而儿童文学作品要想给读者留下深刻印象，常常要进行夸张式的生动描写。无论是在神话还是儿童文学中，想象都是不可缺少的，甚至可以说，缺少了想象力的文学作品就失去了生命力。人们可以看到，神话中对比联想、相似联想和因果联想作为想象方法同样出现在儿童文学作品中。

第二，拟人化的手法也体现出神话对儿童文学创作的影响。神话产生的基础是万物有灵，所以作者会用拟人的手法去塑造。这类情形在儿童文学尤其是童话中也很常见。

二、儿童文学借用神话时常见的问题

（一）儿童文学借用神话时表现出的趣味性的缺失

一些借用神话的儿童文学作品缺乏趣味性。比如，《精卫鸟与女娃》中对儿童生活状态的描写，第一章写小瓦觉得自己的生活非常无聊，有一天听到门外有响动，想报警，又决定自己先观望一下，开门一看，是一个胖阿姨在爬楼梯减肥。作者接下来用了许多笔墨写他看胖阿姨是怎样气喘吁吁地爬楼梯的，如"'我全弄明白了，你们家的标准体形是天天爬八层楼练出来的……'胖阿姨边说边唉声叹气。八层，对她的体重来说实在太高了，相当于一个人扛着一百多斤的粮食爬八层楼啊，是个要人性命的力气活儿"①。类似的描写非但没有写出小瓦看胖阿姨减肥为他的生活带来一点小小的波澜的乐趣，反而有一种为了营造那么一点乐趣而刻意描写的感觉。让人感到乏味，而且表现出的审美价值是很稀薄的。

富有童趣的作品"可以确实没有思想意义，但它有审美的意义，那

---

① 薛涛.山海经新传说：精卫鸟与女娃 [M].成都：四川文艺出版社，2016：6.

就是以'童趣'这一人类的自然的天性，给读者以深邃的愉悦"[1]，这种"童趣"既能让人在初次读到时发笑，也能让人在反复阅读和不断咂摸中体会到童年天然的幽默，得到阅读的快感，这是它让人喜欢的最直接的原因。《山海经新传说》整体上都缺少这种阅读的愉悦感。当一部儿童文学作品缺乏趣味性时，无论作者在写作最初有多么好的设计，都将是没有吸引力的。

（二）儿童文学借用神话元素时的强制性拼凑

有不少作家在儿童文学创作中借用神话元素时表现出生搬硬套或人物游离于叙事主题的现象。幻想小说中作为主人公出现的神话人物没有真正参与到叙事中，他们大多是功能性人物，更像是为了推动小说情节发展而设置的道具。作者在描写神话人物时，集中于描写人物的外貌、身份、精神状态和行为动因，而忽略了人物的性格、情感这些关乎人性的方面。造成的问题是，人物刻画的简单与通过外部描写对形象进行的铺垫形成强烈反差，有一种让读者的阅读期待落空的感觉。

在如何让神话人物在小说中重新出场的问题上，朱自强和何卫青说道，化解神话的途径会使得一般意义上的现实主义作品在尘世生活与神话、日常性与神性之间取得某种平衡；而幻想小说仅仅有这些是不够的，要让神话中的人物和事件重新"出场"，参与整个小说文本的叙事情境中。[2]也就是说，要让神话故事的非现实性和非经验性因素在幻想文本中消解，并与之融合。有些作者虽然将神话人物引入幻想小说，但没有足够的经验和能力让他们引领情节的走向。

（三）儿童文学借用神话时对神话人物"神性"的简单化借用

有些作品缺少对神话人物所具有的超自然力量的描写。在儿童小说中，但凡涉及超能力，它们都是情节发展的重要推助力，但有些作者并

---

[1]　刘绪源.儿童文学的三大母题[M].4版.上海：复旦大学出版社，2015：325-326.

[2]　朱自强，何卫青.中国幻想小说论[M].上海：少年儿童出版社，2006：135.

没有将其作为小说情节发展的有机体，每当超自然力量起作用时，作者都是只用几句话带过，而且不交代超自然力量产生的原因，如何显现，以及被作用物是如何一点一点发生变化的。这使得超自然力量成为小说中解决问题的临时工具，不具有特色和独立的存在意义。

（四）儿童文学借用神话时对神话语境的割裂

有些儿童文学应用神话时对远古神话场景的描写不充分。在一些儿童小说中，神话场景是故事发生的地点和叙事必不可少的场景，多是作为幻想空间存在的。每一次变换空间，或是新的人物出场，或是先前的困惑得以解决，又或者是开始面临新的灾难，情节一步步往前推进。从这一点来说，作者建构的空间为小说的叙事提供了一定作用。小说所有情节都是在这个超自然时空中进行的。如果离开了这个想象空间，小说的故事情节也就成了"挂在树梢上的风筝"。在当代的儿童文学作品中，神话场景有时只是神话人物的复现和某一意念的视觉化，无法构成情节发展的主要空间，只是现实空间的一种补充，更没有丰富的幻想细节。作者只是搭建了一个框架，与小说对"意象活动空间"的描写要求还相去甚远。这样的描写体现出作者深入事物内部的感受力明显不足，因而削弱了作品的感染力。

其实中国的儿童文学想象力很奇特、很丰富，进一步分析这种想象力的呈现形态，会发现它像灵感闪光的片段，没有形成一种精妙的结构和美妙的阅读感觉。作家对小说整体氛围的营造仅仅表现在作者对小说里所发生的一切的表层叙述上，即陈述主人公所看到的事实，而人物在面对这些变化时的心理感受并没有深切地写出来。这样的写作会让人感到少了一些灵气，无法让读者感受到联想所带来的从外物至心性的延伸，心灵对外界的深入感知，以及有灵的万物在特殊时刻所达成的默契。因此也就无法给读者以很强的代入感，没能形成一种整体的美学风格。

三、神话对儿童文学未来发展趋势的影响

目前，国家明确提出对中华优秀传统文化"创新性发展"和"创造性转化"的指导原则。同时，在当今信息化技术日益普及的大背景下，不同文化部门和研究机构关于中国各民族神话影音图文大数据的采集与呈现也列入日程，这也为儿童文学作家采集神话提供了主观和客观条件。

如今，神话学的发展更关注如何激活神话在当下的生命力，如何对神话资源进行创造性转化，包括将神话转化为教育资源、娱乐资源、景观资源等。从当今儿童文学的发展趋势看，童真与童心的回归非常必要。正如一些儿童文学作家所察觉的那样，现在一些读者的文学审美口味正在变得越来越粗鄙，而中华传统文化中一些优良高雅的东西也越来越不为人们所重视。所以，在儿童文学创作中努力从传统中披沙沥金，是一个不能回避的现实问题。作家特别是儿童作家在传统文化中发掘那些珍贵的但却被人们渐渐遗忘的东西，并把它们重新展现出来，也是一种时代责任。对此，杨利慧等重新阐释了什么是"神话主义"，认为"20世纪后半叶以来，由于现代文化产业和电子媒介技术的广泛影响而产生的对神话的转化、挪用和重新建构，神话被从其原本生存的社区日常生活的语境移入新的语境中，为不同的观众而展现，并被赋予了新的功能和意义"①。神话已经深入商业、政治、文化等各个领域，并且与日常生活的联系越来越紧密。比如，由神话改编的电影《白蛇：缘起》《飞奔去月球》，河北涉县的女娲庙，以女娲神话作为基本叙事框架的游戏《仙剑奇侠传》。

当下的社会主张继承和弘扬民族优秀传统文化。神话中蕴含着中华文化的传统，这些传统中有许多是值得人们继承的。而继承神话中的传统文化的最好方式是通过不断创新，以不断适应现代人观念的形式把它

---

① 杨利慧，张多.神话资源创造性转化的探索之路[J].长江大学学报（社会科学版），2019，42（1）：1-8.

们保留下来。将各民族的神话与各个学科和领域相结合，进行创新性转化，也是一个很好的保存神话的方式。

当代中国的儿童文学创作呈现出良性发展、多元共生的态势，主要表现为以下几个方面。一是明确的读者定位，作家与出版机构将儿童文学分为适合小学生年龄段和中学生年龄段阅读的作品。二是仍然以现实主义为创作主流，反映时代问题和儿童生活心理现状。三是原创图画书数量增多，从题材、情感、构图、造型和色彩，都试图展现中国的传统文化和风格。

从神话和儿童文学的发展趋势可以看出，二者有很多结合点，神话需要与其他学科相结合来展现本身蕴含的文化传统与思想内涵，从而实现更好地传承，而儿童文学无论从形式还是文化内涵上都往往会借助神话叙事母题实现回归传统和创造未来的态势。而二者的结合既能够弘扬中华文化传统，又能为当代儿童文学发展注入新的活力，使人们找到文学和文化上的发展契机。

第三章　"儿童本位"论视野下的当代儿童文学创作

第一节　儿童本位论理论阐释

一、儿童本位论来源与应用

(一)儿童本位论的理论来源

儿童本位论,也可以叫作"儿童中心主义"。一般情况下,人们认为是约翰·杜威提出了儿童本位论,因为在其著作《民主主义与教育》中有关于儿童本位论的详细论述。实际上杜威不是儿童本位论的首创者,杜威的思想来源于让-雅克·卢梭的《爱弥儿》。而儿童本位的雏形最早可以追溯到西方14世纪产生的文艺复兴运动。在文艺复兴时期,伊拉斯谟和拉伯雷主张要释放儿童的自然天性,对教育内容与教育方法进行改革,不将成人的思想强加给儿童。卢梭的著作《爱弥儿》将"发现儿童"的观点继续发扬光大。卢梭认为,真正的教育是发展儿童的自然本性,这一点确立了近代教育的原则。

在卢梭之后,杜威将其概括为"教育及自然发展"。后来经过一系列学者的逐步发展,人们把视线放到儿童本身,在那个时期逐步走向了科学化的研究。到了18世纪中叶,儿童本位论由于当时过分关注效率的社会环境走向了弱化，教育是为儿童未来的生活做准备的思想被人们所接受。杜威并不反对教育为未来做准备，这句话并不是说教育不应该为未来准备，为未来做准备应该是教育的结果，而不是教育的最终目的。杜威认为教育应该是无目的的。

　　杜威的儿童本位理论是对传统教育的批判。在杜威看来，在传统教育那里，学校的重心在教师，在教科书以及你所高兴的任何地方，唯独不在儿童自己即时的本能和活动之中。传统教育的弊病是显而易见的："传统教育的计划实质上是来自上面的和外部的灌输。它把成人的标准、教材和方法强加给只是在逐渐成长而趋于成熟的儿童。"① 为了去除这样的弊端，杜威提出要将教育的重心转移。这是一种变革，"这是哥白尼把天文学的中心从地球转到太阳一样的那种革命。这里，儿童变成了太阳，而教育的一切措施则围绕着他们转动；儿童是中心，教育措施便围绕着他们而组织起来"②。这是杜威最经典的一段话。在杜威看来，不以儿童为中心的教育是一种浪费。儿童总是处于一种被动的状态，被动地接受与吸收。"不允许儿童遵循自己本性的法则，结果造成了阻力与浪费。"③ 儿童具有天生的发展量表，不能够以成人的视角去强迫儿童发展，中国"揠苗助长"的故事也讲着相同的道理。教育的天然基础是儿童的本能，而本能又是一切学习和训练的依据。他把儿童的本能分为四种：社交的本能、制作的本能、研究和探索的本能、艺术的本能。教育要以这四种本能及其活动为中心。教育要以儿童的发展步伐和兴趣为落脚点，是让教育为儿童服务，而不是让儿童成了教育的"俘虏"。

　　杜威的"儿童中心主义"教育观是从"对传统的文化思想、传统的课程以及传统的教学和训练方法进行必要的改革"的要求和需要出发而提出来的。这一理论传入中国后，首先在教育领域产生了广泛的影响，

① 杜威.民主主义与教育[M].陶志琼，译.北京：中国轻工业出版社，2014：5.
② 杜威.民主主义与教育[M].陶志琼，译.北京：中国轻工业出版社，2014：5.
③ 杜威.民主主义与教育[M].陶志琼，译.北京：中国轻工业出版社，2014：6.

紧接着又在儿童文学领域广泛传播，并产生了深刻的影响。

（二）儿童本位论在出版领域的应用

杜威的教育思想是在民国初年传入中国的，但在五四运动之后才产生广泛的影响。杜威在北京、上海等高校发表过多次演讲。他的这些思想深深影响了中国知识界。

儿童本位论在我国儿童文学界有一种非常流行的说法："以胡适、周作人为代表的资产阶级学者，以杜威的'儿童中心主义'为基础，创造了儿童本位论的儿童文学理论。"[①]胡适作为杜威的学生，确实宣扬过"儿童中心主义"，但他却不曾提出过"儿童本位"。周作人作为中国早期儿童文学理论的开拓者，从童话、儿歌入手，对儿童文学进行过有益的探索，但他并没有明确地提出过自己的儿童文学观。

根据现有资料，最先明确提出"儿童本位"的是郭沫若。郭沫若于1921年1月15日在上海《民铎》月刊发表的《儿童文学之管见》中有详细说明。郭沫若强调儿童文学艺术构成的儿童本位性。之后，这一观念立即得到儿童文学理论界的响应和承认。郭沫若发表本文几个月后的1921年暑假，严既澄在《儿童文学在儿童教育上之价值》的讲演中，指出，"供给儿童的材料，应当是拿儿童做本位"，而这"拿儿童做本位"的材料便是"儿童文学"。

郭沫若将儿童本位论运用到了儿童文学领域，由此形成了中国崭新的儿童文学观。这也说明，在20世纪20年代，中国的文化巨人正是以一种全球文化意识和开阔的胸怀来接受当时世界上先进的文化思想的。"儿童中心主义"的传入和"儿童本位论"的儿童文学观的确立，揭开了中国儿童文学走向现代性的自觉的历史。

---

① 冯乐堂."儿童本位论"的历史考察与反思[J].四川大学学报（哲学社会科学版），1997（2）：73-75.

二、儿童本位论的核心观点

（一）兴趣中心

杜威在《民主主义与教育》中指出了"兴趣"的三种意义：①对某种职务和事业的爱好；②使活动向前发展达到所预见的与所欲得的结果；③表示个人的感情倾向。

杜威着重提出，在教育学中要将兴趣的后两种意义表达结合起来，不能让兴趣与个人周围的客观事物和社会环境相脱离，仅仅把兴趣浓缩成个人情绪表达上的状态是狭隘的。在狭隘的兴趣观的引导下，教育者往往将重心放在"引诱"儿童关注、努力的方法上，杜威称之为"贿赂"，这种方法看似是温柔的教育法，实质上是"施粥式"教育。

杜威的兴趣观在少儿出版领域同样具有重大的借鉴意义。人们可以假设，儿童所要获得的技能与人们提供给儿童的图书本身无法使儿童产生兴趣，换言之，注重寻求儿童对图书产生兴趣的方式的人，自身就不认为读书这件事本不是儿童能力范围之内的。儿童兴趣的关键点不在于寻找取悦儿童的"先行者"，使儿童从此关注本身所不喜欢的图书，而是在于发现与儿童目前能力相匹配的事物与活动，使之成为图书的一部分。童话本身相较于其他文学体裁来说，有着先天的更接近于儿童兴趣点的优势，在这种先天优势的助力下，童话书变成了人们关注的重中之重。

在整个成长过程之中，有开始的阶段也有完成的阶段，在这两个阶段中间的时期，杜威称之为"居间的事物"。这个时期往往是人们所忽视、不多加关注的。当儿童在阅读一本童话书的时候，他现有的能力是开始的基础，家长或者儿童本身所怀抱的目的就是重点，在这两个点中间，"居间的事物"就是在这个过程中的种种状况，如阅读的方法、阅读过程中产生的问题等。在各个居间的事物中，需要循序渐进，不是一蹴而就的。

（二）经验中心

对于经验中心概念的含义，杜威在《哲学复兴的需要》中就已经有了系统明确的论述。他针对个人的经验观和传统哲学中的经验观之间的差异概括了五点。第一，哲学正统的观点中，经验往往被看作一种有关知识的具体表现。第二，在传统哲学中，经验是心理的事物，属于唯心主义的范畴，具有完全的主观性。经验所构造和反映的现象本质是一个真正的客观世界，它与周围环境发生化学反应，根据人的特定反应而发生种种衍变。第三，经验主义一直被认为是和已知的客观存在相关的。而实际上，真正的经验是从实验中得来的，它可以改变已知的客观存在。第四，传统的经验偏向于个体主义，否认联系。第五，按照传统哲学的论述，经验和思想是完全相反的两种东西。

经验是人与其环境之间的相互作用，也可以说是互动的过程。因此，生活不仅仅是人们现成的已有的一种生存状态，更多的是处于周围活动过程中、具有主观能动性的生命群体；环境也并不是单纯地脱离于人的社会活动而存在的物质或精神的客观事物，而是与人密切相关的，即由人的具体活动、行为、行动所组成的特定情景。

强调经验，在杜威的观点中至关重要。他指出："在儿童经验的自身里，包含着正如组织到系统化的科目中去的那些同类的因素——真实和真理，也包含着在发展和组织教材达到现有的水平中已经起着作用的那些态度、动机和兴趣。"[1]杜威把经验的生长发展过程比喻为"探险家的一些笔记"，把经验的逻辑思想比喻为探险家的"地图"，就好比地图始终无法代替真正的旅行一样，教材始终无法代替个人的实际经验。但是在实际旅途中人们又离不开地图的指引，给出旅途中相对来说最理想、最优的路线，这才是地图真正的价值所在。教材也一样，它的真正价值就在于组织并引导儿童心理的发展，使儿童找到正确的途径。如果将教材

---

① 杜威.民主主义与教育[M].陶志琼,译.北京：中国轻工业出版社,2014：17.

内容强行灌输给儿童，那教材与儿童的经验之间就没有了内在的必然联系，那教材就失去了价值，教材的存在也就不重要了。

（三）活动中心

在杜威的儿童本位论中，"活动"占据着很重要的地位。杜威认为活动是产生经验最好的方法。给儿童的最好的教育就是让儿童自己行动，用自己的思想去尝试，让儿童自己在现实环境中直接接触周围的各种事物，以获得最深刻的印象，从而获取有用的实践经验，也就是杜威所说的"从做中学"，我国古语中的"百见不如一干"也是这个意思。如此一来，儿童就能够感受到学习的乐趣和必要，从而自发地学习，培养了儿童学习的自觉性和积极性。这才是杜威所认为的教育的真正意义。杜威在学校中做了一个实验，他将儿童分成 11 个年龄组，每个组的学生开展各种不同的但都以历史或特定的行业为主要学习内容的实验活动。其中，9 岁组的儿童主要学习芝加哥等地区的历史课程和地理课程，杜威让该组儿童模仿芝加哥原始居民的创业过程以及各种社会活动，在此过程中，还引导儿童学会计划、计算和总结的技能。实验发现，儿童在实验中遇到疑难问题的时候，会像真正的科学家一样进行探索，花费心血寻找解决方案，以获得新的知识技能。

杜威主张让儿童主动地学习，主动地获取知识，与此同时，要激发儿童自身潜在的创造能力与思维能力。在杜威看来，这才是真正意义上对儿童的彻底解放。杜威要求教育者遵循儿童的发展规律，循序渐进，不要强制性地把一些儿童无法理解的知识技能灌输式地扔给儿童，而是要让儿童充分地参与教学活动。杜威的"活动中心"的观点在童话出版中同样适用。人们往往会要求儿童在听读的过程中慢慢学会讲童话，儿童会讲童话后，再尝试引导儿童改编童话，进而自己写童话，此过程是对孩子想象力和创造力的一种培养和引导。而在孩子理解消化一则童话故事时，人们大多会采用提问和角色扮演的方式，这不仅可以提高孩子的参与度，更重要的是让孩子真正地进入童话中，从做中学。

第二节 儿童本位论在中国的诞生和发展

"儿童文学"这名称,始于"五四时代"。五四时期涌现的各种思潮,如表现自我、婚姻自由、解放妇女以及关于国民性、父权、家庭、人格等问题的讨论,无一不是"人的发现"这一总思潮的组成部分。五四新文化运动中出现了一股此前从未涌现过的"儿童热",儿童成为这一时期的创作中出现频率极高的一类主人公,冰心的《寄小读者》和叶圣陶的《稻草人》是这一批为儿童写作的作品中传播较广的作品。除了创作,对童话、神话传说、民间故事、儿歌的搜集、整理工作也风行一时。此外,世界文坛比较出名的儿童文学作品,如安徒生、格林、王尔德等人写的童话都在这一时期译介到中国。报刊上连续发表对于西方儿童文学理论的介绍和研究的文章,讨论的范围甚广,甚至深入哲学观的层面,这些以儿童为中心的文学活动和学术活动开展的规模和程度在中国历史上都是空前的。究其根本,这股对于"儿童的发现"的热潮属于"人的发现"的总思潮的一部分。人的根本改造应当从儿童的感情教育、美的教育着手,这样一来,儿童的改造便作为一个必要的环节被纳入五四时期"人的发现和改造"与社会改造的历史大潮流中,贯注着强烈的爱国主义与民族主义的情感,成为时代情绪的一种反映。

"儿童本位论"作为一种全新的儿童文学理论应运而生。很多学者认为五四时期儿童本位观的确立与杜威的"儿童中心说"有决定性的关系,杜威来华讲学正赶上新文化运动的爆发,并且这时对儿童及儿童文学有所研究的中国学者几乎都接受了杜威的理论,他主张教育应以儿童为中心而展开。与其他提倡过儿童本位论的人相比,周作人对儿童本位论进行了更系统、更广泛、更深刻的传播。

周作人的"儿童本位"观念形成于西方现代文化进行世界性传播

的过程之中。除了杜威的"儿童中心说"，以斯坦利·霍尔为代表的美国儿童学观点，以及麦克林托克、斯喀特尔等美国学者的应用研究成果，都在周作人的儿童文学观的形成过程中提供了丰富的思想资源。此外，"儿童本位"这一表述很可能是从日本学者高岛平三郎的《应用于教育的儿童研究》一书中得到启发。周作人的新文学思想包含了"人的发现""妇女的发现""儿童的发现"这三个现代文学的思想母题，而他发表于 1918 年的《人的文学》被胡适视为"关于改革文学内容的一篇最重要的宣言"。周作人是将儿童观的建设问题和"人的觉醒"问题视为一体的。他谈到"小孩的委屈与女人的委屈"时，认为"这实在是人类文明上的大缺陷，大污点"，因为"人类只有一个，里面却分作男女及小孩三种……以前人们只承认男人是人，（连女人们都是这样想！）用他的标准来统治人类，于是女人与小孩的委屈，当然是不能免了"①。这正是他讨论儿童问题的着眼点，即人类文明的健全发展对儿童作为的"人"的权利与个性的确认和尊重。1920 年 12 月 1 日，周作人在北京孔德学校所作的题为"儿童的文学"的讲演稿《儿童的文学》在《新青年》上发表，这篇文章不仅是他自己研究儿童文学理论的开始，也是中国现代第一篇研究儿童文学基本理论的论文，此后这篇论文几乎成为中国儿童文学理论的纲领性文件。"以前的人对于儿童多不能正当理解，不是将他当作缩小的成人，拿'圣经贤传'尽量地灌下去，便将他看作不完全的小人，说小孩懂得甚么，一笔抹杀，不去理他。近来才知道儿童在生理心理上，虽然和大人有点不同，但他仍是完全的个人，有他自己的内外两面的生活。"②这段经典论述至今仍经常被儿童文学的研究者引用，其精髓就在于坚持人道主义的立场，反对不承认儿童的独立人格和个性的封建儿童观。成人首先要把儿童视为"完全的个人""顺应自然，助长发达，

---

① 周作人.谈虎集 [M].北京：民主与建设出版社有限公司，2019：53.
② 周作人，刘绪源.周作人论儿童文学 [M].北京：海豚出版社，2012：122.

使各期之儿童得保其自然之本相"①，秉持这样的理念，为儿童创作的儿童文学才能顺应满足儿童之本能的兴趣与趣味。

关于儿童本位理论的传播，还有一位不得不提的贡献者——鲁迅。鲁迅一针见血地指出了中西方社会传统儿童观的区别，也道出了中国封建主义"父为子纲"的儿童观对于儿童天性的强力虐杀："往昔的欧人对于孩子的误解，是以为成人的预备；中国人的误解，是以为缩小的成人。直到近来，经过许多学者的研究，才知道孩子的世界，与成人截然不同；倘不先行理解，一味蛮做，便大碍于孩子的发达。所以一切设施，都应该以孩子为本位。"②

此外，鲁迅对"父为子纲"的封建儿童观的批判也是极为犀利的，解放儿童的呐喊最先是由鲁迅发出的，《狂人日记》中那一句振聋发聩的警语"救救孩子"，向整个社会发出重视儿童的呼唤。如果说，周作人主要是在理论的维度、在思想上"发现"了儿童，那么，鲁迅则在文学创作的维度、在精神上"发现"了儿童。③鲁迅的创作以其"表现的深切"和"格式的特别"为五四时期的儿童文学标定了一个现代性的高度。在对童年题材的表现方面，《故乡》《风筝》《从百草园到三味书屋》等作品借童年与成年的对比和冲突来表现成长过程中的无力和冷漠，借精神原乡的丧失来展现"童心"的流逝与成人的隔膜。那一辈的作家在创作方面所展现的对童年的理解之深刻以鲁迅为最，但鲁迅关于儿童和童年的作品是自己整体创作中表现反封建主题和改造国民性主题的组成部分，随后并没有直接走向儿童文学。虽然鲁迅与周作人各自对儿童本位的呼吁在理论气质和侧重方向上都有所不同，但在强调儿童世界的独立性方面却是如出一辙，二人均表达了成人应正视儿童的存在、给予儿童独立

---

① 周作人，刘绪源.周作人论儿童文学 [M].北京：海豚出版社，2012：25.

② 鲁迅.我们现在怎样做父亲 [J].青年文学家，2017（19）：46-50.

③ 朱自强.论新文学运动中的儿童文学 [J].上海师范大学学报（哲学社会科学版），2013，42（4）：116-121.

人格发展空间的理念。

自中国现代文学诞生以来，我国作家一直为使中国的文学作品更富于想象力，更具有文学所应有的逸出框架的，摆脱束缚的，没有边界的自由而努力。但是应该承认，关于这一点，至今仍收效甚微。如何令我国的文学更具有文学的质地是一个历史遗留下来的课题，仍需今后几代文学工作者的持续努力。而周氏兄弟能够分别在理论研究和创作领域成为五四新文学的领袖，其中非常重要的一点缘由便是他们对"儿童"的深刻而独到的发现。儿童的世界是一个真正的诗的世界，本质上是最接近文学的世界，正因为如此，"儿童本位论"在五四时期这样一个全面颠倒传统的"吃人"文化、强调人的全面解放的新时代产生了激烈的震荡，一代学者和作家对儿童独立精神品格的深情期盼更直接催生出现代意义上的中国儿童文学，对儿童世界的真正发现与儿童观的转变，令儿童文学第一次从文学大系统中独立出来，成为拥有专门服务对象的文学载体。在此时期，可发表作品的园地增多，不少有影响的少年儿童刊物相继创办问世，如商务印书馆的《儿童世界》《儿童画报》，中华书局的《小朋友》《小朋友画报》，开明书店的《开明少年》《中学生》，《申报》的《儿童之友》，大东书局的《儿童良友》等。除儿童刊物外，当时不少成人报刊也积极倡导儿童文学，发表儿童文学作品。比如享有盛名的《晨报副刊》《京报副刊》《时事新报副刊》等，都发表过一定数量的儿童文学作品。冰心的《寄小读者》就是在《晨报副刊》的"儿童世界"专栏里连载的。中国现代很有影响的成人文学刊物《小说月报》，几乎每期都发表儿童文学作品，还于1925年出过两期"安徒生专号"。张天翼的著名童话《大林和小林》，最早是在成人文学刊物《北斗》上连载的。为儿童而创作的作品、为儿童而译的译作、与儿童文学相关的理论研究迅速而蓬勃地发展起来，中国的儿童文学发展迎来了第一个繁荣期。对于中国儿童文学初期的建设者来说，树立先进的儿童观、确立儿童文学的理想范式是首要任务，其中，周作人以其在理论维度持续表现的儿童本位意识所建立的"儿童本位"论而成为中国儿童文学理论的先驱和奠基人，标志着中国儿童文学观的巨大转向和质的飞跃。此后，"儿童本位"理论的发展虽一波三折，却展示出持久的生命力和强大的覆盖力，对于今天的中国儿童文学发展仍有主体性的指导意义。

进入 20 世纪 30 年代，被救亡图存的时代主题所裹挟，中国社会的儿童观发生了巨大的变化，并随之深刻影响到儿童文学观。1930 年 3 月中国左翼作家联盟（简称"左联"）在上海举行了一次有关建设儿童文学以及《少年大众》编辑方针的专题讨论会，提出儿童文学应竭力配合"一切革命的斗争"。这一命题标志着一次重大调整，在关系到民族危亡的全民抗战之际，"儿童本位"的细腻与纤柔不得不让位给"革命""阶级""斗争"这些更合时宜的思想主题。在这样的时代语境下，相对于儿童内在精神世界所关切的情感、想象、个性这些常态需求，"血淋淋的现实"才是当时的儿童更需要清醒认识到的内容。政治性与社会性作为儿童外部世界的成人意志和群体经验的集中体现，使得浓重的现实主义精神贯穿始终，也不免令这一时期的创作蒙上一层与儿童年龄和心理特征不符的老成与沉重。这种文学从属于时局和政治的情况持续了相当长的时间。

中华人民共和国成立后，少年儿童的健康成长受到越来越多的关注和重视，1949 年颁布的《中国人民政治协商会议共同纲领》明确规定"注意保护母亲、婴儿和儿童的健康"。儿童的健康受到国家根本大法的保护，儿童的社会地位随之固定下来，儿童的教育成为关系国计民生的重要问题。以政治理念为主导的思想品德教育作为核心内容，占据了儿童观的主导地位。鲁兵提出的"儿童文学是教育儿童的文学"是这一时期的儿童文学观极具代表性的表述。与 20 世纪 30—40 年代相比，20 世纪 50—60 年代的儿童文学作品在数量和质量上得到一定程度的提升，但就其作家的创作观而言，实际上仍是成人意志和实用主义的延续。

"教育儿童的文学"很少以欣赏和鼓励的眼光来看待和塑造儿童，往往以一种居高临下的姿态对儿童进行政治说教和道德训诫，似乎稍稍放松教育，儿童就会行差踏错，误入歧途。受政治集中化因素的影响，在评估儿童的行为时，作家片面地强调了教育的作用，将教育儿童视为儿童文学至高甚至唯一的价值和本质属性。教训主义的创作观将儿童文学矮化成教育儿童的工具，"使一种本应呈现出生动活泼的艺术个性的文学成了实施填鸭式灌输的平庸载体"①。

这种状况在改革开放时期得到了改善，改革开放的东风令中国社会整体文化气候焕然一新，使整个中国当代文学以一种积极的、开放的、与时俱进的姿态迈进新时代，儿童文学作为其独立组成部分，自然在这种强力感召下重获新生，冲破了先前教育工具论和成人中心主义的掣肘，释放出澎湃的生命力和的巨大的进步潜力。"儿童文学是教育儿童的文学"被"儿童文学应返本归位""儿童文学是文学"的理论命题所取代，几乎是正本清源一般，将儿童文学拉回到文学版图中来重塑。儿童文学作家主体意识的觉醒和发扬终于将茅盾于 20 世纪 60 年代初所批判的那种"政治挂了帅，艺术脱了班，故事公式化，人物概念化，文字干巴巴"②的创作局面打破，作家不再将那些陈旧的有悖于儿童文学特点的"创作原则"和固定模式奉为圭臬，因而他们的艺术个性不再为"共性"所湮没。人文精神在儿童文学创作中日益彰显，作家勇于运用创新思维去塑造拥有独立思考和独立判断能力的个性鲜明的儿童形象，令儿童找回自身形象，使失落的儿童本位意识复位，逐步还原儿童文学应有的价值和魅力。

新生之火复燃并以燎原之势迅速蔓延开来，中国儿童文学在 20 世纪 80—90 年代形成了规模空前、内容创新、主题多元、手法多样的景观，彻底突破了以往单一保守、故步自封的局面，在理论和创作两方面均取

---

① 王泉根.中国新时期儿童文学的深层拓展[J].北京师范大学学报(人文社会科学版)，2000（4）：45-52.

② 茅盾.六〇年少年儿童文学漫谈[J].上海文学，1961（8）：3-14.

得丰硕成果，形成继五四之后的又一个发展高峰。当代文坛在改革开放的时代趋势下新潮迭出，西方现代文论思潮涌入，与中国当代文论碰撞出激烈的火花，为儿童文学的发展提供了诸多新的思路，也为儿童文学的工作者展示了更为丰富立体的参照系。其中，接受美学和皮亚杰的发生认识论成为这一参照系中与研究者自身的思维模式融合得最为充分也最具变革意义的理论资源，接受美学对读者能动性的强调以及皮亚杰对外部刺激被主体结构同化继而顺化的范围的限定都重点关注了儿童文学的受众——少年儿童的阅读需求，对他们投入作品的程度和消化信息的能力进行了考量，力图让死信息最大程度地转化为活能量。如此一来，要进一步释放儿童文学的表现潜力，建立符合儿童各阶段心理需求和年龄特征的多层次的儿童文学分类势在必行。20 世纪 80 年代中期，王泉根提出"三个层次"的说法，认为需要根据不同年龄的接受对象主体结构的同化机能及阶段性发展水平，将儿童文学区分为幼年文学、童年文学、少年文学三个层次。① 这一理论的提出，有效地为长期困扰儿童文学研究界的根本性理论课题，即"创作现象丰富性"与"儿童文学标准单一性"之间的矛盾所引发的一系列问题的论争带来了一个覆盖性及可行性都很强的应对方案，如今早已成为儿童文学界的普遍共识。

幼年文学、童年文学、少年文学都对应着具有各自年龄发展阶段特征的读者群体，因而需要有与其相应的独特的创作方法。三者各有其相对独立的创作体系和评价标准，但出之同源，仍是整个儿童文学不可分割的构成部分，并且享有平等的文学地位。"三个层次"的儿童文学分类法进一步释放了儿童文学的创作生产力，直接促发了儿童文学创作多元并存的局面，成果喜人。以秦文君《男生贾里》《女生贾梅》为代表的少男少女校园小说，以曹文轩《草房子》《根鸟》为代表的现代少年成长小

---

① 王泉根.中国新时期儿童文学的深层拓展[J].北京师范大学学报(人文社会科学版)，2000（4）：45-52.

说，以董宏猷《一百个中国孩子的梦》为代表的梦幻体开放小说，以沈石溪《一只猎雕的遭遇》《红奶羊》为代表的动物小说，以班马《六年级大逃亡》为代表的少年写实小说等，已构成一道绚丽夺目的文学风景线。

五四时期对于儿童的发现标志着中国现代儿童文学的诞生，以儿童为本位的先进儿童观是对封建社会"父为子纲"的儿童观的拨乱反正，是中国儿童文学的第一次变革，改革开放时期儿童文学的发展是中国儿童文学的第二次变革，"三个层次"的儿童文学分类法对于儿童世界的再发现与儿童文学主体特征的再确立产生了极大的有益影响，指向了中国新时期儿童文学的深层拓展和进一步解放儿童的历史必然发展趋势。在这两个变革时期，都很重视以儿童为本位的儿童观，当然，随着时代语境的变化，这两个时期的"儿童本位"论在具体的呈现上会产生一定的变化，但是在主旨和精神的延续上却一以贯之。

周作人关于"儿童本位"的理论和思想资源基本来自西方和日本现代文论。作为文化先觉者，他的眼光是一流的，他对于西方先进文化的理解与他对中国社会当时的重大问题的思考是足够透彻的，所以才能够将舶来的"儿童本位"论在中国的推广和实践做得如此熨帖。这个"舶来"的理论有着与我国的传统文化完全不同的解放和自由的意味，在社会转型的特定历史时期爆发了极大的思想力量，催生了中国儿童文学，还经受住了中国本土化实践的考验，"它不仅从前解决了，而且目前还在解决着儿童文学在中国语境中面临的诸多重大问题、根本问题"①。橘生淮南则为橘，生于淮北则为枳。中国文化的独特性和历史时代的特定性决定了儿童文学理论研究对于西方的借鉴和吸收并不会导致我国文化被西方文化所同化。周作人在20世纪20年代提出的"儿童本位"论在今天看来仍然在某种程度上保持着先进性，很多理论主张和思想仍然适用于

---

① 朱自强.论"儿童本位"论的合理性和实践效用 [J].中国海洋大学学报（社会科学版），2014（3）：109-117.

当前的儿童文学。当然，再好的理论也要与时俱进才能保有活力。在中国当代儿童文学理论研究者中，朱自强先生最为推崇周作人的"儿童本位"论，他在 20 世纪 90 年代推出《儿童文学的本质》这本著作中，把"儿童本位"的儿童文学理论阐述得极为精彩。朱自强先生更多是将"儿童本位"中的"儿童"视为当代社会思想的宝贵资源，欣赏儿童文化的独特性，彻底扫除儿童文学的教训主义中所包含的"成人本位"的观念，尊重儿童自发的审美需要，从儿童性和文学性两方面保持儿童文学的纯粹，从而令儿童文学的创作和研究工作都能够向更完善的方向发展。

无论是已经过去的历史还是正在发生的现实都已经充分地证明了，在以成人为本位的文化传统根深蒂固的中国，以儿童为本位的儿童文学观是正确的，是具有实践意义的儿童文学理论，在以后的儿童文学研究中，仍然需要坚定地将这一理论贯彻到底。

第三节　儿童文学创作中如何守持"儿童本位"

一、建造爱的家园

教育家蒙台梭利说："儿童是每一个人的温情和爱的感情汇聚的唯一焦点。一谈到儿童，人的内心就会变得温和、愉快。整个人类都享受他所唤起的这一深厚情感。儿童是爱的源泉。我们一触及儿童便触及爱。"[1]可见，"爱"是植根于儿童的精神之中的，因此儿童文学创作要以儿童为本位，就必须将儿童文学建造成一个充满爱的家园，使儿童在其中释放爱、升华爱，同时将这来自生命原初的爱长久地保留。

每个人都是由母体孕育，从一个胚胎开始慢慢成长起来的。所以，

---

[1] 蒙台梭利. 蒙台梭利幼儿教育科学方法 [M]. 北京：人民教育出版社，2001：587.

儿童大多跟母亲很亲近，儿童文学中有很多以"母爱"为主题的作品，这些作品深受儿童喜爱。信奉"爱的哲学"的冰心就常常写歌颂母爱的诗句，如"母亲呵！天上的风雨来了，鸟儿躲到它的巢里；心中的风雨来了，我只躲到你的怀里"[①]。这些诗句唯美而生动地写出了儿童对母亲的依恋、对母爱的渴求。的确，在儿童心中，母爱就是他们遭遇挫折时的慰藉，母亲的怀抱就是他们的避难所。刘绪源将"母爱型"归为儿童文学的三大母题之一，认为"文学总要涉及人生难题，'遇到难题绕道走'是'母爱型'童话的基本构思手法"[②]。因此，《灰姑娘》中仙女施魔法帮助灰姑娘，其实是一种"母爱"主题的另类表现。除了传统儿童文学，儿童影视剧中也有颇多以"母爱"为主题的作品。比如20世纪90年代初的国产儿童剧《小龙人》就是以小龙人找妈妈为线索，其中小龙人不畏艰险找妈妈的过程很难不让人动容。父爱、隔代之爱、叔伯之爱在儿童文学中也多有体现，在此便不赘述了。除却亲情血缘之爱，儿童文学创作也要描述儿童与没有亲缘关系的人，诸如小伙伴、邻里和心存善意的陌生人之间的爱，这是儿童精神中不可或缺的内容，也是爱的一种升华。在冰心的《小橘灯》中，小主人公虽身处逆境，但却十分懂得感恩。仅见过一次面的作者带着橘子来到她家拜访她生病的妈妈，临走时，小姑娘剥了一颗橘子、制作了一盏小橘灯给作者照夜路。这盏灯使作者倍感温暖，陌生人之间的爱也在其中传递。值得一提的是，意大利作家亚米契斯的作品《爱的教育》更是几乎囊括了上述所有的爱，从儿童的视角，以日记的形式记录了生活中父子、朋友、师生之间的情谊和社会之同情等，一幕幕感人场景让人泪湿衣襟。

在儿童爱的家园里，还存在不少成年人不愿向儿童开放的一隅，那就是男女之爱。其实，大可不必如此，西方的诸多经典童话，如《灰姑

① 冰心.繁星·春水[M].北京：人民文学出版社，1998：12.
② 刘绪源.儿童文学的三大母题[M].上海：华东师范大学出版社，2009：3.

娘》《睡美人》《美女与野兽》等都含有爱情的元素。所以，一方面不应在儿童文学与爱情之间隔一道藩篱，另一方面也不应将爱情作为重点内容来描写，像当今一些畅销童书将校园爱情作为卖点是不可行的。经典童话很好地处理了这层关系，它们大多数以"王子和公主从此过上了幸福的生活"为故事结尾，给儿童以心灵的慰藉，并不细述与儿童无关的王子和公主以后的故事。儿童所感受到的却是一系列高贵的情感：为了爱做出的牺牲，没有任何强权能压迫的早已建立起的和谐，对完美的追求，对理想的寻找。而这些正是这个世界的有力的保护者。① 所以，让儿童看到童话人物为幸福而奋斗的情节，能够感受到其中的正能量便足矣。

人与人之间的爱是儿童生活中所必需的，人与自然之间的爱同样不可或缺。刘绪源提出的儿童文学的三大母题中也有自然型母题，并认为"儿童年龄越小，他们就离大自然越近；如同原始的初民与大自然保持着更淳朴更天然的联系一样。因此'自然的母题'对儿童来说，就有一种异乎寻常的亲近感。一草一木都能吸引儿童真诚的关注，更不要说那些活泼泼的小动物了，更不要说神秘的大森林和那群兽出没的深山的氛围了"②。所以，儿童文学中从来不缺乏以自然万物为主要描写对象的作品。很多早期的作品本是给成人读的，只因内容并不艰涩难懂，反而获得了更多的儿童读者的喜爱，变成了儿童文学经典，如《鲁滨孙漂流记》《格列佛游记》《昆虫记》《海底两万里》《神秘岛》等。20世纪80—90年代，我国的儿童文学创作突然涌现出大量描写动物和大自然的作品，也产生了一位"中国动物小说大王"——沈石溪。他的成名作《第七条猎狗》描写了傣族老猎人召盘巴与忠犬赤利之间的深情厚谊。在儿童影视剧中也有很多类似的作品。比如美国3D动画片《里约大冒险》，以南美大森林为背景，讲述了人类和鸟类共同拯救濒临灭绝的金刚蓝鹦鹉的冒险之

---

① 阿扎尔.书，儿童与成人[M].梅思繁，译.长沙：湖南少年儿童出版社，2014：208.

② 刘绪源.儿童文学的三大母题[M].上海：华东师范大学出版社，2009：12.

旅，表达了人类与大自然和谐共生的观念。我国国内的动画片中也有不少以动物为主人公的作品，如颇受儿童喜爱的《喜羊羊与灰太狼》和《熊出没》。总之，喜爱动物、热爱大自然是儿童的天性，这类作品迎合了儿童的这种天性，因而颇受欢迎。

最后，必须指出的是，虽说儿童文学创作为儿童建造的是一个爱的家园，但这并不表示这个家园是没有苦痛的伊甸园。也就是说，儿童文学创作不能让苦难缺席。一是因为儿童身处在现实世界，体验着真实人生，"苦难是人类生存中的一种本体性的存在"①；二是因为在理解苦难的过程中，人们越发体会到爱的力量的伟大，它常常能助人熬过苦难。在曹文轩的作品《草房子》中，男孩细马正是出于爱，才在伯母受到沉重打击时留下来挑起生活的重担，帮助伯母渡过难关；秦大奶奶正是出于爱，才在见到小女孩落水后跳进沟里，挽救了孩子的生命。人们从中可以感受到，人生的苦难在爱面前是多么渺小。曹文轩是一个颇擅长描摹苦难的儿童文学作家，这不仅因为他理解苦难对儿童成长的意义，而且深谙如何向儿童表现苦难。曹文轩在描写苦难时会充分考虑和尊重儿童的接受心理和习惯。比如在《青铜葵花》中，曹文轩用古典诗意的笔触描摹了葵花的父亲因捞画稿溺水而亡的场景，让一位艺术家的人生在美的韵律中谢幕。所以，儿童文学作品适当地描写苦难，引导儿童理解苦难的意义，能让儿童体会到美好和爱。

二、筑造梦的田园

儿童文学创作要为儿童筑造一个梦的田园，以"梦"为儿童文学的叙事形式，即可以通过梦的叙述来构思情节、组织作品。因为形式与内容是相对的概念，所以在梦的叙事形式中还包含着"梦"的内容。巴赫

---

① 吴其南.守望明天：当代少儿文学作家作品研究[M].银川：宁夏人民出版社，2006：222.

金认为，"形式是作者——创作者和欣赏者（形式的共同参与者）对内容的积极价值态度的表现"①，所以梦作为儿童文学的一种重要的叙事形式，不仅是创作者的选择，也是欣赏者（儿童）的选择。儿童天生爱做梦，"梦"是他们把握世界的一种方式。弗洛伊德认为文学创作是一场"白日梦"，所以从某种程度上来讲，作家与儿童是心灵相通的，尤其是儿童文学作家，更加需要拥有一颗未泯的童心，这样才能为儿童筑造出一个美丽的梦的田园。

在以往优秀的儿童文学作品中，以"梦"为叙事形式的作品十分多见。根据"梦"在整个作品中所承载的功能和所占篇幅的不同，可以将儿童文学分为三类。

第一类是将"梦"作为整个作品的基本情节架构，即作品本身就描述了一个梦境。古代神话故事就是一个个色彩斑斓的梦。儿童作为"小野蛮"，与古人的心性有很多相似之处。因此，"儿童对神话是有一种天然的渴望的"②，在真正的儿童文学尚未出现的年代，神话往往充当了儿童的读物，如童年时期的鲁迅就十分爱看《山海经》。的确，神话故事中如梦似幻的叙述内容总能引起儿童强烈的好奇心。与神话的无意为之不同，儿童文学创作则有意将"梦"引入作品中，以吸引儿童的注意。在全篇以"梦"作为情节架构的儿童文学作品里，英国作家路易斯·卡罗尔的《爱丽丝梦游仙境》堪称经典。该故事从小女孩爱丽丝在小河边打瞌睡开始，之后爱丽丝从兔子洞进入了一个叫作"纸牌王国"的神奇国度，她游历其中，碰到了各种各样会说话的生物和能像人一样活动的纸牌，最后爱丽丝从梦中醒来，发现这场奇遇只是一场梦。这里的"仙境"恰似梦的田园，卡罗尔充分满足了儿童的需要，因而这部作品自 1865 年问世以来，俘获了一代又一代儿童的"童心"。除了吸引儿童，《爱丽丝

---

① 巴赫金.巴赫金文论选[M].佟景韩，译.北京：中国社会科学出版社，1996：304.
② 刘晓东.儿童精神哲学[M].南京：南京师范大学出版社，1999：286.

梦游仙境》也被很多儿童文学作家竞相模仿。20世纪50年代，我国儿童文学作家张天翼也采用类似的叙事结构，创作出了《宝葫芦的秘密》，这个故事讲述了小男孩王葆无意中得到了一个可以帮助他实现愿望的宝葫芦，但后来他发现：这个宝贝不但没给他带来快乐，反而让他感到痛苦。最后"轰"的一声，王葆扔了宝葫芦，梦也醒了。虽然《宝葫芦的秘密》由于时代的局限性，具有较浓重的教训意味，但仍不失为一部深深影响了中国儿童的优秀作品。

第二类创作突破了上一类创作"入梦—梦境—出梦"的叙述套路，全篇并非只写梦，而是将梦作为整部作品的某一情节或片段来呈现。在这里，虽说作者对"梦"所施的笔墨减少，但是"梦"对作品的重要性却丝毫未减。比如在曹文轩的《根鸟》中，小主人公根鸟"以梦为马"，在梦的指引下穿梭于现实与幻境之间。可以说，如果关键时刻没有梦的出现，故事就无法推进，"梦"已然是作品的一条重要线索。

第三类是梦的叙事形式的延伸——幻想儿童文学。在这类作品中，内容不再是生理意义上的梦，全文甚至不出现"梦"的字眼，但却营造出梦幻般的感觉。"幻想是创造想象的一种特殊形式，是一种与生活愿望相结合并指向未来的想象。很多创造性的活动常常是从幻想开始的。"[①]所以，幻想小说的写作作为一项创造性的活动，它的成功离不开创作者丰富的想象力。尤其是幻想儿童文学作家，他们的读者是一群天才的幻想家——儿童，幻想是他们的天赋和本能，也是儿童最宝贵的能力，所以幻想儿童文学作家必须具有丰富的想象力和高超的艺术技巧，这样才能创作出满足儿童精神需要的作品。西方儿童文学作家较早地领悟此道，创作出了大量儿童幻想小说。其中，英国作家巴里的《彼得·潘》享誉世界，被奉为儿童幻想小说的经典。巴里在书中筑造了一个梦的田园——永无岛。在这座岛上，儿童永远不会长大、变老，他们周围都是

---

① 朱智贤.儿童心理学[M].北京：人民教育出版社，2003：38.

梦中才会出现的仙女、海盗、红人和美人鱼。而我国因受"文以载道"思想观念的影响，幻想文学起步较晚。不过，幻想儿童文学的重要性已得到广泛认可，二十一世纪出版社创立了"大幻想文学"图书品牌，儿童文学学界也于 2014 年特别设立了"大白鲸世界杯"原创幻想儿童文学奖，二者均是促进幻想儿童文学创作的有益推动力量。但必须承认，目前我国的幻想儿童文学创作依然存在着不足之处。部分作品缺少创新，有明显的模仿西方经典的痕迹，或者创新的效果不佳，将"幻想"变成了封建迷信，着力描写人死而复生或鬼神附体之类的情节内容。如此怎么让儿童爱读呢？幻想儿童文学的创作并非随意挥洒，而是需要一套严谨的思维系统。这个系统不仅要能构建一个全新的世界，还要符合学生的想象逻辑，使他们能够在阅读中实现认知的接纳，让他们相信这个幻想的世界真实存在。这样的创作原则，不仅体现了对读者认知能力的尊重，也增强了作品的感染力和说服力。彭懿的作品大多是基于现实的，如他的"我是夏壳壳"系列中的小主人公夏壳壳和现实中的大多数儿童一样平凡普通，但这并不妨碍他成为一个小英雄。在梦幻般的世界里，他经历了重重考验，最终取得了胜利，同时获得了精神上的成长。可见，彭懿的作品体现了以儿童为本位的思想。只有真正以儿童为本位的幻想儿童文学作品，才能发挥它促进儿童精神成长、开发儿童想象力的作用，才能成为儿童梦的田园。

电子媒介时代，儿童电影、动漫作品仿佛为儿童提供了一个更为逼真和直观的梦幻世界。尤其是电影院，就像一只巨大的匣子，里面暗黑无声，置身其中的人们突然眼前一亮，斑斓的梦幻世界随即拉开了帷幕。如今，我国各大电影院线上的儿童电影目不暇接，儿童已成为票房的生力军。但当今儿童反而缺乏想象力了，这是为何？这是儿童没有阅读足量的传统儿童文学作品造成的。虽然儿童影视剧作为儿童文学新的存在方式，对儿童成长具有一定的积极意义，但却十分不利于儿童想象力的开发。传统儿童文学作品属于印刷文化，儿童影视剧属于视觉文化，"印刷文化让人'看'的主要是语词和概念，它是以认识性、象征性、理解性的内容诉诸人们的认知、想象和思考；视觉文化让人'看'的主要是'形象'，它是以虚拟性、游戏性、娱乐性的表象供人观赏、参与和消费"①。如果说印刷文化能让一千个读者眼中有一千个哈姆雷特的话，那么视觉文化就让那"一千个"变成荧幕上的那"一个"了。因此，传统儿童文学，尤其是幻想儿童文学才是儿童真正的梦的田园。那如何精心筑造它？这还需要儿童文学研究者切实以儿童为本位，去上下求索。

三、打造玩的乐园

儿童骨子里有爱玩的天性，所以普遍喜欢做游戏。游戏是个体自发地对自身潜能开发的活动，是个体处于游离状态的潜意识的活动的外化。与梦作为"一种单纯的潜意识活动"不同，游戏能使处于游离状态的潜意识外化并与环境条件发生作用。因此，通过做游戏，儿童可以"梦想成真"。儿童文学创作要以儿童为本位，便要顺应儿童爱玩的天性，试图在作品中为儿童打造一座游戏的乐园。外国的儿童文学作家一直深谙此道，"游戏精神"也一直被他们视为儿童文学的重要美学精神。

我国儿童文学在五四时期产生，诸多的五四先驱进行了大量的创作实践，并积累了宝贵的经验。在此基础之上，一位现代儿童文学天才横空出世，他就是张天翼。在童话中，他倾其所能地运用了夸张、变形、错位、荒诞等游戏手法。比如在富翁岛上，三个富翁拿钱打水波波玩，这些描写均充满了游戏的审美趣味。虽然其目的是借此讽喻现实，但是在后世看来，这些隐含政治化的教训丝毫不会让人察觉，因为这一"缺陷"终究抵不过张天翼的那颗灿烂童心的观照。中华人民共和国成立以后，"游戏精神"在儿童文学创作中获得了更多的发展空间，也产生了更多彰显"游戏精神"的优秀作品，任溶溶的《没头脑和不高兴》便是

---

① 姚文放.媒介变化与视觉文化的崛起[J].文艺争鸣，2003（5）：14.

其中的代表，它讲述了两个分别叫作"没头脑"和"不高兴"的孩子的故事。他俩的个性特点从名字就可以看出来，"没头脑"做事丢三落四、"不高兴"喜欢跟人唱反调。忽有一天，仙人将他俩变成了大人，"没头脑"成了工程师，"不高兴"做了演员。谁知，他们依然不改脾性，"没头脑"忘记给999层高的大楼设计电梯，"不高兴"在演"武松打虎"戏目里的老虎时，不高兴怕被武松打死，便追着武松打……在故事推进过程中，作者利用情节内容与生活常态的错位，弥散出了游戏性与趣味感。由此可见，任溶溶并未被彼时主张儿童文学的教育性的观念绑缚，并未对儿童进行生硬无趣的说教，而是寓教于乐，将游戏性与教育性二者结合。20世纪80年代，儿童文学创作逐渐摆脱了与"教育性"胶合的状态。吴其南说："在20世纪末和进入21世纪以后这段时间里，淡化教训，倡导游戏、娱乐，将儿童文学玩具化，个人、儿童、读者在儿童文学活动中的中心地位、主导地位才逐渐地凸显出来。"①在这一时期，掀起了"热闹派"童话的创作风潮，在被誉为"热闹派"童话"三驾马车"的郑渊洁、彭懿、周锐的创作中，可以明显看到对"游戏精神"的推崇。

"热闹派童话是童话作家的一种自觉意识的产物。它们的风格是独特的：这些作品是从儿童现实生活出发的；运用瞳孔极度放大似的视点，夸张怪异；追求着一种洋溢着流动美的运动感，快节奏、大幅度地转换场景，以使长于接受不断运动信息的儿童读者，在令人眼花缭乱的类似电影运动镜头的强刺激下，获得审美快感；采用幽默、讽刺、漫画、喜剧甚至闹剧的表现形态，寓庄于谐，使儿童读者在笑的氛围中有所领悟，受到感染熏陶。正因为这些特点，大大缩短了与作者之间的距离感，受到了儿童读者的欢迎。"②从"热闹派"童话宣言中的运动感、快节奏、转换场景、快感等关键词中，可窥得其基本美学特征是强烈的"游戏性"。

---

① 吴其南.20世纪中国儿童文学的文化阐释[M].北京：中国社会科学出版社，2012：109.

② 李学斌.儿童文学与游戏精神[M].南昌：二十一世纪出版社，2011：64.

比如在郑渊洁的《舒克和贝塔》中，原本人人喊打的过街老鼠摇身一变成了惩恶扬善、助人为乐的故事主角——飞行员舒克和坦克手贝塔。它们为了摆脱作为"鼠辈"的世世代代的恶名，分别开着玩具飞机和玩具坦克离家闯荡，一路上携手做了许多好事。在郑渊洁的另一部作品《魔方大厦》中，小男孩来克因打乱玩具魔方后不能拼回去，便生气地将之掷在地上，谁料魔方忽然变大，将来克带入了一个由26个"方国"构成的魔方世界。两部童话里均有玩具的"戏份"，而且"戏份"都挺重。玩具飞机和玩具坦克是舒克和贝塔的战斗装备，没有玩具，它们将"巧妇难为无米之炊"，而魔方为来克打开了一个奇妙的世界，从中可看出郑渊洁洞见了玩具之于儿童的重要性。儿童喜欢玩，往往对玩具爱不释手，不少年龄较小的儿童甚至须臾不能离开玩具，会抱着玩具入眠。儿童摆弄玩具飞机、玩具车时，难道不希望自己能坐在里面，翱翔在蓝天上、奔驰在大路上？儿童摆弄魔方时，难道不希望它真的有魔力？郑渊洁满足了儿童的愿望，在创作中为儿童打造了一座游戏的乐园，让他们体验到游戏的快乐。

说到"快乐"，不仅上述的"热闹派"童话将之奉为圭臬，新时期我国的儿童文学创作也很重视。这源于改革开放以后社会环境的改变使我国儿童文学作家的儿童文学观念有了调整，被长期悬置的以儿童为本位的思想重新得到了重视，作家开始集中关注儿童读者接受和阅读效应了。因此在彼时，一些儿童文学作家的创作着实取得了不错的成绩，他们的作品以浓郁的"游戏精神"感染小读者，不仅使他们感受到了快乐，也如春风化雨般让他们获得了精神上的成长。比如郑渊洁以老鼠为童话主人公，写它们为摘掉恶名如何历经艰难险阻去证明自己，其中也暗含对儿童的教育和引导，只是这种理性因子如盐入水，肉眼是很难看见的。但是好景不长，儿童文学领域出现了矫枉过正的现象，即将简单化、片面化的快乐凌驾于一切创作准则之上，将审美的"游戏精神"与身心分离的"快乐主义"等同。该现象的成因主要有两方面：一是社会外部环境的更易。在电子媒介时代，消费主义、娱乐主义盛行，因此作家的创作向商业化、娱乐化偏移。二是作家内部观念的误导。有些作家误以为让儿童在阅读中获得生理上的快感就是所谓的"以儿童为本位"，这点是导致当下儿童文学创作中"游戏精神"缺失的最根本原因。"儿童本位"观并不是说儿童想要什么就给他们什么，而是从精神层面上理解、尊重和解放儿童。人们以此来审视当今某些作家的儿童文学创作，便会发现有些作品并不是真正的以儿童为本位。"快乐原则"固然重要，但是它只是一种具象的实践层面的文本表现形态，与"游戏精神"所蕴含的抽象的审美内涵有本质上的区别。马斯洛的需要层次理论早已说明，人既有较低层次的生理上的需要，也有较高层次的精神上的需要。所以，儿童文学创作不能仅遵循"快乐原则"，满足儿童低层次的需要，而是必须实践真正的"游戏精神"，满足儿童高层次的精神需要。总之，儿童文学作家为儿童打造的游戏乐园不是用钢筋水泥构建的迪士尼，而是用文字堆砌的、能够塑造儿童精神人格的地方。

第四章 审美视野下的当代儿童文学教育

第一节 儿童文学审美价值的内涵及具体体现

一、儿童文学审美价值的内涵

审美是一种特殊的感受活动，具有含混性、开放性。朱光潜作为"美在中国"的代表人物之一，曾发表了对"审美"的一些认识。他认为对于审美，每个人的感受和看法都不同。对于审美的定义，他认为从哲学的角度来看，没有一个令人满意或者毫无争议的答案。当然，更不可只在字的表面上理解"审美"，审美的内涵理应更为丰富、更为动态。儿童文学具有一种能够使儿童获得审美体验的特点，这是其价值所在。儿童文学的内容、形式具有鲜明独特的审美特征，能够被读者把握，满足读者的精神需要，具有独特的审美价值。

幻想是儿童文学作品的重要特点，这种幻想色彩赋予了儿童文学与其他文学形式相区别的独特审美。此外，儿童文学作品的审美价值还表现在作品的诙谐幽默以及诗意色彩上。诗一般的语言有利于儿童审美意识的熏陶；诙谐幽默能够培养儿童积极向上、乐观面对挑战的性格，而幻想能够发散儿童的想象力，对其创造力与创新力的提升有一定的促进作用。

二、儿童文学审美价值的具体体现

艺术关注人和自然、人和社会以及人和自我之间的关系，能够揭示人性的广度与深度，从而呈现出人类的价值取向以及生存发展的趋势，赋予作品更深的含义。儿童文学作品在体现人性矛盾、生态困境及关注人类现实未来等方面有自己独特的角度，其创造的世界，是对真实世界中的复杂人性与各种面相进行复制，其实就是真实世界的投影和镜像，因此有着很深的隐喻性。其在作者的审美感染下，展示人生体验、思想和哲学。儿童文学作品的主旨不仅仅是叙述儿童的天真无邪，更多的是表达作者的丰厚、深沉以及独特的审美感受。因此，读者在进行阅读时，需要理解作者所要表达的情感，从而形成相应的审美心理结构和趣味。

（一）涵养儿童成长的精神气质

在儿童文学作品的阅读过程中，作者往往希望读者忘了自我、忘了现实，生活在艺术的世界里。但现实题材的儿童文学作品，立刻就会引起人们对自身、对现实生活的关注，使得人们通过日常经验与理性思维直面被压抑、被遮蔽的生活本身和人类本身的有关问题，引发一次至情至理的思考。

低幼儿童阅读的儿童文学作品当中有一最大的特点，就是在遇到问题的时候会绕过它们。主人公在身处困境的时候，通常情况下不会直面难题，而是设计出一些情节使他们能够巧妙地避开，并且之后就会轻易地获取到幸福生活。这种只依靠单纯的希望将现实困苦进行虚幻化的处理，使得故事说服力比较差，并不能将现实人生规律正确真实地反映出来。

另外一部分以少年为阅读主体的现实主义儿童文学作品在情节发展的过程中不断地进行感性推演，在理性审视之后仍能够经得起逻辑推敲，其中对于人生难题的描述显得更为现实和深刻，在人生难言之中展现出审美追求。对坎坷苦难现实而理性的描写，是为了表现极度的情真意切。

通过悲悯情怀下的苦难描写折射出人性的光辉，真正地让人们感到人性的美、人性的善良以及人性的真诚。就拿《礼物》这一作品来说，在小说中，斯坦贝克是故意使孩子体会乔弟的痛苦、担忧以及懊悔，从而让读者深深地体会人间的苦难，即便是最信赖的人也不会保证所有的事物都会一帆风顺。这样就导致在最后的结局上并没有其他作品的大团圆，而是让乔弟承受失去小红马的痛苦。张炜为小读者讲述了少年知己之间弥足珍贵的友情，同时描述了在友情遇到波折时少年们的选择。因为果孩儿具备优秀的长跑能力，女孩紧皮选择与其成为好朋友，然而当果孩儿没有取得长跑比赛冠军时，紧皮拒绝与果孩儿成为朋友，果孩儿得知后既悲伤又感到欣慰，因为失去了紧皮这个朋友使他明白了不能和这样功利的人做朋友，好朋友是不会因为没有得到冠军而抛弃自己的。与此同时，老憨却一直陪伴着果孩儿，不论果孩儿是成功还是失败。这和紧皮对待果孩儿的态度截然相反。果孩儿也因此明白了，真正的朋友在乎的是自己而不是冠军，无论自己处于何种境遇，真正的朋友都会选择一直陪伴自己。人年少时的友谊难能可贵，但是孩子在成长过程中也会遇到各类各样的"友情麻烦"，这时舍弃那些"表面友谊"是明智的抉择。作者通过讲述这样一个小故事，向读者传达了深刻的人生哲理。

在《青铜葵花》中，面对一众乡亲和因父亲意外溺亡而陷于无家可归境地中的葵花，葵花奶奶说道："没错，我们家穷。我们家拆房子卖，也要养活这闺女。反正，这闺女我们家要定了！"[1]人性之善在这寥寥数语中得以体现。作品不仅仅是作者思想感情的表达方式，还能将作者所要表达的情感通过书本的方式传递给每一位读者，使读者与作者产生心灵上的共鸣。即使生活如一杯苦水，也可以从中品味到一丝香甜，隐藏在苦难背后的往往是人性的真善美。在生活的绝望与无情之中也包含着希望与宽怀。比如《草房子》中的小主人公桑桑，突然到来的疾病，使

---

① 曹文轩.青铜葵花[M].北京：天天出版社，2020：179.

得桑桑原本快乐的生活蒙上了一层阴影。但与此同时他学会了用善意的眼光去看待世界、看待他人，对生死也有了自己的认识。

大部分作品都要使儿童世界具有奇妙的形态，这样才能够毫不掩饰地表达出儿童文学创作的意义，同时根据儿童文学创作框架在现有发展基础上进行拓展，这样能够为儿童文学的发展提供全新的机遇。

（二）体味丰富的象征世界

很多时候，艺术要通过荒谬、变形以及夸张的写作手法体现，很多儿童文学作品经常用到上述写作手法。因为相应的儿童文学里面的人物形象通常都有自由这一特征，因此使用相应的写作手法能够将自由表现得淋漓尽致，其能够达到普通的艺术形象以及艺术手法难以达到的境界。

第一，创作者用简单的意象塑造了一个象征的世界，这些意象简单又深刻。以《小王子》为例，首先描述故事的发生环境。小王子被困于沙漠里，其带的水只够喝一个星期，因此其对小王子来说，是生和死的困境。另外，沙漠里也鲜有生命，一望无际的沙漠让人感到无限的孤独。其次描述小王子所处的环境，是一个"一切都很小"，只有一个人、一朵玫瑰还有几座火山的小星球。其经常打扫火山口，照顾猴面包树的小小的树苗，上述这种规律的生活状态使他很充实。他的世界仿佛是一个诗情画意的、让人们所向往的理想世界，其试图在玫瑰中发现爱情，在孤独中发现生存的意义，在欣赏落日余晖中消散内心的悲伤。尽管他所生活的星球很渺小，但是在这个星球上，有他悉心照顾的玫瑰花、活火山以及猴面包树。由此能够看出，其所生活的星球是美好的、温暖的。

第二，揭示人性异化，呼唤回归人性本真。黑格尔说："异化是指分裂为二的过程或树立对立面的双重化过程。"①以《小王子》为例，在旅行的过程中，小王子进入了几个星球，看到了各种各样的人，其中有地理

---

① 黑格尔.精神现象学：上 [M].鹤麟，王玖兴，译.上海：上海人民出版社，2013：11.

学家、爱慕虚荣的人、商人以及国王等，其依次体现的是知识、名声、金钱以及权力对人产生的异化。对于国王来说，其始终处于自己的王国中，一直在操纵与命令这个国家的人，迷失在追逐权力的快感中；对于地理学家来说，其希望在追求知识的过程中发现真理，然而却丢失了人应有的感性；对于点灯人来说，他们不愿意变通，因此使自己的生命流逝于灯光中；对于商人来说，他们把所有时间都浪费在计算上，幻想着所有利益都是自己的；对于酒鬼来说，其沉迷于酒精中，不能全身而退；对于爱慕虚荣的人来说，他们只想获得人们的仰慕和崇拜，始终在欺骗自己；对于地球上坐火车的人来说，他们始终在路上，却不知道去往何方。这些人将追求名声、知识、金钱以及权力看成自身存在的主要价值以及相应的衡量标准，将事物给人们带来的价值看作最终的追求目标，根本不在意事物自身独有的价值。主体的不同造成了其所追求的价值也各不相同，这就是儿童和成人的衡量价值的标准不同的原因。

第三，儿童文学中的荒谬，揭示人物最内在的情感，也是作者内心世界不经意的流露。在《小王子》这一作品中，狐狸、蛇以及花代表着不同的寓意。其中，玫瑰花代表着主人公的美好爱情，小王子每天晚上仰望星空的时候都会感觉很美好、很幸福。另外，小王子和狐狸的交流象征着人和人建立于互相理解以及沟通层面上的友情是非常珍贵的。主人公想要和狐狸一起玩，狐狸给其说明了"驯服"的意义，并且还说所谓的驯服，实际上是创造联系。当主人公来到地球上的时候，第一个遇见的是蛇，其实这条蛇是有着一定的使命的，它告诉主人公"你很娇弱，却到了这个地球上，使我顿生怜悯之心。倘若有一天你想回去，我能够帮助你回到你的星球上"。在蛇的帮助下，他的灵魂才得以回归。蛇、狐狸以及花代表着自然界的无忧无虑，其理解使命、责任和爱。而被文明洗礼的"大人"，在花园中种植了五千株玫瑰花，但却没有发现自身一直追求的事物。对于他们来说，使命、责任以及爱早已经被其遗弃了。作者构建的这个童话世界，饱含着他内心世界的一份孤独。

作者的孤独感来源于他所生活的社会以及环境。《小王子》这个作品写于二战时期，在此时期，作者加入了空军侦查行列，亲眼看到了战争给人们造成的困苦，因此使得作者顿生悲悯之心。而小王子的探险历程，其实也是作者建立各种各样联系的过程。除此以外，作者还感叹如今人和人之间关系的冷漠，因此利用"驯服"来建立一定的联系，其主要是为了让主体间互相依存、需要以及理解，这也是改善社会中疏离的人际关系的写照，体现了作者对于人际环境的深刻反思。

（三）空前解放的自由性

对于艺术作品来说，都是用来自我实现愿望、自我满足的。儿童文学所表现出的"自由"给人带来精神的解放和生命的高扬，这和其形象的品格以及作者、读者的想象力相关。惊奇感与陌生感的到来，是想象力空前解放的表达之一。

当人们处于陌生环境的时候，就会莫名地感到紧张，从舒适、平静的状态突然变到惊诧、陌生的状态，也就是人们常说的应激反应。黑格尔详细地讲述了所谓的"惊奇感"。他认为，对于一个人来说，如果他处在蒙昧阶段，就不会有相应的惊奇感；对客观世界了如指掌，其也不会产生惊奇感。只有处在上述这两个状态之间，人才能于相应的事物中重新找到自己，"这时人一方面还没有把对一种更高境界的预感和对客观事物的意识割裂开来，而另一方面，人也见出自然事物和精神之间毕竟有一种矛盾，使客观事物对人既有吸引力，又有抗拒力。正是在克服这种矛盾的努力中所获得的对矛盾的认识才产生了惊奇感"①。所谓的惊奇感，实际上指的是人们在审美的过程中产生的震撼心灵的感受。

在审美活动中，想象力是一种不可或缺的思维创造力，各类艺术作品都是丰富想象力的结晶，因而艺术创作和艺术欣赏就成为培养想象力

---

① 黑格尔.美学：对广大美的领域的剪短叙述 [M].燕晓东，译.北京：人民日报出版社，2005：23.

的极好途径。尤其是在儿童文学的世界里，作家创造出不同于日常生活的艺术形象和逻辑变异与时空变异的世界，给儿童带来了很大的心灵与知觉上的震撼。这种震撼在幻想小说中体现得尤为明显。其具体内容如下。

1. 时空观念得到解放，现实世界与幻想世界并存

在文本中，作者会创造一个二次元的世界。现代人始终认为，现实世界和幻想世界存在着很大的不同，因此当人们处于幻想世界中时，会产生惊异感。比如《哈利·波特》中构建的两个世界，一个是不懂魔法的麻瓜世界，一个是魔法师的世界。这两个世界相互连接，具体可感。在《爱丽丝漫游奇境》中，两个世界靠兔子洞连接；《哈利·波特》中不存在的站台的出现，将超现实的生活引入现实生活中；路易斯在他的作品《狮子、女巫与魔衣橱》里提到，两个世界是通过一扇衣橱的门进行对接的。人们的世界观和二次元结构是相互对应的，因此人们会对幻想世界中的情景产生诧异感，看到会说话的事物，通常会非常惊讶。如《宝葫芦的秘密》中，当王葆第一次听见宝葫芦和他进行对话的时候，他惊讶地"跳一跳""摸了脑袋"，另外还使劲地拧了自己的腮帮，认为不是真的，像是在做梦。当奶奶听到他们的对话时，王葆只说他在念童话故事，并没有把宝葫芦的事情告诉奶奶。儿童文学作品打破了传统的现实唯一性，创造了另外一个平行的世界。儿童文学主要体现的是人们在现实压迫下渴望获得真正的自由的愿望，将压抑变为敞开，通过自身的感性思维来完成人们的感性愿望。以《小飞人卡尔松》为例，卡尔松可以随意进出别人的家，可以神不知鬼不觉地拿走小偷的钱包和手表，这在现实中是不可能发生的事。小家伙多次想把卡尔松介绍给自己的爸妈，每次都被卡尔松找借口敷衍过去。这让读者不禁思考，小飞人卡尔松在这个童话世界真的存在吗？其是不是小家伙想象出来的？现实和虚拟的时空界限互相渗透、渐渐变得模糊，因此虚拟的东西从某种意义上来说已经变成现实的东西了。因此艺术世界是非常梦幻的。倘若梦幻是十分

自由的，那么相对应的艺术形象也是自由的。

这类作品，常与宝物、魔物连在一起，使平常事变得不平常，增添了新奇感，拓展了美的天地。读者跟随主人公来到二次元世界这一特殊的环境，有关作品中的主人公能够有效地引起儿童的注意。主人公穿梭于幻想世界和真实世界之间，因此能够激发儿童的好奇心，另外，还有利于培养他们的想象力。

2. 物质观念得到解放，物性与人性可以拆解和组合

儿童文学往往会采用拟人的形式赋予事物"人性"，并且适当地突出或者保留自身的"物性"，尽管读者在阅读时会觉得十分夸张，但其确实存在一定的真实性。如意大利文学家科洛迪的作品《木偶奇遇记》，其完美地勾画了一个匹诺曹的形象。科洛迪在创作作品时，始终保持着童心，其不但没有抑制作家的实际才能，而且有利于创造荒诞、离奇的情节，营造了非常欢快的氛围。

儿童文学在描写人格化形象时，要注意人的性格特点与思维逻辑，使人和事物的发展具有艺术真实性。匹诺曹这个形象投合了儿童的心理，使儿童产生强烈的认同感。他是有着真实儿童情感的顽童，任性、捣蛋、不守规矩，有时候还喜欢撒点谎，他既没坏到无可救药，也不是一个非常完美的孩子，他也和真实世界中的孩子一般，有着善良的心，非常重情感。从小木偶的行为上，展现出的儿童的现状，是真实可信的。他的自我意识很强，经常不能控制自己的行为，为了看木偶戏可以卖掉课本，不喜欢吃药只喜欢吃糖，不听从仙女的话随小灯芯去"玩耍王国"变成了一头驴，从来不听话，做出的承诺转眼就忘。在孩子眼中，匹诺曹就是他们自己，这就是自己的思维方式，就是自己的故事。虽然木偶有很多缺点，但它也有自己的优点，如重视感情，为救朋友可以牺牲自己，对泽皮德师傅和蓝发仙女像对父母一样的依赖。在它身上，儿童可以观照自己闪光的一面，恢复失去的自信。作者也细致地描绘了木偶在顽皮与学好之间不断摇摆的心理活动，想卖掉课本看戏，又觉得愧对爸爸，

得了五个金币就想给爸爸买件华丽的衣服，给自己再买一本书。作者刻画出一个孩子真实的心理变化，与儿童产生了一种心灵感应，形成了一种"同构"关系。木偶就像一面镜子，儿童可以摆脱现实的束缚进入感觉的自由状态，细致地从它身上观照自我以及事物的本质。

儿童文学所创造的超现实、非现实的形象激发读者的想象，在这种想象当中才能够使儿童文学充满一种现实荒诞性，离奇的故事情节中透露出无穷无尽的趣味，大人或者儿童都会被这种现实荒诞性所吸引，大大增强了儿童文学作品的吸引力，并且产生更加悠长的生命力。

3. 自由的概念还应该包括情感的自由

具有审美价值的儿童文学必须有创作者真实的人性表达，还要符合接受人的有关情感依托。从儿童这一角度来看，和现实不符合的情感往往都会被压制，他们羞于表达或者不能表达。儿童，生活在成人"权力"之下，存在于社会文化之中。换言之，儿童在获得父母保护的同时，会被父母约束，生活中也处处面对打压。如果儿童一直在约束与打压下成长，心中的郁闷将如雪球般越滚越大，旺盛的生命力将日渐枯竭。儿童生活的难题，被卢梭发现了，被杜威提出了。卢梭提出儿童是自然人，是个完整的人；杜威则提出教育思路需要按照儿童的认知思维发展进行设计，以适于儿童的认知成长规律，让儿童能够积极主动地学习。因而，儿童文学作家开始以儿童的眼光去关注他们的生活，在作品中尽情展现儿童内在的热爱自由的天性。如果说，对自由愿望的追寻是儿童在心理层面对成人的反抗，那么再深层次的挖掘，可以说是儿童自身形成的人生观、世界观、道德观等诸种价值观念与成人种种价值观念的碰撞，儿童在与成人的碰撞中完成自我重塑。

（四）回归自然的本真性

现代人类的生活节奏日渐加快，家长整天为生活操劳，没有时间考虑孩子的安全问题，因此就将他们置于安全区域内。儿童变相地被"囚禁"起来,失去了自由。狭小范围下成长的儿童日渐变得孤独与自我本位。从思想情感上看,儿童要比成人更接近自然,儿童会不断地回味自然,感受自然的伟大,激发出探索自然的兴趣。这种淳朴天然的关系使人们在探索自然的时候会保持无穷的乐趣。由于儿童对于一切事物都保有新鲜感,更是大自然之子,因而自然母题的儿童文学创作获得儿童的喜爱。相较于成人文学,儿童文学拥有更多的是自然主题的儿童文学作品。大自然对于儿童文学作家的重要意义主要体现在,作家通过与大自然的接触,逐渐融入自然中去,感受四季变化,领略大自然的千姿百态,进而使作家心灵产生一定的感触。作家将这些所见所闻通过文字表达出来,不仅使得作品融入了自然的"灵魂",也使得作家的人格得以升华。20世纪以来,儿童文学界不断地出现各种各样的关于动物主题的作品。这类作品契合儿童心理特征,就像原始的人类和大自然和谐相处一般。

第一,对于儿童文学作品来说,其所呈现的是真实世界的另外一种生活状态,作品启发人们使用不同的目光去进一步认识实际生活,这里的实际生活指的是人们真实的生活。

露西·莫德·蒙哥马利在她的《绿山墙的安妮》作品中,叙述了孤儿安妮·雪莉的成长故事。这个作品的核心思想是"生存",其实际上是安妮·雪莉追求被人们认可的过程。同时,该作品还隐藏了当时人们的生存境况。该作品所提到的阿冯利村,处在爱德华王子岛十分不起眼的地方,经济非常不发达,交通也不方便,所以马修兄妹与玛丽拉只能靠种田维持生计,生活过得很贫苦。另外,马修还患有心脏疾病,但是因为经济因素一直没有治疗。他们把其很少的积蓄都存进了艾比银行。而银行的倒闭,给他们带来了巨大的灾难。对于马修兄妹来说,其所代表的就是当地的普通百姓,尽管离中心城市很远,但是仍会受到经济政策力量的影响。

第二,通过欣赏美景与想象来弥补实际生活的空缺。对于安妮来说,其通过想象创造出了充实而又美好的精神时空,而它能给予安妮在实际生活中得不到的尊严以及快乐，并且能够实现她的所有愿望。然而，单凭想象是不能帮助她解决实际生活中的困境的。她怎么才能摆脱社会对她的伤害呢？欣赏大自然。

当安妮每次欣赏自然界中的美丽景色时，她就不会一直幻想。在整篇文章中，始终在描绘自然美景，呈出了理想世界的色彩。站在安妮的角度进行陈述，作者为每一个喜欢的自然美景都进行了命名，如"白雪皇后""闪光之湖""喜悦的洁白之路"等，从而使得景色变得更梦幻、迷人。安妮不管在什么地方，都会和自然美景融为一体，沉浸其中。另外，自然美景还让她感受到了仿佛宗教般的关爱："树枝下的空气里飘荡着一种紫色的柔光，向前看去，隐约可见被落日染红的天空像教堂走廊尽头的大圆花窗一样发出光芒。"①作者把教堂的光芒和夕阳的余晖作比较，其显现出了安妮对自然的深深的喜欢之情。从某个角度看来，主人公对上帝的爱戴已变成了对自然界的喜爱。当主人公和自然融为一体的时候，自然美景不但使得她身心舒畅，暂时忘记实际生活中的苦难，还让其有勇气面对生活。从读者的角度看来，作品里的人和自然、人和人构成的和谐世界成为他们所向往的地方，小说中描绘的人性美与自然美，是他们最憧憬的状态。因此作品内容对很多读者有着很强的吸引力。

以自然世界作为创作背景，通过对自然景观的描述，使得读者能够身临其境地感受自然的多姿多彩。在自然世界中，即使是天真稚嫩的孩子，也会对自己的未来和过去进行一定的思考，对自然世界以外的东西产生好奇心。《寻找鱼王》里的主人公生长在大山中，很少可以见到鱼，吃鱼更是难上加难，偶然的机会，父亲在干涸的山沟中发现了三条已经被晒干了的泥鳅，那也是主人公第一次吃鱼，为此一家人兴奋了许久。在大山深处，即使是富贵人家也不舍得吃鱼，只有逢年过节时才会将鱼摆在桌面上，但是并不会吃，因为明年仍需将这盘菜摆在桌面上。正因

---

① 蒙哥马利.绿山墙的安妮[M].2版.李畅，译.北京：北京燕山出版社，2010：20.

为鱼如此宝贵，坚定了主人公想要学习捕鱼技能的决心，从此主人公便踏上了一条拜师学艺的道路。通过与水手鱼王和旱手鱼王的接触，主人公在掌握捕鱼技巧的同时，对"鱼王"有了更深刻的认识，鱼王更为深层的含义在于对自然的守护，失去了大自然，鱼也会随之消失，鱼王自然也就不会存在。

儿童文学之所以能够维护儿童心灵的完整，是因为儿童文学中融入了大量的自然因素，使得小读者在阅读过程中能够身临其境地去感受大自然的美好，也让读者能够走入作者的内心世界，体验文学的魅力与核心。张炜在其作品中会对大自然进行细致的描述，将大自然的千姿百态融入作品之中，以此来表达对自然的崇敬之情。通过对自然的描写来表达人生哲理，如书中通过描写动物之间的生存活动来表达人人平等这一理念。作者笔下的大自然是纯洁美好的，而大自然的这份纯洁与美好也正是作者所向往和追求的，通过对大自然的描述，表现了作者对自然的敬畏之情，以及对生命的感慨与赞叹。对美好事物的追求，为小读者营造温馨的氛围，从而让小读者对世界充满善意，让他们感受到世界的温馨与美好，培养读者向善向美的品格。

第二节　儿童文学对儿童审美体系的形成与培养

文学是人学。纵观文学发展史，儿童文学成为独立文学形式的时间相对较短。现代儿童文学的雏形形成于文艺复兴时期，"以人为本"的思想极大影响了文学界，儿童作为独立的对象，以儿童为本位打造的文学作品也应运而生。儿童文学的最终目标是通过文字对于儿童精神世界产生影响，进而帮助其理解现实世界。这些理念以现实美与艺术美为载体，通过审美这一特殊手段传递。儿童文学作品面向少年儿童，但其作者却是成年人，儿童文学作家作为童心生活状态的关注者，其对于作品中美学的把握是儿童审美能力建设中的重要一环。针对这些要求，只有深入探究儿童文学的美学特征，了解其与教育、文学创作之间的关系，才能够在儿童文学教育中帮助儿童形成审美体系。

一、审美与儿童文学的共性

儿童文学作品通过文字帮助儿童虚构情境，表达情感。优秀儿童文学作品的审美特征会给儿童带来更好的审美体验，并与情感共联，让儿童在情感识别中唤醒情感，在想象与演绎中体验情感。审美与儿童文学存在以下共通之处。

（一）结合生活，具有游戏精神

游戏是儿童生活的起点，是其最主要发泄精力的途径。儿童游戏有着意向性、虚拟性、指代性、创造性的特点，儿童在其中所表现的行为可以理解为其对于事物的精神观照。从精神层面出发，审美与游戏在表现形态上不谋而合，这是由于儿童并不像成年人一样，通过理性思维对世界进行分析，他们通常采用独有的较为单纯的思想方法、价值观对于世界进行感性的认识。在游戏中，儿童成为自己世界的创建者、发明者，打破身体机能的限制，成为自己世界的中心。游戏中的创造过程与审美中的移情相对应，可以认为是儿童通过想象力创造审美的过程，这种非功利主义是美学与儿童游戏的共同特征。

（二）运用象征，本质力量对象化

生命活动与人本质力量对象化进程是统一的，人的主客观意识均会被主体的创造性所影响。儿童本质力量对象化过程就是其审美意识对文学及其他艺术表现形式接纳的过程。儿童感情的表达是主观情绪与客观事物结合的过程，而象征符号是儿童抒发感情的主要通道。因此，小读者能通过文章的文字与插图来体会主人公的情感。儿童文学通过其多样的表现手法激发儿童阅读兴趣，好的作品可以通过本质力量的对象化在儿童情感与书中人物故事之间搭设情感的桥梁，吸引儿童阅读。

（三）充满幻想，满足儿童需求

儿童文学因其加入大量魔幻情节，对于它的审美也比较特殊。其一，儿童文学通过充满想象力的情节设定，吸引儿童继续阅读，实现儿童潜意识中对于某种事物的渴望。其二，儿童通过对儿童文学作品的阅读，遨游在精神的世界中，体验在日常生活中不可能体验到的感觉，宣泄内心的不满，实现精神上的满足，让所有渴望在幻想世界里得以实现。其三，儿童文学通过对动物及各种事物的拟人化描述，提升儿童对于自然的探索热情，培养儿童从不同角度发现美的能力。

二、儿童文学审美的意义

审美是儿童文学的第一属性。儿童文学作家以文字为工具，创作出符合儿童审美观的作品，从精神层面上给小读者传递美的内涵。儿童通过文学在虚拟世界中宣泄情感、发掘潜能，在这个过程中，人的本质力量淋漓尽致地展现出来，有助于建立与完善自身的审美体系。

（一）培育精神气质

在创作儿童文学作品的过程中，作者往往通过儿童的视角赋予主要人物一些良好的品质，如海尔兄弟的睿智、白雪公主的善良等。这些主角的本身属性，经过困难的磨砺更加完美。儿童文学作家通过儿童的眼光对现实社会进行一定程度的剖析，确保儿童天性得到释放。随着时代的发展，儿童文学也逐渐向着现实主义文学发展，如备受少年儿童喜爱的曹文轩的《青铜葵花》。儿童文学创作的意义就是通过文字将儿童善良的天性得以释放，为当代儿童精神气质的培养起到引导作用。

（二）激发情感共鸣

探索与冒险是比较吸引儿童读者的题材，儿童文学通过生动的语言使儿童与主人公一起在架空世界中冒险。儿童文学作品中很多主人公与读者年龄特征相类似，而且其中部分经历是读者现实状态的真实写照，能够激发其真实情感，促进审美情趣的发展。比如，在《海尔兄弟》中，随着主人公不断地遭遇困难、解决问题，强烈的游戏精神引起儿童的阅读兴趣。此外，海尔兄弟在冒险中对生活中常见自然现象（打雷、下雨、出现彩虹）的形成给出了科学的解释，在吸引读者的同时，兼具科普能力，能够使儿童与主人公一同前去探索，在过程中解放自我，引起情感上的共鸣，同时学到许多生活常识。

（三）提高审美情趣

儿童年纪较小，对不可知的事物存在与生俱来的好奇，这些好奇会引起儿童的模仿欲，使其模仿儿童文学中的情节或成人行为。儿童文学通过塑造个性鲜明的形象，编织吸引读者的故事情节，深入浅出地引导儿童走向真善美的一边。比如，《海的女儿》中对美人鱼的纯真善良与巫婆的阴险狡诈进行对比，文中直接细致的剧情描写，使儿童更容易分辨善恶。故事中对于美好与理想的追求也可以被年龄稍大儿童逐渐理解。在这样积极的阅读之中，他们在接受儿童文学带来的快乐的同时，提高了自身的审美情趣。

三、儿童审美体系形成过程

儿童的审美是一个不断前进的过程，在不同时期对审美存在不同的需求。洋务运动之前，儿童文学的作品以传统文学经典《弟子规》《千字文》《龙文鞭影》为主，传统文学中的儿童教育几乎围绕着儒家文化，没有根据不同年龄段的儿童创作不同儿童读物的认识，这在一定程度上阻碍了儿童审美能力的发展。随着新民主主义革命的结束，中国基本已经完成语言改革，"白话"已经成为日常用语，新式儿童诗歌及儿童童话开始出现，其中涌现出许多优秀的作品，如《两个老鼠抬了一个梦》《燕子去了》《新禽言》。在这些童话的创作过程中，文学创作者也逐渐认识到不同年龄段儿童对于儿童文学的要求不同。基于儿童年龄成长与审美体系的发展要求，儿童审美体系形成过程可以分为前期重视培养审美兴趣、中期提升审美感知和理解与后期实现审美创造的飞跃三个部分。

（一）前期重视培养审美兴趣

低龄儿童（0～7岁）通过视觉与触觉对美好的世界进行感知，进而满足自身审美需要的倾向被称为儿童审美兴趣。由于儿童生理年龄的限制，其审美兴趣通常具有超现实、理想化的特点。在这一阶段，针对儿童审美的教育应以培养及引导其审美兴趣为主，使其在日常行为中发现美。前期审美兴趣的培养对于其后期审美体系的形成及发展具有深刻的意义。

低龄儿童在学习中对其所观察到的各种现象通常会进行超现实化的阐述，这些阐述中充满着不符合科学原理的变形与想象。比如儿童诗《青蛙写诗》，通过描写雨后池塘中的事物，将小蝌蚪的形态、荷叶上水珠的形态及池塘中泡泡的形状进行变形化处理，将其类比为逗号、句号及省略号，这种处理加深了低龄儿童对于这些标点符号的理解与应用。此外，文章中大量地使用叠词来描述声音，如"淅沥沥""沙啦啦"等，这不仅能将雨中池塘的声音完整地展现出来，也可以使小读者获得"耳闻目睹之感"，从而激发其审美兴趣。通过这种形式的教育儿童会产生模仿的心理，发挥想象的作用，发现生活的美好。比如将云朵比作五颜六色的棉花糖，将飞机比作在天空遨游的飞鸟等。这样通过儿童文学的学习与教育，极大地增加儿童的审美兴趣，引导他们追求美好的事物，对于审美活动有更多的主动性。

（二）中期提升审美感知和对美的理解

经历了初期的审美兴趣的培养，小读者对于审美有了初步的认识，这时儿童文学教学的主要任务就转变成了审美能力的提升与对于美的理解。在这一阶段，他们已经成功地感受到浅层事物的美，并对于美有了自己的认识，他们的目标开始从客观物体转移到主观情感上来，外界的传授已经不能满足他们对于美的需求，对于美的迫切需要使其主动提升审美感知和对美的理解。这样的迫切在行动上表现为寻找自己更感兴趣的文学作品。

这一时期儿童对于儿童文学读物的选择也有着与之前不同的标准，具体表现为所需求的文章篇幅加长，文章不再单纯地直抒胸臆，情节也更加复杂。从这一时期开始，儿童文学的种类逐渐繁杂，文章主角也逐渐由动物或事物转为少年儿童。童话《皇帝的新装》就是最好的例子。在这个故事中，骗子利用所有人都不愿承认自己愚蠢的心理，通过透明的衣服进行行骗。在昏庸的国王穿上透明衣服后，将衣服描述成世界上最美好的事物。大臣与成年百姓为了不使自己与众不同，也纷纷应和，只有天真无邪的孩子敢于说实话，揭穿所有人的虚伪。这提醒着儿童应该保持纯真的心，无所畏惧，勇敢说出事件的真相，不要人云亦云。通过对此类文学作品的阅读与理解，小读者对于美有了更加深刻的认识，这种认识不像前期的文学作品提供的浅显认识。在这一时期，儿童开始去思索美，审美感知与理解逐步提升。

（三）后期实现审美创造的飞跃

随着审美感知与对美的理解逐步提升，感知美已经不能满足儿童日益增长的审美需求，儿童开始根据自己的认知创造美。在这一时期，儿童审美的经验已经积累完成，儿童开始形成自身独特的哲学思想，其对于已有文学作品的情节有着自己的想法，这些想法驱使着他们通过各种形式向外界传递他们对于审美的诉求。

这一阶段的儿童年龄在 8 至 12 岁，经过长时间的文学作品的阅读与写作技巧的积累，其具有极其迫切的创作需求，这种需求大多为光怪陆离的想象，因此并不能仅凭日记以及记叙文的写作而满足。此时儿童主要生活在学校，而学校在一定程度上限制了儿童想要自由的心。在这种情况下，课余时间的阅读成为其在枯燥学习生活中的一处世外桃源。在这片土地上，他们可以忘记现实生活中的不愉快，随心所欲地创造世界、改变世界。①

四、培养儿童审美能力

（一）提升教师素养

在 20 世纪末，我国儿童文学理论家蒋风就曾发出"儿童文学有利于儿童茁壮成长，希望可以将儿童文学理论的学习作为必修或选修课程"的呼吁。目前国内各类师范学校中，儿童文学教育课程通常作为选修课存在，在职的教师中也有不少没有进行过系统性的学习。教师素质的提升不仅有利于儿童在高水平教师指导下获得更高的审美水平，还可以促进儿童文学的学科发展。

（二）组织多种活动

儿童处于意识形态形成的关键时期，相较于成人的"世故圆滑"，其情感流露更加自然，美感也在情感流露的过程中逐渐养成。在教学的过程中，教师可以指导学生对于儿童文学作品进行续写，使学生对文章主旨进行更加深刻的探索；还可以通过手抄报、剪纸的形式，从多个方面进行儿童审美观的建设。

（三）应用先进技术

随着科技发展，信息化意识越来越被重视。当前已有多媒体技术应用于儿童文学审美教育的研究，其可行性也被验证。将多媒体这一新鲜事物引入儿童文学教育中，具有一定的创新性与实用性。首先，多媒体表现形式更加新颖，对于少年儿童具有很强的吸引力，吸引其进行学习，激发其创造性；其次，通过多媒体对儿童进行视觉与听觉的双重刺激，创造与儿童文学作品相同的环境与情节，增强代入感，更易于儿童对于

① 王铁兰.儿童文学是爱的文学 [J].科学大观园，2020（23）：80.

文章主旨的把握与理解。此外，先进技术的应用还体现在用多种媒体形式进行宣传。如郑渊洁老师的"皮皮鲁总动员"系列图书运用多种平台进行运营，逐渐建设起 IP 产业链，有助于全方位提升图书的审美质量。

综上所述，儿童文学对于儿童审美体系的形成与发展具有举足轻重的作用，这就表明在家庭教育与学校教育中应注重儿童对于儿童文学作品的学习，通过多媒体等各种方式吸引儿童的阅读兴趣，使儿童在这个过程中提高智慧，树立正确的价值观、人生观，通过阅读儿童文学作品获得审美能力的提升。在这一过程中要时刻观察儿童审美发展所处阶段，根据三个时期、三个不同特点有针对性地采取相应措施。

第三节　儿童文学审美教育的文化意义

儿童文学是一种成长文学，它关注儿童成长、表述儿童成长、帮助儿童成长。因此，儿童文学对儿童的精神方面的健康成长是至关重要的，而儿童文学的美学特质和精神内涵也决定了它必然在儿童精神的建构方面发挥不可忽视的作用。整个社会应该重视儿童的精神建构，合力推动社会对儿童的关怀。

一、儿童文学对儿童"精神胚胎"的养育

儿童文学除了具有一般儿童文学作品的认知、审美、娱乐和教育功能，也有助于儿童心灵的发展和心智的健全。"优秀的儿童文学作品构成了人类审美历史和文化的一个独特而巨大的文本，这个文本以其独特的文化积淀、人生内涵、艺术魅力，成为人类共同拥有的精神财富。我相信，从这些作品中，小读者和大读者们既可以享受它们的天真和趣味，也可以领略其中的人生智慧和生活哲学。我相信，对于青少年读者来说，人类所积累下来的优秀儿童文学作品，既是他们课堂学习的一个乐园，

又是他们可以追寻的一片文学天地，可以遥望的一个精神远方。"①

　　方卫平的观点与17世纪英国启蒙思想家约翰·洛克的观点不谋而合。约翰·洛克在谈到教育的意义时打了一个比方，他说："正如江河的源泉，水性柔和，稍用一点人力就能将它引向别处，使河流的方向发生根本的改变；只要最初从根源上这么引导一下，河流就有了不同的趋向，最后流到十分遥远的地方去了。"②儿童文学负有塑造儿童健全人格的任务。儿童文学作为儿童认识世界的另一扇窗口，能弥补儿童人格的某些缺憾。对儿童正确的教育是我们的幸福，而错误的教育是我们的痛苦和泪水。儿童文学能够也应当成为儿童精神成长的源头，儿童文学的文化意义体现在对儿童精神的指引上。

　　这里所谓的"儿童精神"和蒙台梭利所谓的"精神胚胎"是一个概念。意大利幼儿教育家蒙台梭利在她的《童年的秘密》中阐述了两个核心的问题：一是在儿童的内部有一种力量能够引领孩子自我成长，这种力量就是"精神胚胎"；二是孩子的成长过程不仅仅是一个智力的成长过程，更是一个心理、情感的成长过程。孩子绝不是一张白纸，其一开始就有一个"精神胚胎"，这个"精神胚胎"中藏着心灵成长的密码。孩子只有通过行动、感受和思考才能揭开这个密码。因为那些敏感期有一个大概的规律，成人无法找到一个精确的时间表，也就无法主动地操控，只能让孩子自己去发现。蒙台梭利描述说："儿童就像漆黑地狱里的一个灵魂，它渴望见到光明，它诞生、生长，缓慢而又实实在在地使迟钝的肉体生机勃勃，用意志的声音呼唤它。"③从这个意义上来说，儿童的情感发展是他们"精神胚胎"发育的重中之重，儿童文学要注重对儿童"精神胚胎"的养育，点燃儿童精神生命的火焰，照亮那一个个"漆黑地狱里的灵魂"。

① 方卫平，王昆建.儿童文学教程[M].北京：高等教育出版社，2004：1.

② 洛克.教育漫画[M].徐大建，译.3版.上海：上海人民出版社，2014：1.

③ 蒙台梭利.童年的秘密[M].哈尔滨：黑龙江科学技术出版社，2012：47.

一是情感熏陶。儿童文学与儿童情感发展有着密切的联系，儿童情感发展离不开儿童文学，就好像人离不开阳光、空气和水一样。儿童文学作家葛竞指出："一本好的儿童书，就像一颗种子，播撒在孩子心中，静静地抽枝发芽。当孩子长大成人，种子就变成了郁郁葱葱的大树，成为一道坚固的堤坝。儿童文学给予孩子丰富的情感养料，是其他形式的教育难以替代的。善良而柔软的心，深邃而丰富的情感，经得起摔打的结实筋骨，这是好的儿童文学作品应该赋予小读者的三样东西。"[①]这说明儿童文学对儿童情感熏陶的作用是举足轻重的。优秀的儿童文学作品总是善于以细腻的笔调来展示人与人、人与世界之间的诗意之美，从而给儿童以强烈的情感体验。如瑞典女作家林格伦的童话《小飞人卡尔松》，写的是住在屋顶上的小飞人卡尔松与斯万特松家的小儿子——小家伙相交往的有趣故事。小家伙是个自我感觉很孤独的普通小男孩，他的爸爸、妈妈、哥哥、姐姐都很忙，家人既没时间陪他玩，也没人注意到他的感受。于是小飞人卡尔松出现了。小飞人填补了小家伙心里的孤独感，给小家伙带来了无尽的快乐。作品中对于两个小伙伴纯真友谊的描写，对于小家伙渴求亲情、友情的描写，给现实生活中缺少情感交流的孩子们一种情感的补偿，使他们体验到了人与人之间的美好情愫。类似的作品还有《爱丽丝漫游奇境记》《彼得·潘》《小熊温尼·菩》《玛丽·波平斯》《洋葱头历险记》《绿野仙踪》等，它们都是对儿童情感熏陶有益的代表性的作品。

二是品格铸造。儿童文学在树立儿童的自信心，培养儿童的自我意识，培养儿童敢于冒险、勇于进取的品格方面有着积极的作用。如长篇童话《长袜子皮皮》塑造了一个聪明淘气，力大无穷，时常会搞些恶作剧的小孤女的形象。她的独立自信，她的个性十足，她的敢于冒险，处处都显示出这是一个被压抑着的、最狂野的"儿童幻想"的化身。这个

---

① 葛竞.闭上眼睛去观察[J].中国少年儿童（小记者版），2012（12）：11.

童话形象使得现实中的孩子们被压抑的欲望得到了宣泄。其让现实生活中的儿童倍受鼓舞。类似的作品还有史蒂文森的《金银岛》、马克·吐温的《哈克贝利·费恩历险记》《汤姆·索亚历险记》等。浸染在这样优秀的作品中，现实中的儿童的自信心、自我意识、勇于进取等个性品质就会受到积极的暗示，从而使儿童的这些方面得到培养和加强。

三是毅力培养。儿童文学在培养儿童勇于克服困难的精神和百折不挠的毅力方面起着积极的作用。不畏困难、不屈不挠是使儿童能够保持持之以恒的注意力、锲而不舍的探索精神的重要保证。一些优秀的儿童文学作品可以引导儿童发展这些可贵的品质。如曹文轩的成长小说《古堡》就塑造了两个逆流而上，经受住了生活捶打的小小男子汉形象。作者对小说主人公的开拓进取、勇于搏击的阳刚气质的热情描写，对他们坚忍不拔、不畏艰难的顽强精神的礼赞，无疑对于克服儿童性格中的柔弱等缺点有着重要意义。

二、儿童文学对儿童文化密码的破译

儿童文化是儿童自己在与同伴交往的过程中形成的儿童之间相互认可的文化，有自己独特的行为方式和相互认可的游戏规则。儿童文化充满自由、想象和创造，且具有感性、激情、易变性等特点。不论在什么地方，当两个或两个以上的儿童相遇时，他们之间仿佛有一种特别的亲切感和亲和力，很快就会玩在一起。这是因为他们有共同的爱好，共同的标准，共同的行为准则，共同的感受和思维方式。一句话，他们拥有着共同的文化。每一个儿童都天生持有一张进入儿童文化的通行证，进入儿童文化，是他们必须和必然的选择。儿童文化有着自己的逻辑、自己的规则，自己的一套特殊文化密码。儿童文学审美教育的文化意义，还在于对儿童文化密码的破译。

首先，儿童文化是一种整体感知文化。儿童对客观世界的反应是以感觉为起点的。感觉是指客观事物的个别属性作用于人们的感觉器官，

而在人脑中的直接反映。人们日常看见的不同颜色，听见的各种声响，闻到的各种气味，皮肤感受到的疼痛、麻木、冷热等，都是通过人的眼、耳、鼻、舌、皮肤等器官而获得的感觉。通常，人们对客观事物的感受并不是单一的个别属性在人脑中的反映，而是各种感觉器官综合作用得到的整体印象。比如看到一个水果，呈黄色，弯管状，闻之清香，吃则香甜，根据这些个别属性（感觉），通过大脑的分析、综合并凭借以往的体验判断，它是一个香蕉（知觉）。

儿童感知最为突出的是不能区分主体和客体，即没有自我意识和对象意识，把主体需要和客体条件混在一起，把主体情感和客观特征融合为一。比如孩子扮演小花猫，戴上小花猫的假面具，就以为自己是小花猫了。孩子自己怕冷怕热，好哭好笑，就以为他家的布娃娃也怕冷怕热，好哭好笑。在儿童文化那里，纷繁复杂的世界是一个整体，他们自己的身体和精神是一个整体，因而他们也用整体的方式感觉世界和对世界做出反应。

儿童世界中任何东西都是活的，是一个"拟人化"的世界，一个"泛灵"的世界。儿童世界中没有时间概念、秩序概念和地域概念，因此他们用整体的方式感知世界。用整体的方式感知世界，正是人类最原始的存在方式。然而在现实教学中，许多教师用"听课的时候不要乱动""把手放到背后去""用脑子想，别说话"等规训来"肢解"儿童的整体感知方式，使得儿童成长中的心灵不时从诗化的幻觉中回到课堂中，回到课本上，回到成人生活的世界中。这也正是成人对儿童进行文化"控制与霸权"的方式。从此，儿童不再生活在那个活生生的，充满灵气与情趣的世界中，而是生活在"秩序""规则"所构筑的成人世界中；儿童再也不是有血有肉的学习者，而是受教育者，是苦学的机器，是发条上紧的闹钟，是日夜苦作、永不停息的学习玩具。

在儿童文学课文的教学中，教师要密切联系孩子们的经验世界与想象世界，启迪孩子们的智慧，激发孩子们的想象，培养孩子们整体感知的能力。比如，教《春雨的色彩》一课，一个"春雨到底是什么颜色的呢"的提问足以让孩子们张开想象的翅膀任意翱翔。课堂上，有的学生说："我认为春雨是蓝色的，因为天是蓝色的，雨是从天上下来的啊！"有的学生说："我认为春雨是五颜六色的，落在草地上的是绿色，落在杜鹃丛中的是红色，落在油菜花上的是黄色。"还有一个学生已经激动得来不及举手，大声说："老师，我有一个办法让花草树木都变成黄色，那就是让天不要下雨。"孩子们在自己的想象与争论之中明白了"春雨对大地的滋润"。再如教《四个太阳》这一课，讨论时，一个学生说他要画一个黑色的太阳："太阳可以是黑色的呀，如果太阳变成黑色的，那就说明到了晚上了。"另一个学生理直气壮地说："我要画一个长着长翅膀的太阳，等我们这里刮台风的时候，它就能很快地飞过来。""无色透明的春雨""圆圆的红太阳"已经成为一种心理定式、思维定式、修辞定式定格在成人心中，而今，这群孩子是那样自然、那样从容、那样随意地在心中画出了五颜六色的春雨、奇形怪状的太阳。童心无邪，童心无忌。孩子们心中的春雨和太阳，正在呼唤成人尊重他们。只有尊重孩子们的个性，尊重他们的心理自由，尊重他们的观察，尊重他们的体验，尊重他们的审美差异，才能取得孩子们内心的认同，教育才能在他们身上达到预期的效果。因此，成人要在尊重儿童的前提下理解儿童文化，走近儿童文化，搭建起儿童文化与成人文化之间沟通的桥梁。

其次，儿童文化是一种诗化的逻辑文化。现在的孩子被物质、宠爱、喧嚣包围着，他们需要通过儿童文学阅读打造坚硬的精神骨架，熏染柔软的情感，寻找真诚的感动，树立最初的信念。过分地担心他们会变得不谙世事是没有必要的，因为这些真善美的文本对于大千世界来说，只是沧海一粟。让他们有机会阅读这些文本，通过诗化教学让他们有机会浸润在这个气场中，塑造"纯真"和"透明"的童年，是对他们心灵的净化。如果说儿童对外界的思维也有逻辑性的话，那这种逻辑性并不是什么规则的、理性的逻辑，而是诗性的，即感性直觉、音乐性的逻辑，这种逻辑具有审美性和艺术性。儿童看待世界是凭借奇异的、即兴的、富于变化的眼光，他们的幻想时空和生活时空是连续不断、相互交织、互相渗透的，因而他们的思维逻辑具有无限开放性的特点，从而与理想或幻想的生活联成一体。儿童的非时间性、无限开放性给其生命及思维腾挪出了无穷的游弋空间。这正是人类最初、最具人性的人格——诗化人格。

这种人格往往能起到冲破理性固有局限的作用。正如《皇帝的新装》中的那个可爱的孩子，他不假思索地戳穿了成人社会共同维持的虚伪无聊的骗局，让人们从欺骗与谎言的束缚中解脱出来。人只有借助诗一般的幻想与思维，才能超脱一切现实的、功利的、人为的与非人为的制度、秩序与规训的束缚。通常，在一个孩子最简单的故事里，他一会儿是小狗，一会儿是小白兔，一会儿又成了大灰狼；他既是宝宝，又是妈妈，还是外婆；他刚才还在聚精会神地看地上的蚂蚁搬家，不一会儿想象自己变成了天上的飞鸟，冷不防又变成了勇敢机智的花木兰。在他们的世界里，一切都是可能的，一切都是被允许的，没有什么理由也没有什么道理可讲，只是一种感觉和需要。为什么不呢？如果不是这样的话，他们又怎么能汪汪叫着，往主人——妈妈的怀里拱，怎么在古老的"小兔儿乖乖"的童话里真实地获得恐惧和喜悦的体验？如果不是这样的话，他们又如何与蚂蚁、小鸟成为亲密的朋友，如何去打败面目凶残可憎的坏蛋单于？其实，许多古老的神话故事和民间传说与儿童的故事遵循着同样的诗性逻辑，它们正是人类童年时的梦想。儿童完好地承袭了人类最初的诗性人格，他们的智慧既指向眼睛看到的地方，也指向心灵看到的地方，对他们来说，尽情幻想是深入事物内部的自然道路。

基于不同的逻辑，儿童与成人对世界的看法也就有了很大的不同。在一个孩子看来，花是活的，这倒不是因为儿童像成人那样知道花是植物的一种，而植物也是有生命的，而是因为"花有眼睛，花的叶子是它的手"。按照同样的道理，房子是活的，因为"房子的窗户是它的眼睛"，风也是活的，因为"风会跑"。而按照成人的眼光来看，房子只不过是由建筑材料堆积而成的死的东西，风也只不过是一种自然现象罢了。

诗性的逻辑是儿童文化中最宝贵的一面，是儿童感性丰富的具体体现。成人在这方面是要逊色很多的，要理解音乐、诗歌以及其他艺术，成人必须像披一件魔衣那样换上儿童的灵魂，并且能够放弃成人的智慧，以便拥有儿童的智慧。儿童的这种理性的、演绎推理的逻辑共同构成了人类完整的智力。诗性逻辑为理性插上了想象的翅膀，同时承担着打破技术理性、局限性的重任。儿童文化从一开始就令人羡慕地拥有着诗性逻辑，这展现出儿童文学审美教育的独特魅力。

三、儿童文学对儿童哲学教育的探索

"儿童哲学"最初由美国学者李普曼和他的同事发现。1969年，李普曼出版了他的第一部儿童哲理小说《哈里的发现》。这本令人耳目一新的儿童哲理小说标志着儿童哲学的诞生。目前儿童哲学已经发展到为包括幼儿园直到大学的学生在内的不同群体提供哲学探究的课程，而且被越来越多的国家所采用。

从哲学层面来考察儿童，在许多儿童教育家、儿童心理学家、儿童文学作家和哲学家那里都曾得到过重视。比如，意大利教育家蒙台梭利的《童年的秘密》，瑞士心理学家、发生认识论创始人皮亚杰的《儿童的道德判断》，德国哲学家、精神病学家、现代存在主义哲学主要代表之一雅斯贝尔斯的《智慧之路》，挪威作家乔斯坦·贾德的《苏菲的世界》和《纸牌的秘密》，意大利哲学教授皮耶罗·费鲁奇的《孩子是个哲学家》，等等。

发现儿童的哲学世界，从他们日常生活的只言片语中整理出他们的哲学思考，对成人和儿童都有意义。对成人而言，有助于认识哲学发生、发展的面貌。另外，童心可鉴，如同《皇帝的新装》中的成人与小孩一样，成人常常是由儿童对比出浅薄和虚伪的。了解儿童的哲学世界，可以给成人以启示和警醒。了解儿童的哲学世界，最终还是为了反馈于儿

童，为教育和引导儿童服务，所以教育仍是研究儿童哲学最根本的落脚点。在儿童文学中研究儿童的哲学世界，还可为寻找培养儿童哲学思维的方法开辟新的道路。

和儿童心理学家相比，儿童文学作家是对儿童的哲学思想最敏感的人，带有智慧探索的幻想性的童话故事能够作为和儿童谈论哲学的最佳导入材料，在幻想故事基础上可以和儿童开展思维实验。在李普曼的儿童哲学课程中，也是有意识地将带有哲学探索意义的儿童故事作为教材，利用这些故事来开启和儿童的哲学对话。

孩子的纯朴与天真是回归哲学的源泉。在小学语文教学中，教师可以用儿童文学作品来推进哲学探究活动，进行智能的探险，儿童文学故事渗透着丰富的哲学话题，可以激发儿童对哲学问题的兴趣，从而探求儿童的哲学思想。比如，探究小学语文教材中儿童文学作品中的儿童哲学，最为普遍的和最能感动儿童的当数"爱的哲学"。儿童文学让人们的心灵这样柔软，让人们的感觉如此纯净，让人们在爱的海洋里尽情遨游。儿童文学把所有的一切化作爱的哲学，渗透在美妙的作品中，让儿童真切地领悟"爱"这一永恒的主题。"爱的哲学"在儿童文学中俯拾皆是，儿童文学是向小学生进行"爱的哲学"教育的最好教材，也是小学语文儿童文学教学中审美教育的情感支撑点。

人们要充分认识儿童文学的文化价值，充分认识儿童文学之于儿童精神建构的重要性。儿童世界是一个独特的文化世界，在文化世界中，每一个儿童都是独特的存在。儿童文学教育也应该是整个教育世界中独有的奇葩。在教育世界中，每个儿童都应受到尊重，获得应有的地位和权利。作为一个真正关注儿童生命的教师，也应怀着一颗充满柔情的爱心，满怀信心和期待地迎接那些稚嫩、纯洁的生命体，用"充满爱"的阳光抚育儿童茁壮成长。

第四节 儿童文学审美教育及儿童想象力的培养

少年儿童的天性就是天真、活泼，富有想象力和创造力，而他们这些天性与个性必将会在未来社会发展中发挥巨大的威力。儿童文学的美学特质如纯真、稚拙、欢愉、变幻、朴素，切合少年儿童的天性。因而这些作品深受少年儿童的喜爱，在培养孩子们的想象力和创新精神上具有不可替代的作用。小学语文课本中选有许多儿童文学作品。可是在小学的实际教学工作中，存在着儿童文学教学的偏差：忘却文学最本质的功能——审美愉悦，没有体现儿童文学的美学特质，最普遍的现象是偏重认知教育，忽视了对少年儿童审美情趣的培养，漠视了对学生想象力和创新精神的培养。由此，小学的儿童文学教学就不能很好地体现教育创新思想，没有很好地发掘现行课本中儿童文学作品所具有的特有功能，没有很好地遵循儿童文学教学的规律，从而违背了新时期教育发展的要求。因此，教师要分析儿童文学教学与培养少年儿童的想象力、创新精神的内在联系，审视当今小学儿童文学教学的现象，在实际教学中注重引导学生的体验，提高他们的审美能力，培养他们的想象力和创新精神。

一、儿童文学作品充满儿童想象力

少年儿童的脑子里充满了对世界的好奇，他们渴望探索和发现，喜欢尝试新的东西，凭冲动行事，而不是去发现社会认可的标准答案。他们会创造出奇特的情境，因为少年儿童拥有丰富的想象力和独特的创造力。时代的发展需要想象力和创新精神，因此，在日常教育教学中，教师要着力培养少年儿童的想象力和创新精神。

在积极推进素质教育的今天，要十分重视陶冶人的情操，提升人的精神境界，在潜移默化中使受教育者逐渐确立起理想和信念，增进文化素养，培养想象力和创新精神，实现全面和谐的发展。儿童文学对于少年儿童的意义也正在这里。儿童文学首要的功能就是审美，阅读儿童文学可提高人的审美能力。儿童文学作品的形式和内容是儿童喜闻乐见的，其审美特质与少年儿童的天性是一脉相承的，而且，儿童的文学接受能力与儿童作为主体的生理、精神现象有着多层次的联系。儿童文学具有变幻之美，作品中常常运用夸张、拟人、比喻、对比等手段来描述上天入地、无拘无束、变化无穷、惊险神奇的文学形象和情节发展，很具有"泛灵性"，充分满足了儿童喜欢幻想，追求新鲜、变化、刺激的审美心理和阅读趣味，满足了儿童富于幻想和探究的欲望。

因此，儿童文学教学与培养少年儿童的想象力有着内在的联系。在儿童文学教学中，如果教师能根据儿童文学的美学特质指导学生阅读儿童文学作品，就能够较好地培养学生的想象力。

二、儿童文学教学体验儿童想象力

在课堂教学中必须体现知识和能力、情感态度和价值观、过程和方法三维合一。既然儿童文学作品具有审美特质，既然这类作品的教学与培养少年儿童的想象力有必然的联系，那么儿童文学教学在完成"双基"的教学任务的同时，更要突出其自身的特点，体现创新教育的思想。新课标把"尊重学生在学习过程中的独特体验"视为"正确把握语文教育"的特点之一，特别强调要"注重情感体验"。因为学生在语文教学过程中那种内在的知、情、意、行的亲历、体认和验证，对于实现语文课程工具性与人文性的统一，形成和发展语文素养，为学生的全面发展与终身发展打好基础，具有重要意义。体验是一个过程，它从亲历的实践开始，进而获得认识，形成情感，最后产生感悟。体验具有诸如形象直观性、情感激发性、自由创造性等特征。因此，教师在实际教学过程中，要通过学生体验来激发学生的形象思维，发展他们的审美能力。教师要遵循儿童文学教学规律，重视培养学生的想象力。在利用教学体验教学时，教师要抓住下面几个重点。

一是重视朗读训练。朗读是语文教学中的重要因素，但实际上教师并没有真正地重视和很好地运用它。学生对声音非常敏感，他们在琅琅的读书声中往往能够走进课文，拥抱语言，品味语言。在声情并茂的朗读中可以领悟到作品的情感，他们会随着自己的动情朗读而融入其中，来到那奇妙美丽的世界，进行最直接的心灵交流。朗读形式多种多样，可以因文而异，多种方法交替运用。比如表演朗读，在熟读课文时引入表演式的朗读，让学生进入角色，真切地感受内容，加深内心体验，从而激发学生的想象力和创造力。一位教师在教学《啄木鸟与大树》的对话部分时，引导学生带着自己的生活经验进行表演朗读，学生不仅用动作和情感表现出大树与啄木鸟的不同性情，而且创造性地编写了后续故事。又如想象朗读，面对优秀的作品，引导学生在朗读时候展开自由的想象，并且要有意识地加强这类朗读训练，久而久之，学生的想象力能得以提升。

二是发掘儿童情趣。儿童文学总是洋溢着浓郁的谐趣和欢愉之美，以稚趣、幽默、滑稽的形式来表现具有美感意义的内容。儿童文学作品具有其特点：口语化，语句简短，通俗易懂，生动形象，充满情趣和真实感，富有想象和夸张。因此，儿童文学具有儿童情趣，这种儿童情趣，在成人看来有时是不符合生活逻辑或不屑一顾的，但它是儿童所独有的，是儿童心理、性格特点的体现，是他们真情的流露。在教学过程中，教师应了解学生的心理特点，抓住作品中那些充满儿童情趣的情节，引导学生联系自己的生活实践，进行追忆性、角色性和创造性的体验，使他们融景生情。少年儿童正处于富有想象和幻想的时期，教师要根据作品中提供的充满新奇和情趣的材料，结合当今日益变化、迅猛发展的科学技术，诸如人类基因技术、航天技术，引导他们进行广泛的想象。如少年儿童很喜欢月亮、星星，教师可让他们想象怎样才能到月亮上与"月亮老人"说话，怎样到蓝天上采摘美丽的星星，天的外面是什么；童话世界里常常使平常事物巨人化，教师可让学生思考能否运用转基因技术来提高农产品的产量等；针对作品中所洋溢的童趣和有争议的事物，可以组织学生进行辩论，在师生合作、生生合作、平等讨论、自由争辩的气氛中，让学生独立思考，主动创新，敢于表达出与众不同的见解，在辩论中往往能够迸发出思想的火花，从而使学生更加深入地理解作品内容；教师可让学生结合自己的经验、情感和价值判断来理解、评判作品，还可在教学完成后让学生续写该作品，或者结合作品选取自己生活中的事物进行写作训练，如续写《皇帝的新装》等。由此，学生既能对儿童文学作品产生兴趣，又能创造性地丰富作品内容，并深切地感受到学习过程中创新的价值。

三是整合内外活动。在教学过程中，教师不仅要注重课堂教学，还要有整合课内课外阅读活动的教学思想，有目的、有计划地开展课外阅读教学活动。在组织形式上，教师可以组建阅读兴趣小组；在方法指导上，教师可以定期开展专题讲座，传授阅读作品的方法，推荐和介绍阅读内容；在外部条件上，教师可以发动学生通过捐借自己的图书、集体订购图书报刊建立班级图书角，实行资源共享；在能力训练上，教师可以举办读书会让学生畅谈自己的阅读体会、介绍内容、推荐作品，或举行辩论赛。这些课外阅读活动在一般小学还是切实可行的，通过这些浅层、深层的阅读活动，不仅能够提高学生的文学素养，更能培养学生的想象力。

第五章 接受理论视野下的当代儿童文学阅读

第一节 儿童与儿童文学阅读

儿童文学是儿童最早接触到的文学，也是儿童阅读的最主要的内容。儿童文学阅读在儿童心智发展、人格养成、创造力培育方面，都有着重要的作用。

一、儿童文学阅读与儿童认知及语言发展

语言是思维的工具，是交际的工具，是表情达意的工具，也是人类文化传承的工具。一个人的语言能力并不是天生的，而是后天习得的。儿童文学用语言来描绘形象的世界，并且根据各年龄段儿童的接受心理和审美习惯，分为幼儿文学、童年文学和少年文学以及儿歌、童话、小说、散文等丰富的体裁，它们是儿童学习语言的最好材料。

以幼儿为例。年幼的孩子虽不识字，但是对语音却特别敏感。朱光潜说："小儿初学语言，到喉舌能转动自如时，就常一个人鼓舌转喉作戏。他并没有和人谈话的必要，只是自觉这种玩意产生的声音有趣。"① 比

---

① 朱光潜.朱光潜全集（第3卷）[M].合肥：安徽教育出版社，1987：45.

如，儿童文学中丰富的童谣和儿歌便顺应了幼儿戏耍语言的特点，游戏歌、绕口令在给儿童带来快乐的同时，也丰富了儿童语汇，培养了儿童的语感，建构了儿童的语感图式。儿童在念诵的过程中，还会根据不同的情境，以原有的儿歌语言为图式，表达自己的情感体验。

儿童文学学者朱自强先生说过这样一个例子，在他的孩子小的时候，他给孩子念过一首儿歌："春天来了，花儿开了，小鸟在树上唱起歌来了。"孩子很快就记住了。有一天，他带孩子到公园去玩，孩子来到草地上，随口就念出来："春天来了，小草绿了，花儿开了，鸟儿在树上唱起歌来了。"[①] 从这个例子可以看出，当儿童生活中的情境与其在儿童文学语言中接触的情境相似的时候，儿童就会调动起自己的语言积累，来感受生活情境并进行创造性表达。

二、儿童文学阅读与儿童人格培养

帮助儿童形成健康的人格，是儿童教育的首要问题。一个健康的人，应该有丰富的情感体验，能理解别人；有自信、勇敢、不怕困难的品质，能独立面对世界；有与他人分享、合作的能力，能融入社会。儿童文学是成年人和儿童进行对话的文学，儿童文学作家正是通过一本本书、一个个故事完成了与儿童的心灵对话，通过对话，他们向儿童的心灵输送了知识、情感，或者提供了是非准则，他们引领孩子求真、向善、趋美，为他成长为真正的人做出努力。

在经典的童话故事里，巫婆最后都死了，或者变得丑陋不堪，再也不敢见人。为什么巫婆一定得死呢？先看看巫婆都干了些什么吧：在格林童话《白雪公主》里，巫婆变成的坏皇后先是让仆人去杀白雪公主，后来得知白雪公主没有死，她又假装成小贩，用丝带、毒梳子和毒苹果

---

① 朱自强.朱自强小学语文教育与儿童教育讲演录 [M].长春：长春出版社，2009：84.

一次次加害白雪公主。在安徒生童话《野天鹅》里，巫婆将公主爱尔莎的十一个哥哥变成野天鹅，在爱尔莎身上涂上又黑又臭的油膏，让她的父亲再也认不出她来，把她赶出皇宫。因为巫婆干了这么多坏事，所以，在童话的结尾，巫婆一定得死去，正义才能得到伸张，美丽的公主才能得到解救。巫婆的死象征了正义对邪恶的战胜。从深层的心理分析角度来说，巫婆象征着虚荣、贪吃、嫉妒、色欲、欺骗、贪婪和懒惰等负面因素，它们既存在于儿童成长的环境中，也存在于一切儿童的内心。巫婆的死象征了谦逊、节制、宽容、高尚、诚实、慷慨、勤劳等正面因素的胜利。一个孩子在阅读这样的故事时，他的精神世界也在进行自我调适与超越，在他内心的自我冲突中，见证光明与正义获胜的同时，他也获得了成长的正能量。

与"巫婆之死"同样经典的一个童话情节是丑小鸭最后变成了白天鹅。《丑小鸭》和《灰姑娘》这两篇童话的共同特点是，最弱小、最丑、最受排挤的主人公最后变得最美丽、最受人尊重。从深层心理分析角度来看，每个孩子都是最弱小的，都认同自己是丑小鸭或者灰姑娘，都期待自己有一个美好的未来。巫婆一定得死和丑小鸭会变成白天鹅这两个经典的童话情节，代表了优秀的儿童文学，或者放大一些说，代表了优秀的儿童。文化的本质——给予儿童勇气与信心，为他们的成长奠定良好的人性基础。

一部优秀的儿童读物既有适合儿童阅读的，或离奇冒险或妙趣横生的故事，又有作家自己深刻的童年体验，或者对生命意义的思考。比如，安徒生的《丑小鸭》写的是一只备受欺凌的丑小鸭努力奋斗的故事，其实这也是安徒生自己的人生故事。这些深刻的生命体验是人类宝贵的财富。这些财富正是通过阅读所引起的情感共鸣传达到读者的心灵的。比如，在美国经典童话《夏洛的网》中，在夏洛死前，她和威尔伯有过一段感人至深的谈话。威尔伯问夏洛："我什么也不能为你做，你为什么为我做这一切呢？"夏洛说："你一直是我的朋友，这件事本身就是一件了不起的事。我为你结网，因为我喜欢你。再说，生命到底是什么啊？我们出生，我们活上一阵子，我们死去。一只蜘蛛，一生只忙着捕捉和吃苍蝇是毫无意义的，通过帮助你，也许可以提升一点我生命的价值。谁都知道人活着该做一点有意义的事情。"通过阅读夏洛的故事，儿童看到了世界上最美丽的心灵，在获得感动的同时，自然也会记住作者关于生命意义的思考。

自从有了人类就有儿童，儿童从出生到长大，从生理到心理都需要成人的养育、呵护、关怀与爱。从生理上喂养儿童，需要健康的乳汁，所以我们不能容忍"毒奶粉"的存在。从心理上喂养儿童，需要为儿童营造良好的成长环境。儿童成长的文化环境尤其重要，因为孩子是从他所阅读的书本中，从他所接触的游戏中，从他所观看的电影、电视节目中耳濡目染、获得熏陶的。

儿童文学是儿童最早接触到的文学。孩子的内心就像一张白纸，他最早接触到的东西往往能留下最深刻的印象。孩子的内心也埋藏着一颗神奇的种子，他的潜能、他的个性、他未来的创造力，都与这颗种子的发芽与生长相关，而他最早接触到的语言文字、所受到的文化教育，不仅是激发这颗种子生长的能量，还将为其生长提供源源不绝的养料。所以，让孩子阅读优秀的儿童读物，为孩子的成长提供一片心灵的净土，体现了一个国家和民族对孩子的责任。

世界不是净土，成年人为孩子创作美丽的童话，目的并不是把他们藏在象牙塔里，让他们在谎言里面生活。因为童话虽然是虚构的故事，它却不是谎言，而是真相。只是这种真相是人类本质上的真相，是历史的真相，也是精神世界的真相。人类一直在寻求超越自我，体现在童话中就是幼小的杰克能杀死强大的巨人。人类通过文学、绘画、音乐、舞蹈等艺术形式展开的精神之旅，一直都在寻找真、善、美。所以，沈从文身处北京却要写那么多关于湘西的故事，因为他"要建一座希腊的小庙，里面供奉着人性"。正因为世界上有黑暗，光明才尤其宝贵。真正优秀的儿童文学作品并不回避现实，而是让孩子在面对严酷现实的时候满怀勇气，有信心相信未来。所以，在所有的文学写作中，童话或者整个儿童文学，是最为坚守人类美好信念的一种写作类型。成年人不能让儿童读"丑小鸭变成烤鸭"这样的黑暗童话，是因为它会摧毁孩子对未来的信心，摧毁孩子对童话的美好信念。孩子是弱小的，成年人只有给他们更多的关爱，他们才会变得强大；成年人只有让他们的内心充满光明，他们将来才有力量照亮黑暗。

三、儿童文学阅读与儿童创造力培养

文学本身就是创造。安徒生曾写过一篇名叫《创造》的童话，形象地体现了文学创作的奥妙。一个诗人因为找不到创作的灵感，求助于巫婆，巫婆送给他一副眼镜和一个助听器，诗人戴上眼镜和助听器，发现世间万物都在讲自己的故事，于是他获得了源源不断的创作灵感。

创造力需要以敏锐的观察力和丰富的想象力为基础，儿童文学对培养儿童的想象力与观察力起着十分重要的作用。想象是通过言语形式加以表现的，因此，言语与想象的发展关系密切。只有言语发展一定水平，儿童的想象才可能从形象的水平提高到抽象的符号水平，使想象变得更加广阔、深刻，更加概括且富有逻辑性。

文学是语言的艺术，文学的阅读能丰富儿童语言的积累。文学是作家想象的产物。在儿童文学作品中，不管是童话故事、儿童小说，还是儿歌、童谣，都充满了智慧的想象。这些充满想象力的作品，如同飞翔的翅膀，能开阔他们的思维，拓展他们的想象。

作家所讲述的故事总是充满了情节与场景，这些情节和场景是作家用文字描绘出来的，儿童在阅读的时候，大脑里会根据作家的描绘，浮现出具体的画面，由此可以培养儿童的再造想象力。儿童是充满好奇心的，儿童在阅读时，对故事情节的发展充满了好奇心。在阅读的过程中，当儿童被故事情节吸引的时候，会不由自主参与其中，预测情节的发展。作家又

常常会在故事里留下一些空白点，留下思考空间，让孩子去补充。

一个简单的阅读过程都蕴含着极为丰富的想象空间，如果想培养一个有创造力的孩子，读书是最简单的、最好的最有效的方式。

四、儿童文学阅读是保卫童年的重要手段

培利·诺德曼说："儿童文学可以是儿童生命当中一项有力且正向的动力，它可以使孩子不再无知，它可以让他们意识到常态不止有一种，它可以提供他们体验和学习欣赏各种不同类型的广泛故事的机会，并且清楚地知道他们从玩具到电视上常常听到的那个故事不是现实中唯一可能或唯一流行的版本。而且如果我们大人够聪明的话，我们可以找出方法，利用孩子对于那些许多不同故事的体验，来协助他们学习如何思考他们常常听到的那个故事所暗示的意义。我们可以赋予孩子力量，不被这么多玩具、电视节目以及文学文本的危险乐趣剥夺了权利。"[1]

儿童文学可以滋养儿童的心灵。阅读书中的故事，可以扩大儿童的间接经验，也可以释放被现实压抑的情绪。就拿儿童阅读童话来说，托尔金认为，童话故事借助幻想，有使人逃避现实和给人慰藉的作用。恢复是一种重新找回的过程——找回清晰的视野。当人陷于现实中，对身边的事物熟视无睹的时候，距离越近，事物往往不是更清晰而是更模糊。借助幻想并对事物本质高度抽象的童话，往往能让人们更清晰地看清现实。幻想从来都是儿童逃避现实压力的手段，也是改变现实的武器。童话故事从根本上不是关注事物的可能性，而是关注愿望的满足性。在童话故事里总是能够梦想成真，故事的结尾总是在历尽磨难之后，幸福终会到来。这样的结局让孩子得到安慰的同时，也能让他们对人性抱有肯定的态度，对未来充满信心。

---

[1] 诺德曼，雷默 . 儿童文学的乐趣 [M]. 陈中美，译 . 上海：少年儿童出版社，2008：140.

儿童文学是解放儿童、教育成人的文学。在当代中国的儿童文学中，承认儿童是独立的存在，有内外两面的生活，儿童文学的作用是顺应儿童的自然生长，保护儿童天性，激发儿童天赋，让儿童享受自己的童年，这已经成为共识。通过对儿童文学作品的阅读，可以启蒙大众的儿童观，并让儿童理直气壮地享受童年的存在与快乐。文学有其自身的审美功能。儿童文学对儿童性格的培养与塑造更有着特殊的作用。

第二节　儿童的接受心理与阅读分析

一、儿童的接受心理

（一）幼年阶段

幼年阶段（3～6岁）是人生的起步阶段，这个阶段的孩子大多活泼好动，有着好奇心强、天真无邪的心理特质。他们对外在世界的感知通常借助直观的感知方式获得，言语思想都充满着质朴烂漫的想象力。在他们的眼里，万事万物都分年纪老幼，都是充满感情的"活"物，游戏是其获得经验的主要途径。这个时期的阅读活动多以父母、长辈、教师、同伴的讲述或者各种平面影视媒介为主要接受途径。另外，由于幼儿交际范围的有限性以及对是非好坏概念认识的初级化，此时期的孩子社会化程度较低。

（二）童年阶段

童年阶段（7～12岁）是公认的一个心理转型期，各种因素均会对该时期的儿童接受心理产生影响。需要说明的是，一般意义上的"童年"囊括了18岁以下的所有未成年阶段，而这里提及的"童年"是一个狭义的概念范畴，相对于幼年及少年阶段而存在。这时的儿童已入学，学习成为儿童生活中的主要活动，他们的思维不再只停留在形象思维阶段，抽象思维也有了一定的发展。他们已具备一定的阅读能力，求知欲望强烈。儿童阶段的孩子，逐渐认识到并逐步认同自身的"社会人"角色，自我为中心的语言渐少，社会认同的集体化语言逐渐增多。

（三）少年阶段

少年阶段（13～18岁）又可分为前后两期，大致可以分别对应现行教育体制中的初中与高中学段，同时由于男生和女生在生理与心理方面的发展存在时间上的先后差别，不同性别的孩子在阅读上必然也存在相应的差异。

少年时期的孩子仍以学习为主要活动，由于所学知识和学科逐渐增多、细化，逻辑思维能力有较大提高，同时兴趣指向范围扩大，形成了一定道德意志与社会责任感。少年阶段后期被称为心理上的断乳期，也就是说少年在这一时期逐步完成了向"社会人"这一角色的蜕变，并具备了各自的价值观、世界观、道德感、自我意识、人生理想及开始体验感情生活的丰厚与微妙，初步形成个体性的人格。

二、儿童的阅读期待

（一）幼年阶段

幼儿在接受心理上的充满好奇以及喜欢幻想等特点，决定了该阶段的儿童的阅读期待具有以下独特性：

首先，具有娱乐性、趣味性、游戏性的儿童文学作品最容易为幼儿读者所接受。特别是那些生动描绘了某一特定游戏过程的作品，可以唤起幼儿读者以往在游戏中曾体会的快乐、刺激、失落甚至埋怨等情感经验。同时，幼儿喜闻乐见的文学作品往往充溢着字词的稚拙之美与情感的纯善之美。

其次，形象性强。幼儿有限的思维能力限定了其在接受文本时多运用直观表象的形象思维，这时形象性强，对人物、场景的具体颜色、形状，对事件发生发展的经过，对人物动作、语言、神态等有细致刻画的文学作品最符合他们的审美期待。

总之，幼年时期的儿童最喜闻乐见的文学样式是儿歌、童谣和童话故事等。

（二）童年阶段

童年阶段的儿童性别差异仍不是特别明显，他们喜欢故事性强、情节曲折的故事、小说，尤其是童话作品。概括来说，具有如下特征的儿童文学作品相对而言更符合该时期的儿童读者的阅读期待：

第一，明确的人生指向性。这一时期的儿童处于向"社会人"角色的转变之中，判断力、价值观还未成型或者定型，于是具有较明朗的人生指向性的文学作品中健康积极的人生观，轻松明快的基调，对真、善、美之境界的无限趋近以及爱憎分明的感情立场等，都会给小读者强烈的震撼并引起心灵的共鸣。

第二，浓郁的故事性。童年时期的儿童开始对大千世界及成人世界有了探险式的心理，这时他们期望看到的是故事性强、情节曲折离奇的各类故事，如时下热销的探险类、侦破类以及带有一定惊悚成分的鬼怪故事。

总体说来，童话故事成为这一时期儿童的主要阅读文本。

（三）少年阶段

少年阶段的儿童求知欲强，开始更多地关注人、关注社会并开始产生对人生的相关问题的思索，自我意识与逆反心理也逐渐增强，有的甚至走入否定或怀疑一切既有说法（书面的、师长口中的）的极端。与此同时，除了生理上第二性征的渐渐凸显与成熟，该阶段的孩子心理上对性的意识也开始萌芽。此时，少年读者对各类小说的阅读兴趣开始超越童话，科幻小说、传奇小说、青春文学成为其课外关注的焦点。该阶段的少年儿童在阅读期待层面具有下列特质：

首先，求知欲旺盛，对事物关注的深度与广度不断增加。此时的少年不再满足于童话里相对清浅稚气的小小世界，他们渴望通过阅读获得尽可能多的信息与体验，往往那些描写与少年的生活经验存在一定距离的异域小说、探险小说，会在少年读者眼中散发出神秘而迷人的光华。

其次，在懵懂的情感与朦胧的性意识驱动下，他们渴望在小说中分享同龄人的生活。该特点可以在以秦文君的作品为代表的众多善于描写儿童感情成长和精神成长状态与过程类的小说的持续热卖中，找到最佳的佐证。

最后，真实性的倾向。正向成人过渡的青少年开始不再满足于儿童内部的小世界，他们渴望获得更多成人世界与现实社会的各种信息，他们对现实中的英雄人物、明星人物等具有较强烈的崇拜与模仿倾向。由此可见，少年读者开始关注儿童文学中的真实性元素。

三、儿童阅读心理分析

（一）从众心理与朋辈效应

儿童之间的交往是基于一定的"公共议题"的，比如，幼儿园的小朋友都在谈论《小猪佩奇》，而其中一个小朋友没有看过《小猪佩奇》，则可能会感觉到被孤立。这种孤立是由于没有共同的媒介接触所导致的，因此，"共识"或者"共同话语"需要一定的公共媒介体验，这也造成了媒介阅读的从众心理。从众既是群体生活的一种心理机制，也是群体压力的一种表现。对于家长来说，从众是最省时间的决策机制。

信息时代更加重了从众心理的环境。第一，大众传媒的影响加重从众心理，大众传媒充斥现代社会，"畅销书""排行榜"这些大众的传播方式推出的文学评价参照及算法推送让人应接不暇，使儿童文学阅读更加容易受到传播方式的影响。第二，现代信息技术的发展，信息爆炸让人们无从选择地被动加入潮流。新媒体等高科技不断更迭创新，信息在当今社会的传播更加快捷立体，全过程、全方位的全息传播矩阵集合了权威的报纸杂志、电视报道、门类齐全的门户网站，尤其是智能手机的各类微视频平台，这些传统和新兴的传播合力非常强大。新媒体时代，人人都是信息的传播者，任何一件事或一个人，经过设计、发酵、炒作，都可以成为社会热点或超级话题变成"网红"，经过智能推算发送到每一个与信息相关的用户端，形成强大的社会舆论引发广泛关注。信息爆炸的时代，儿童阅读和购物一样，都可以成为热点和潮流。而潮流的存在和导向，本身就是影响人们选择并最终导致从众的心理基础。第三，朋辈效应的影响。儿童读者个体的阅读需求和阅读选择会受到同龄人影响产生朋辈效应，"它以一种阅读冲动而引领儿童走进文学的殿堂。而其冲动的强化、延续或者消减、消失又取决于作品内容与小读者阅读兴趣的吻合。"①因为这样的从众阅读更容易使儿童在朋辈群体中产生价值共鸣拥有话语权。

在此影响下，儿童的文学阅读通常有三种结果：第一种是儿童个人的阅读兴趣与大众阅读心理偏好一致，也就是达成"共识"不被孤立，此种情况往往会让儿童拥有较好的阅读体验和群体话语权，不用任何引导或督促就可以激发儿童兴趣、深层次的思考和再阅读。第二种是儿童个人的阅读兴趣与大众阅读意见相反，包括儿童不喜欢阅读这种行为习惯或者不喜欢大众阅读的作品，此种情况一般会导致较差的阅读体验和感受，甚至使儿童产生强烈的逆反排斥心理，需要成年"把关人"帮助儿童正确理性的疏通和引导；第三种是儿童个人的阅读兴趣与大众阅读开始不一致，但由于朋辈效应或从众心理的影响，儿童改变了思想认识，重新发现认识作品的文学艺术性，继而激发的阅读兴趣，这种阅读体验是一个变化的过程，需要鼓励或陪伴。在儿童阅读的这三种结果中，较多的往往是第一种和第三种，这就是儿童群体因为相同的年龄、相同的生活成长环境带来共同的心理共鸣。当然，与成年人相比，儿童的个体

---

① 王昆建.儿童：特殊的文学接受群体[J].昆明师范高等专科学校学报，2007（1）：6-9.

阅读更容易被社会潮流和大众心理左右，在文学阅读的选择上有一定的主观性和盲从性。尤其是新媒体时代，信息爆炸和文学生产传播方式的多样性，让儿童阅读的选择更加纷繁杂乱无所适从，更无力在众多不相关的信息矩阵中挑选出相对优秀的文学作品，这就需要成人在做好把关推介的同时研发出科学的搜索引擎或智能推送机制，规避不适合儿童群体的低质量、过度娱乐化、商业化的信息，发挥新媒体技术的优势强项，营造科学理想的儿童阅读生态环境和正能量的大众导向。

（二）娱乐心理与求新猎奇效应

娱乐心理、求新猎奇与儿童天性中的游戏精神是高度一致的，从文学阅读效果来看，娱乐心理会弱化儿童的深度文学体验。儿童开始文学阅读最初的目的与玩游戏、体验课外活动一样，是享受过程带来的乐趣。儿童的天性使得他们在阅读过程中对娱乐游戏的需求更迫切，由此，儿童会根据个人的兴趣爱好来选择阅读的品质类型和形式，从而在"使用过程"中获得满足。从文学接受的角度来看，儿童阅读动机和阅读行为都有着很强的目的性。通过文学阅读，儿童的新鲜感、猎奇心理可以得到满足，或者获得有效的审美艺术享受、愉悦的阅读体验。

新鲜好奇是人类对事物求知和探索的首要心理诉求，人们往往会对没见过的、不了解的、未知世界领域的事物产生兴趣和关注。对未知世界的探索和发现能够极大满足人们猎奇的心理诉求。对儿童而言更是如此，无论是新奇没玩过的玩具，还是没有经历的奇闻趣事，抑或是新出版发行的新书新电影，都会引起他们的关注。新媒体时代，专业的传播平台和科学技术联合打造各类新奇的声、光、电、影的形式，极大程度地满足了人们娱乐和猎奇的心理。

当个人的娱乐心理和求新猎奇的心理获得了满足之后，会产生新的心理期待，期盼作家创作更有趣更新奇的故事情节，希望新媒体技术能够设计更加新颖炫酷的形式，因为求新是所有人共有的心理特征。但是，一度追求或满足儿童的求新心理，容易导致儿童在文学阅读的过程中，只追求作品营造的新鲜感和新奇性，仅仅停留在浮夸华丽的浅层阅读，选择阅读难度低、故事情节娱乐好玩、表象新鲜的书目，较少选择有思想深度和文学艺术价值高的作品，长此以往，儿童阅读容易丧失深度思考和灵魂感悟，弱化创作文学作品审美艺术价值的意义。

儿童文学作家如果为了一味地迎合儿童求新猎奇的心理，为了出奇而出奇，忽略文学的艺术性，容易顾此失彼造成恶性循环，最终从本源弱化儿童的深度文学阅读体验，丧失文学的艺术魅力和价值。真正的文学经典应该始终坚持对真、善、美的艺术追求，要有深层次的思想灵魂撞击和回应。笔者在进行访谈时，欣喜地发现，虽然儿童书市中以娱乐化、轻松搞笑为主打的作品备受儿童读者的喜欢，但却受到儿童阅读的把关人和推荐者的理性选择和推介。文学经典尊崇的是艺术的真善美，陪伴儿童成长的儿童文学也必须以真、善、美为永恒的价值标准和追求。

（三）功利心理与环境效应

儿童群体的特殊性，受年龄、认知、语言思维、经验、体验等因素的限制，儿童个人对儿童文学的选择往往有一定的风险和盲从性，且大多数情况是处在"被选择"的状态。因为，很多低幼年龄儿童的文学阅读读本是由家长、成年把关人"精挑细选"出来的，显然，成人的甄别选择往往是有功利性的，他们为儿童剔除"无用的""负面的"内容，选择"有用的""有益的"内容。当然，成年把关人的甄别能力也受本人知识水平、兴趣爱好、价值观、情感倾向等多重因素的影响。

书中自有黄金屋、书中自有颜如玉。阅读是有目的、追求功利的，不过，儿童阅读的功利心理往往是推介"把关人"的心理特征，也是成人的儿童世界与儿童的儿童世界的本质区别。例如，成人在选购儿童阅读读物时，经常会选取相应的"有用的"古诗词或教辅书，如唐诗宋词、名家名篇、阅读理解、作文指导等。在教辅类读物中，经常会感受这种功利性的存在，相比价值理性来讲，目的理性中的"有所用"也是非常重要的一个向度。信息技术的更新发展和大数据统计，为人们提供了很多算法推送，给把关人更多的信息参考和选择，但如何去伪存真、甄别优劣还需要更专业更理性的权威指导。

　　儿童的阅读除了受家长"功利性"心理的影响，还很容易受到他所处的情境也就是环境氛围的影响。微观系统处于整个生态环境最里层，是儿童个体活动和交往的直接环境，也是最直接传递社会文化、对儿童影响最大的内环境。微观系统是伴随着儿童的年龄和成长不断变化和发展的，对年龄较小的婴幼儿来说，微观系统就是儿童的核心家庭；对年龄较大一点的幼童来说，微观系统由核心家庭拓展到幼儿园和社区活动场所及同伴相处场合；对青少年儿童来说，微观系统又在原来基础上扩大，由原来的范围拓展到学校，而学校是仅次于家庭、对儿童影响最大的微观系统。中间系统是各个微观系统要素之间的相互联系或互动关系。布朗芬布伦纳认为，如果微观系统彼此之间有较强、有效的积极联系和互动，儿童的个体发展可能实现最优化。相反，如果微观系统之间是非积极或负面的关联，那将对儿童个体产生消极的后果。外层系统存在于微观系统之外、隐形于儿童周边的，不直接参与儿童个体成长但又与其成长发展有间接影响的系统。比如，父母的工作及环境、与儿童或核心家庭有直接关系的祖辈亲朋或好友。宏观系统是整个情境系统的最外层，是一个社会文化系统，如文学传统、法律法规、风俗习惯、价值取向等等，儿童的成长也同样受时代和社会文化的影响。生活事件的变化可能源于儿童外界环境的作用，也可能源于儿童自身。因此在生态系统理论中，儿童个体发展既不是由外界环境控制的，也不是由个体的内部倾向性所决定的，而是受整个情境系统影响的。

　　受情境系统理论的启发，可以理解，与系统中的其他因素和场合相比，影响儿童阅读最直接、最重要的场合要素是儿童的家庭和学校。因为在这两个儿童成长的重要环境中，儿童所能接触的阅读书目都是经过家长或教师等成年人的层层甄别遴选最终推荐出来的，而成人的算法推荐往往又不免带有一定的主观性和功利性。

（四）偏好心理与粉丝效应

现在有一个词可以比较形象地展示儿童阅读的偏好心理——粉丝，作为一种互联网亚文化，粉丝背后的"偏好心理"更需要受到关注和研究。根据心理学家班杜拉的社会学习理论，人的行为的习得既受遗传因素和生理因素的制约，又受后天经验环境的影响。人的行为习得通常有两种不同的过程：一种是通过直接经验获得行为反应模式的过程，即直接经验的学习；另一种是通过观察示范者的行为而习得行为的过程，即间接经验的学习。对于儿童群体，这一理论更好地解释了儿童的学习不仅依赖于直接学习，更多复杂行为都是通过观察习得的。因此，班杜拉特别强调榜样的力量。儿童的阅读选择同样也更倾向于他们所接触的、喜欢的、共同追崇的人的选择，这也解释了为什么在儿童选择阅读读物特别容易产生追星效应，也就是所谓的"粉丝效应"。

少年儿童在文学阅读时持有偏好心理而选择同一类文学作品，很容易找到与自己兴趣爱好相同、精神契合的读者群体，同时痴迷成"粉"加入追崇偶像的大部队，一定程度上能够增强儿童的阅读体验和兴趣。但对于处在成长期的儿童而言，只选择自己的兴趣爱好，精神上的偏好心理形同于生活中的偏食挑食，会因为选择兴趣而排斥掉其他有价值有意义的信息，造成精神营养的缺失和失衡，只见树木而不见森林对儿童的成长发育是不利的，也是与文学创作初衷和素质教育的目的背道而驰的。在此，大人就要做好相应的引导，让更多的儿童有机会了解、认识、接触更广阔的世界，拓宽心胸和视野提升综合素质；这也需要我们在文学生产、传播的内容和形式上下功夫，分析儿童"粉丝效应"追崇的本质是什么，发挥高科技和新媒体的优势，给予儿童及时有效的能量，正向引导其全面发展。

总之，在现代化大众传媒环境下，影响儿童心理成长和阅读需求的因素有很多，既有传统的从众心理、功利心理的影响，又有娱乐求新、偏好心理的影响。把握和分析好儿童的阅读心理特点，有助于应对多元化发展的社会现实，作为多样化的儿童个体在其自身成长发展过程中有着各个阶段独特的心理特征和阅读需求，儿童文学作家在新媒体时代必须深入儿童读者的内心世界，实现心灵上的理解尊重，才能实现与儿童之间的平等交流、真诚对话，才能创作出吸引儿童读者，有艺术性、价值性、生命力的经典儿童文学作品。

第三节　家庭阅读环境的创设

家庭阅读教育对培养儿童的阅读习惯、阅读兴趣起着重要的奠基作用。家庭相对社会的其他组织来讲，具有稳定性、持久性的特点。因此，作为基础教育的家庭阅读活动对于儿童来讲，是十分重要且意义深远的。家长科学的阅读观念、良好的阅读习惯和阅读兴趣都会对儿童阅读能力的培养和阅读习惯的养成产生积极的影响。尤其是自身具备良好阅读习惯的家长，更是孩子的阅读榜样。

一、物理环境的创设

（一）家庭阅读的硬件设施

在书房的大部分时间是用来学习或娱乐休闲，由于它具有这一特殊性，在一般情况下，书房的装修风格和其他房间都不一样。一个好的书房，能够让我们更好地进入学习状态，更易感受到求知与休闲氛围。书房的光线不能太强，尽量使用良好的自然光。太强的光线会刺伤眼睛，不适宜阅读，因此以读书或办公为主要功能的书房可以选择住宅的北面房间。为了更好地利用自然光源，可以把书房的工作区安排在窗边，考虑到电脑显示屏幕的反光性，最好把位置选择在窗户的两侧，稍有距离即可。良好的自然光线不但可以满足照明要求，还能给人们带来愉悦自然的好心情。书房的色彩应尽量简洁。统一简洁的颜色往往给人一种清新雅致而又不错综复杂的感觉。书房里家具的设计造型和主体颜色，都要以简洁为主。要选取相对比较隔音的装修材料。书房是阅读和办公的场所，环境要求相对安静，这样才能提高学习和工作效率，所以在装修书房时要选取那些隔音、吸音效果比较好的装修材料。比如，书房顶部可以选用吸音式的石膏板，墙壁可采用软包装饰布，地毯和窗帘可挑选吸音效果佳或是比较厚的材料，以此来阻隔书房外的噪声。书房装修完毕后，就可以选择适合自己的书柜或是书架。一般来说，居家书房中的书架或书柜不会选择图书馆中金属类的书架或书柜，大多数人会选择木制书架或柜架来装点自己的书房，因为实木家具给人以温暖的感觉，不像金属类书架或书柜感觉冷冰冰的。

布置适宜的阅读空间，便于营造良好的家庭阅读氛围。书籍的摆放要有一定的规律，以方便日后查阅。一旦将书放在书架上，尽量让书籍按照某种顺序排列整齐。不过，不同的人会选择不同的排列方式，如拼音法、主题法、书籍版本的大小或者是购书的时间等。其实，任何一种组织方法都是可行的，但无论哪种排列方式，都要以方便为中心，需要的时候可以比较容易地找到。

另外，书房也可以安置一些个性的艺术品，比如，可以在墙壁上挂书法和绘画作品，甚至在书架上放置一些小型雕塑、艺术照片等，小尺寸的照片或艺术品是填充书架与图书间空隙的最佳选择。

（二）儿童阅读空间的设置

孩子在家中要有专门的阅读区域。这块阅读区域可以随着孩子年龄的增大而发生变化，比如，当孩子在幼儿时期，阅览区可以收藏五彩斑斓的绘本图书、幽默的漫画书籍；当孩子稍稍大一些，上小学、初中或高中时，可以根据学校推荐的阅读书目以及孩子本身所形成的阅读兴趣，为孩子购置他们喜欢的各类图书。

另外，阅读空间图书的陈列方式不容忽视。它不仅对吸引孩子的注意力和培养孩子的阅读意识起着至关重要的作用，还可以影响到孩子的阅读兴趣和阅读情绪。展示在阅览区的图书本身就是最好的宣传者和最佳的代言人，亮丽光鲜的图书封面和五颜六色的书脊都会吸引孩子的注意力。书架上的图书要根据实际需要分门别类地摆放，比如，把故事性的图书摆放在一起，将漫画、绘本等类型的图书摆放在一起。孩子在索拿图书的过程中，也可以慢慢接触并逐步学习图书分类的相关知识，形成将类似的事物摆放在一起的意识，这也会给将来的工作与生活带来益处。展示图书的目的是让孩子读书，所以这样的图书陈列应该是持久的，让孩子深深地感受到书是可以接近的，是可以阅读的，更是可以使用的。

其中在设置阅读区时，需要注意的因素，包括光线、陈设、家具布置等。美国阅读研究专家吉姆·崔利斯建议，一个希望自己的孩子拥有阅读能力的家长，应为孩子准备以下东西：

一是书籍。孩子拥有自己的书，并在书上写上自己的名字。

二是书架。将它们放在可以最常被使用到的地方，以便随时取阅。

三是床头灯。为孩子安装一个床头灯或阅读小灯，让它陪伴孩子开始愉快的阅读之旅。

布置儿童的阅读区，应该注意营造舒适的氛围，孩子喜欢阅读区，他才愿意在这里读书。最好选择有木质地板或者是铺着地毯的房间，因为瓷砖和大理石的地面不适合儿童。阅读区里可以布置舒适的椅凳或沙发和适合儿童高度的开放式书架。书架上不仅可以陈列图书，还可以配上家庭成员的照片以及适当的玩具摆设。

阅读区的墙面也可以充分利用起来。可以在墙面贴上带文字的图画，也可以贴上儿童自己画的画，甚至是贴上白纸。儿童看过书以后，把自己喜欢的书中人物画在白纸上。同时要定期更换图画，家长要妥善地收藏起来，背面写上日期，这以后将成为孩子成长的真实记录。

二、家庭阅读心理环境的营造

心理环境营造包括亲子阅读的心态、家长本身的阅读习惯与行为、培养孩子阅读兴趣及掌握一些必要的阅读规则。对儿童阅读来讲，阅读环境可分为外部物质环境和周围情绪环境，即阅读硬环境和软环境。阅读硬环境包括家庭、学校、社区、图书馆乃至网络上丰富多彩的阅读材料，阅览场所中的坐卧装备、室内色彩、光线照明以及声控环境等这些因素。除了良好的物质环境，还需要有放松舒适的心理环境、温馨的阅读互动活动、良好的阅读习惯、科学的阅读指导等软性环境。

儿童文学创作、儿童阅读环境的建立，都应本着"儿童本位"的原则。图画对儿童的吸引力大于文字，儿童喜爱鲜艳的色块和生动的形象，因而儿童的阅读场所应是色彩鲜明的，并且在观赏性和艺术性的基础上辅以文字，用图文并茂的阅读场所引导儿童产生阅读的兴趣，帮助他们在文字和实物之间建立联系，逐渐从具体向抽象转化，培养其阅读能力。为儿童阅读提供的读物，应当是儿童喜爱并容易理解的：图画色彩鲜明，容易吸引儿童的注意力；与儿童生活有关，图画内容简单、具体、生动有趣，让儿童有兴趣看下去，并有发挥创造力和想象力的机会；搭配的文字优美、简练，句型短，利于儿童理解。

此外，儿童还需要丰富多彩的阅读活动，以提升阅读的趣味。在各种阅读活动中，让儿童身处一种亲切、美好的语感环境中，同时，再配上优美、动听、富有想象的音乐以及形象生动的教具，使儿童在其乐融融的氛围中，尽情地表达自己的情感和愿望。

（一）培养亲子共读的心态

亲子共读是一件温馨又愉快的事，情绪上是一种享受，父母不应总是考问孩子，以免造成孩子情绪紧张。亲子共读一本书是最好的阅读方法之一，这不仅有助于孩子语言能力、认知能力的发展，最重要的是一家人在共读、讨论书中内容的过程中，拉近了情感，变得更加亲密。

（二）培养儿童阅读的兴趣

孩子入学后最重要的技能之一是阅读，阅读兴趣的浓淡、阅读能力的强弱都是孩子入学以后学习效果优劣的先决条件。

（三）父母有良好的阅读习惯和阅读行为

父母自身良好的阅读习惯对孩子有着潜移默化的影响，父母是否有意为孩子进行阅读准备是造成孩子阅读能力、语言运用能力和学习能力差异的一个重要因素，父母应从培养自身阅读兴趣入手。

（四）阅读方法的指导

家庭中的阅读方法指导要照顾到儿童的行为习惯、学习方式等。

（1）游戏法：在家庭阅读活动中，和孩子玩串字游戏、排图游戏、编故事结尾游戏等，让孩子运用语言与父母交流，在此过程中说得越来越正确，越来越完善。

（2）表演法：父母与孩子共同扮演书中的角色，学说角色的对话，使孩子得到更多运用语言的机会。

（3）谈话法：在家庭阅读活动中，父母与孩子交流对作品的理解和自己的想法，给孩子留下提问质疑的空间，鼓励幼儿大胆用语言表达自己的"预期"和"假设"，提高其创造性运用语言的能力。

第四节　儿童文学作品阅读价值及创新策略

儿童文学作品是儿童阅读的主要对象，儿童文学作品从儿童心理角度出发，以儿童化的语言贴近儿童生活，具有纯真、温馨及欢乐的特点。儿童文学作品深深吸引着广大儿童，并成为其儿童时期的主要精神食粮。在研究儿童文学作品阅读价值的基础上，应进一步寻找策略发挥儿童文学作品的阅读价值。

一、儿童文学作品的阅读价值

（一）一定的现实性：指引儿童语言能力、审美能力的发展

语言能力也就是读者在阅读过程中对句子的理解以及再生成句子的能力，它是儿童阅读能力的基础。因为儿童文学作品的语言具有情境化、儿童化的特点，相对于其他作品来说就更容易被儿童理解和接受，儿童在阅读中会无意识实现语言能力的提升。儿童阅读儿童文学作品是一个无意识获得语言的过程。他们在阅读中寻找乐趣，同作品中的人物展开对话，在这个过程中儿童语言的获得都是无意识的。儿童文学作品对儿童语言能力的发展具有重要的价值。

教师通过对儿童文学阅读的指导，开展儿童美育，进而培养儿童的审美能力。通过阅读，可以提高儿童的语言能力、阅读能力与审美能力。儿童文学作品题材多样主题丰富，为儿童创造了一个广阔而又神秘的虚幻世界。在这个文学世界里，儿童初步形成自己的人生观与世界观，他们在不断阅读中提高了自己的审美能力。

（二）一定的开放性：指引儿童拓宽思维

一千个读者就有一千个哈姆雷特，开放性的儿童文学作品就像"文本空框"等待儿童读者去补充。儿童阅读是在"接受指令"的模式下进行的，所谓的接受指令，就是儿童文学作品中能够引导儿童接受的特性。它内在地规定着一部作品就其特点而言蕴含的价值取向、结构功能。从某种角度说，每一部文学作品都暗含着不止一种接受指令。[①] 儿童文学作品的开放性特点，直接指引了儿童拓宽思维。实际上，儿童文学作品的这种"接受指令"的开放性，使儿童在阅读儿童文学作品中，可以填补作品中的"文本空框"，并获得多元阐释的空间。就如在《金老爷买钟》绘本故事中，儿童对金老爷买钟的这个行为可能会产生多种解读，既

---

① 瑙曼.作品、文学史与读者 [M].北京：文化艺术出版社，1997：66.

可以把金老爷买钟的行为看成是一种"幼稚"，也可以解读为作者对金老爷的讽刺，还可以在金老爷的行动中感受无聊生活中的激情燃烧……儿童文学作品的开放性给了儿童自由解读的空间，也指引了儿童思维的拓宽。

（三）开启智慧与想象：指引儿童想象力的发展

想象是一种非常重要的能力，是人类创造力的来源。想象是每个儿童的天赋和本能，他们是真正的幻想家。每个儿童的想象能力是不同的，但是通过阅读优秀的儿童文学作品，儿童会体验到很多自身想象不到的神秘惊险的世界。儿童从《爱丽丝漫游奇境记》的神秘兔子洞、《哈利·波特》里魔法学校中的种种魔法中拓展了想象空间，这些文学作品激发了他们的想象能力。儿童文学作品中所展现出来的超乎寻常的想象，为儿童打开了一个全新的世界。在儿童的眼里，这个全新的世界是那么神秘，他们充满好奇。而儿童对神秘世界的探索始于儿童文学作品，儿童在文学作品中看到了不一样的世界，也开启了他们幻想世界的大门。儿童在幻想的世界里自由徜徉，他们的想象力与创造力在儿童文学作品的阅读中获得了一定的发展。

二、儿童文学作品阅读价值的创新策略

儿童在文学作品中可以实现一定知识的增长、视野的开阔以及思维的发展。要发挥儿童文学作品的阅读价值，关键在于儿童文学作家要创造出内涵丰富及具有艺术价值的儿童文学作品。而要创造出内涵丰富还具有艺术价值的儿童文学作品，就离不开儿童文学作家的创新意识，即儿童文学作品题材上的创新——题材多样化，儿童文学作品创作观念的创新——儿童本位以及儿童文学作品艺术形式的创新。

（一）创作题材需多样化

中国地域辽阔，不同地区有不同的地域特色。如现代化的都市生活、

美丽而又淳朴的乡村生活、如诗如画的江南生活以及充满民族色彩的少数民族生活，不同地域有不同的文化特色、生活环境与生活状态。都市儿童与乡村儿童相比，两者在生活环境、接触的事物以及对事物的认知三方面存在着巨大的差异。而这种差异往往就意味着他们对儿童文学作品的题材有不一样的需求。他们在选择儿童文学作品时，就会对自己所熟悉的题材感兴趣，而对陌生的题材可能会比较排斥，因为陌生的题材描述的事物离他们的生活太远，他们就算阅读也无法有深刻的理解，这样反而会降低他们的阅读兴趣。所以，这就需要儿童文学作家创作出更多不同题材的作品。如以乡村儿童童年记忆为题材的儿童文学作品中，曹文轩的《细米》《草房子》《山羊不吃天堂草》等让读者看到了一个令人温暖的童年世界，同时让儿童读者获得心灵上的熏陶和启迪。而作家杨红樱创作的《淘气包马小跳》系列则描绘的是儿童都市生活的故事。在这一系列的生活小说中，作者以审美的方式引导儿童感受学习生活的乐趣，不仅让儿童在阅读的过程中感受到阅读的快乐，也让他们在体验中思考自己的生活。

儿童文学作家需要不断拓宽儿童文学题材的领域，创作更多新颖的、现实的题材。如人与自然的题材、农村儿童题材以及苦难意识题材等。其实在人与自然的关系题材中可以创作的内容有很多，上文中提到的动物小说就是人与自然关系的一种折射，除此之外作家还可以创作关于人与自然的其他方面的作品。儿童在大自然中会感受到一种天性的释放，他们可以在与自然的交流中发现自我，领悟生命之道。儿童文学作家可以根据儿童文学存在的一些生态问题、环境问题等，创作出反映人与自然关系的作品题材，拓宽儿童的阅读视野。

儿童文学作家在创作不同题材的作品时，也要关注不同年龄段儿童身心发展的特点与文学接受能力的差异。作家在创作不同题材的儿童文学作品时，不仅要关注儿童文学的整体性特征，还要根据不同年龄阶段的儿童创作出不同的文学题材作品，从而满足不同儿童的阅读需求。这不仅可以缩短作家与儿童读者之间的距离，还可以推动儿童文学阅读理论的发展。

（二）文学观念的创新

儿童文学作家需要创新意识，要不断超越已有的文学观，并在不断探索中形成自己独特的儿童文学观。儿童文学作家的儿童观决定了儿童文学作品的走向，所以，儿童文学作家要想创作出具有独特性的文学形象，就要在文学观念上有所创新，并创作出"真实"的儿童文学世界、创作要有独特性以及要构建自己的儿童文学观。

创作出"真实"的儿童文学世界。如今，儿童文学需要更加注重儿童的感受，即儿童文学作家的创作要满足儿童的情感要求。作家要创作出"真实"的儿童文学世界就要深入了解儿童，了解他们的生活状态，从而塑造出一些有血有肉的人物形象。自从儿童文学作为一个独立的门类出现以来，所有经典的、传世的儿童文学作品无不包含着作家对儿童独特精神状态的认识和把握，常说的儿童文学作家的"童心"，正是此意。①儿童文学家的"童心"就是希望作家在创作中能从儿童视角出发，真正写出儿童乐于阅读的文学作品。

儿童文学作家的创作要有独特性。作家的创作不仅要以儿童本位的观念为主导，还要有自己的创作风格。作家要想在文学观念上有所创新，就必须对儿童世界有独到的见解，把他们对现实世界的一些经历及看法通过文字转变为儿童文学作品。比如，外国的儿童文学作品《一千零一夜》《安徒生童话》等可以流传这么久还受儿童的喜欢，很大的原因就是这些作家对儿童世界有独到的见解。他们把对儿童世界的思考融入故事中，让儿童不仅能读到神奇的故事情节，还读出故事背后作者的思考。这种独特的思考是文学观念创新的重要部分，可以让作家在不断思考中探索更多新的认知以及创作出更多更好的儿童文学作品。

---

① 王泉根.谈谈儿童文学的叙事视角[J].语文建设，2010（5）：47-50.

　　跳出复制的怪圈，儿童文学作家需要有独特的儿童文学观。作家在不断创作中逐渐形成自己的儿童文学观，这代表着作家文学观念的真正创新。虽然当今社会儿童文学作品丰富多彩，但从儿童文学的发展来看，作家需要建构自己的儿童文学观。作家要建构属于自己的儿童文学观，最重要的是要有自己原创而又有所创新的作品，而不是仅仅在其他作品的模式下创作出来的作品。比如，动物小说中的狼的形象不外乎野性勇猛，而这种形象却被不同作家不断地复制粘贴，市场上很快就会出现各种有关狼的儿童作品。还有儿童文学作品中儿童的形象描述，提到少年男孩，不外乎叛逆、淘气的代表，女孩就是那种学习成绩很好、老师家长眼里的好孩子形象。这种相同形象会重复地出现在不同作品中，是因为一旦新的人物类型出现并受到儿童的欢迎，就会有各种作家参照并模仿，在同样的套子里跳不出来。所以，要想儿童在阅读文学作品中获得真正的阅读价值，那么，儿童文学作家就要创作出具有创新性的作品，跳出复制的怪圈，拥有独特的儿童文学观。

（三）艺术形式的创新

　　艺术形式也就是儿童文学作家在创作过程中为了主题的表达而采用的一些艺术手段。采用不同的艺术形式可以丰富作品的内涵，还有利于吸引读者的阅读兴趣。所以，艺术形式的创新对儿童文学作品来说也是至关重要的。作家要想在创作上有艺术形式的创新，可以通过文本形式的创新、表达方式的创新以及叙述语言的创新三个方面进行。

　　首先是儿童文学文本形式的创新。儿童的思维发展有一定的渐进性，是从形象思维向抽象思维发展的，当儿童处于形象思维状态时，他们更多的是通过图像来获取认知。比如，很多儿童在拿到一本图书时，他们一定会先翻看书中的图片，通过读图来感知整体故事，所以，图像作品对于儿童阅读来说是十分重要的。图画书在外国的儿童文学作品市场上是很兴盛的，但就当下来说，中国图画书的出版与发达国家相比还是处于发展阶段。图画书直观易懂，容易引起孩子的兴趣并使他们乐于阅读。

正是因为图画书在中国还处于发展中，儿童文学作家可以结合图画书的特点，将图画书与文字叙事相结合，用儿童喜闻乐见的文本形式进行创作。同时，网络文学的发展，也促使作家要不断改变形式以便适应儿童的需求，比如，创作电子阅读的形式的作品。作家不仅在创作上需要创新，在文本形式上也要跟上时代的步伐，并有所创新。

其次是儿童文学作品表达方式的创新。文学作品的表达方式有抒情、叙事、描写、说明及议论，儿童文学作品表达方式的创新就是希望儿童文学作家在创作时，不要仅仅用一种表达方式，可以多种表达方式并用，创作出新颖的儿童文学作品。在儿童文学作品中，不同的文体所侧重的表达方式是不一样的。比如，散文类可能更注重的是描写与抒情，小说类、童话故事类可能就更侧重叙事，而诗歌这类的文体往往是以抒情的表达方式为主导。所以，根据散文、小说、童话、诗歌等不同文体的特点，在儿童文学作品的创作中强调对作品表达方式的创新是儿童文学作家需要关注的。比如，在叙事文体中，儿童文学作家在创作时应如何让其叙事性的文体更能吸引儿童读者？单一的表达形式是否可以引起他们的兴趣？儿童如何可以更容易地接受儿童文学作者所创作出来的作品？这些都是创作时应思考的问题，要成功地吸引儿童读者的阅读兴趣就要求作家在创作时避开成人叙事的模式，而是要采用儿童所能理解的叙事模式进行创作。作家还要在叙事结构上有所创新。比如，秦文君的《贾梅日记》就不单单采用日记的形式叙述儿童成长过程中的各种变化，如果仅仅是这样，这部作品就不会那么成功了。作者在这种日记体形式的背后还穿插着许多故事，还有一些贾梅对生活的深刻感悟。这种复合式的结构有利于塑造更加丰满的人物形象，使小说的叙事形式更加新颖，也才会真正地吸引读者。

最后是儿童文学叙述语言的创新。在阅读过程中，儿童对那些他们难以理解的语句或者文章，往往会选择跳过或者放弃阅读。所以，要创作出能让儿童接受而又富有文采及深刻意义的儿童文学作品，对于儿童文学作家来说是一个挑战。曹文轩在《草房子》中就用了一些富有变化而又很简单的话语来塑造桑桑的人物形象。比如，在桑桑偷了他爸爸一直以来珍藏的笔记本之后的话语的叙述，多个数量词、动作及内心活动的描述，让读者在短短的文字中既看到了桑桑的活泼可爱，也能体会到桑桑内心的矛盾。简单的话语又不失幽默及深意，正是儿童文学作家在创作中的话语创新所需要的。叙述话语的创新也不局限于描述性的语言，作家在小说中的一些地名或者人物名的选择上也可以创新。比如，杨红樱作品中的"马小跳""轰隆隆老师"对主角及老师的名字的命名就很有特色。在秦文君的作品中，作者根据老师的特点为他起名叫"不好意思老师"，这种人物名字的创新取法也是十分吸引儿童读者的。

　　综上所述，要使儿童在阅读儿童文学作品中获得阅读价值，就要求作家根据儿童的阅读需求创作出更多优秀的文学作品。作家要在不断创作实践中形成自己的儿童文学观，不仅要在叙事的表达方式、话语的叙述上有所创新，还要在题材及文学观念上有所突破。这样创作出来的作品才能真正地走进儿童的世界，让儿童在阅读文学作品时获得真正的价值。

第六章　新媒介视野下的当代儿童文学创新发展

第一节　新媒介视野下儿童文学的新变化

新媒体时代的文学生产方式已经生成，它依托于当代数字媒介场运作，既受一般媒介场生存法则制约，具有他律性的一面，又遵循文学性生产原则而保持着文学生产的相对自主性。新媒体时代文学生产进行了话语频道的改组或重组，在生产者创作观念、生产能力、生产对象、生产工具和生产技术等方面都体现出了新媒体时代的特点。

一、儿童文学作家群的多元化

新媒体语境下，新媒体平台给传统印刷媒介的统治地位带来极大挑战，网络、手机、自媒体等新媒体平台大量涌现，国家力量和政策引导明晰定位了当代文学的发展趋势和走向。在新型文学格局与文学转型、思想意识与社会转型的背景下，网络写手异军突起，纵观新媒体时代的儿童文学创作队伍作家群构成，呈现出原创作家群老中青各具特色、新生代力量快速成长、非儿童类作家加盟创作的多元化发展特点。

（一）老中青各具特色

新媒体时代，老一代儿童文学作家的作品继续保持着其传统经典的地位，他们的作品经过出版社或新媒体的平台全新包装再出版，占据着儿童文学中的最为"经典"的文学地位。这些作品反映了儿童文学背后映射的每一个时代的世界观、价值观、儿童观和想象力。在新媒体时代，这些作品仍不断以各种形式出现在受众面前，并持续不断地产生影响。2006年，湖北少年儿童出版社推出《百年百部中国儿童文学经典书系》，因其在儿童文学领域入选作品的精深与广博而被誉为"中国儿童文学的世纪长城""现当代中国优秀儿童文学作品结集"。这套作品也可以看成是对老一代儿童文学作家群的致敬与总结。

第二个儿童作家群体是中年一代作家群。我们把20世纪80年代成长起来的作家群称为中年一代作家群，如果以媒体作为线索来分析的话，这个作家群体是电视的"原生代"，相比报纸、书刊的原生代，他们更加强调感性和人文精神，而相比互联网的原生代，他们又多了一些社会关怀和责任。这一代作家群的典型代表有曹文轩、郑春华、沈石溪、秦文君、郑渊洁、黄蓓佳、张之路、董宏猷、班马、程玮、孙云晓、常新港、周锐等作家。他们创作了大量的儿童文学经典作品，实现了儿童文学的回归文学、回归儿童、回归艺术的"三个回归"，也形成了儿童文学的"第二个黄金十年"。在第二个儿童文学发展的黄金十年，中年作家群将文学创作与新媒体逐渐融合，顺势而为，在新的文学创作、生产、传播、接受平台打造全新创作模式，实现文学与声光电组合，拓宽了文学领域，丰富了题材，加速了儿童文学音像化、视像化、IP多元化发展，实现了儿童文学大繁荣，推动了世界化进程。

第三个儿童作家群体是青年一代作家群。青年作家群主要是指20世纪90年代出生的作家群体，他们是与新媒体最为贴近的一代作家，可谓互联网的"原生代"，也是伴随着市场经济和文化产业快速发展而逐渐成长起来的一代。他们凭借对新兴事物迅速接受的能力，熟练掌握新媒体的文学生产工具、生产技巧，占据生产平台，成为儿童文学作家群体中的弄潮儿和时代的发声者。这一代的代表性作家有杨红樱、汤素兰、徐鲁、汪玥含、韩青辰、张洁等。和前两代作家相比，青年作家群的文学生产模式、传播模式和盈利模式都发生了比较大的变化。他们在文风上更开放和自由，在写作上更有个性和特点，追求娱乐化、个性化、私人化，在生产传播上更多地利用新媒体，尤其是社交媒体，与市场的结合更为紧密，因此这类作家的作品更容易在极短时间内迅速走红并收获大量儿童读者粉丝。

在新媒体时代，儿童文学作家的队伍快速壮大，在与新媒体的逐渐融合过程中多元化发展，由原来少数儿童文学巨匠独占鳌头的局面转变为老、中、青、少齐亮相，充分发挥各自的创作潜能，形成经典作家有积淀、青年作家有新潮的儿童文学大繁荣的显著特点。

（二）新生代力量与新媒体融合快速成长

新媒体时代，儿童文学作家群构成的第二个显著特点是"新生代力量快速成长"，主要是指"低龄化写作"，即大量"00后"儿童作家对童年生活的自我书写。这些低龄的小作家与新媒体时代共生，可谓新媒体的原生土著，电脑打字、网络连载发文、微信推送、发布会直播成为他们文学创作生产的起步标配，他们成为新媒体的生产环境中最先使用、最快适应、最会宣传、最早出名的一代作家群体。

从本质上来说，新生代作家群的儿童文学写作是代表儿童群体争取自己的文化话语权的一种文学实践，即"我以我口写我心"。儿童作为一个特殊的文学接受群体，受身心发展、认知能力及话语权地位等因素的限制，他们长期受成年人意志和社会秩序的限制和影响，无论是兴趣爱好还是文学表达，都处于一种被选择、被代言、被书写的状态。新生代作家群的出现，让儿童文学写作的视角重归儿童自身，以全新的状态用自己的语言、自己的视角、自己的方式书写表达自我，为儿童文学增添很多新的气息，更加贴合实际、更接地气，也更容易被儿童群体认可，具备自我话语权。

从某种意义上来说，新生代儿童作家的写作已经不仅是争夺儿童话语权的文学实践，而是新媒体背景操控下的一场大型表演，网络媒体的技术和平台在这一表演中充当了重要的角色。从某种意义上来说，商业运作下的新生代儿童写作已经不再是对儿童的文化赋权，而是成人对儿童童年的一种恶性透支与商业消费。因此，低龄化写作需要成人负责任地积极引导和保护，既要保护孩子的写作兴趣，又要正确定位好低龄化写作与商业消费市场的关系。坚守文学的经典和艺术才能实现儿童文学作家写作的良性循环和广阔发展。

（三）非儿童类作家加盟创作

新媒体时代作家群多元化发展的第三个特点是非儿童类作家的加盟创作。这既包括当代文学作家的跨界写作，也包括网络写手异军突起。儿童文学的繁荣，吸引了不少非儿童文学类作家加入创作。从儿童文学作品的销量排行榜的角度看，曹文轩、郑渊洁、杨红樱、沈石溪等著名儿童文学作家的作品销量往往是其他类型文学的数十倍，儿童文学市场的火爆，必然吸引非儿童文学原创类作家尝试拓宽写作领域，尝试儿童文学的创作；此外，强大的儿童文学 IP 一旦与新媒体融合，也以疾风之速向各个领域延伸，占据着儿童文学市场甚至是整个文化市场。

很多当代文学作家在新媒体时代也尝试着儿童文学的写作，近几年出现的，如阿来的《蘑菇圈》《三只虫草》，肖复兴的《红脸儿》，张炜的《少年与海》《寻找鱼王》《半岛哈里哈气》，阎连科的《从田湖出发去找李白》，杨志军的《海底隧道》，赵丽宏的《童年河》，周国平的《侯家路》，徐则臣的《青云谷童话》，马原的《湾格花原》和虹影的《奥当女孩》等。张炜谈及跨界创作儿童文学《狮子崖》时说："我始终觉得儿童文学不仅不是一种文学退步，还是整个文学的入口、基础，甚至是核心。任何一个作家把儿童文学的元素从整个创作中剥离和剔掉，可能都不会是一个优秀的作家。他的全部创作需要那份纯洁与好奇、那份天真，一旦缺失了这些，也就变得艰涩和困难了。"①同样，作为"70后"严肃文学的领军人物、37岁就入围了茅盾文学奖的徐则臣，2017年也拿出了他的儿童文学作品《青云谷童话》。

非儿童类作家加盟还包括网络写手异军突起。从1998年第一部网络小说《第一次的亲密接触》发表到现在，中国网络文学以多元的类型、奇特的想象、巨大的人口红利在三十余年迅速占据了世界范围市场，吸引大范围的网络注册写作者和网络读者，网络作品强大IP展现出的蓬勃生命力和经济延展力，吸引了越来越多的网络写手加盟。可以说，非儿童文学的当代作家的跨界加盟，给新媒体时代儿童文学作家群注入一股强有力的新风。深厚的文学创作积淀、更丰富和开放的文学样本及文坛地位，让人们从不同的角度领略儿童文学创作生产的多种可能和存在，极大丰富了多元化发展。

二、儿童文学主体模式的拓宽和丰富

（一）成长与校园生活的主题模式

儿童成长主题模式主要是指儿童作品中儿童性格的发展和成长经历挫折磨难和生活体验，进而在身心思想精神等各方面逐渐成长的过程。在作品的叙事进程中，儿童主体角色由于经历了生活的变化或考验，自我得到发展，故事情节的展开是其认识、情感等获得成长的过程，如曹文轩的长篇儿童小说《草房子》的桑桑、《青铜葵花》的青铜和葵花就是典型代表。

以曹文轩的《草房子》为例，以桑桑为代表的油麻地孩子们就是在童年的游戏、玩闹以及孩子气的恩怨中，慢慢吸收生活给予他们的丰厚滋养逐渐成长的。小说开头，桑桑是一个颇有些野性难驯的顽劣孩子。他喜欢做出各种异想天开的古怪行为，以此吸引周围人的注意，比如，

---

① 尹丛丛.张炜：儿童文学让我更靠近文学核心[J].齐鲁周刊，2016（20）：67-68.

在大热天里穿上厚厚的棉裤棉袄，戴上大棉帽子，跑到校园的空地上即兴表演。随着小说叙事的推进，桑桑认识了更多的人，经历了更多的事，在他心里也逐渐生长出对生活、对他人更为丰富、复杂的情感。到了最末一章，桑桑身患重症的消息给这个男孩以及他周围人的生活带来了难以名状的变化。从持续积累的绝望到意外而至的痊愈，桑桑经历了一个孩子原本不应经历的人生起落，他也在这个过程中真正长成了一个大孩子。当即将离开油麻地的他向这里的老师和孩子们道别时，他已经不再是起初那个顽劣的没心没肺的孩子了，开始走向另一段成熟的人生。

在叙事类儿童文学作品中，不论是现实主义题材、校园生活题材还是幻想题材，儿童成长的过程的描写以极高的频率出现，其中最多的是出现在校园生活中。校园生活故事主题紧贴中小学生的校园生活与心灵精神世界，注重"阳光""感动""温情""幽默"，具有时代性、可读性和艺术性，故事情节相对独立，以多部、连续性的系列形式展现。校园生活小说的成长型儿童角色，如班马的儿童小说《六年级大逃亡》的李小乔、杨红樱《淘气包马小跳》的马小跳、北猫《米小圈上学记》的米小圈都是典型的代表。

成长是儿童文学永恒的主题，校园生活又是儿童最熟悉的生活场景，所以以成长与校园生活为主的文学作品更容易得到儿童读者的欢迎和喜爱。因为儿童读者在文学阅读的过程中，一开始就发现作品中有与自己相似的人物主角的存在，这迅速拉近了读者与作品的距离；随着阅读的推进深入，儿童读者在儿童主角的成长过程中找到似曾相识的个人成长轨迹及心理体验，实现思想精神的深度认同及情感契合和信任；随着文学作品故事中人物经历的展开，儿童读者与人物主角一起成长，共同体验生活带来的悲欢离合，学会看待世界的人情冷暖，尝试面对困难并独自解决和处理问题，也实现了儿童身心思想精神多层面的成长。作家塑造的人物形象和校园故事情节，也会营造出积极向上的文化态度，这些也被家长、老师和社会认可。作品中既塑造、肯定、赞扬了单纯、善良、乐观的儿童个性，也包容理解孩童的稚气、调皮和任性，作家站在与儿童平等的视角去感受、描绘、参与孩子的成长。在这些童年故事中，儿童不会被贴上标签，调皮和淘气不再被认定成孩子们的缺点，不管是成人还是儿童本身都以一种开放包容的心态，对儿童的天性加以描绘和欣赏，儿童不用为了迎合成人，可以在思想和行动上张扬表现自我存在和独立自由，还可以获得成人足够的理解和尊重。

（二）生命与苦难的主题模式

生命与苦难是中国儿童文学的重要主题，与校园生活主题模式的快乐化、娱乐化的快感体验不同，这一主题的作品略显沉重，小读者的体验和收获是需要感悟思考和细细琢磨的。生存对于儿童而言是一个很宏大的概念，是社会和家庭持续关注、对孩子不断教育灌输的一个话题，也是时下安全教育、生命教育的一个重要领域。进入新时代，没有了革命时期的硝烟战火，但是对生命、生存、苦难的思考仍然是当代儿童文学作家引导儿童读者思考的问题。儿童文学作家写人生的困苦、童年的磨难、生存的艰辛，但绝不让孩子绝望颓废失去信心，也绝不让孩子沉溺于悲切的情绪。他们让儿童读者看到生命的本质，发现生活本来就不是很容易的事情，感受生命的成长必须经历阵痛、低谷甚至是"绝境"，同时告诉孩子们，人的生活领域虽有苦难，但依然有坚韧不屈的精神，依然有人性美的灿烂光辉。

（三）动物与生态文学的主题模式

由于儿童独特的心理发展规律及精神特质，儿童对动物有着天然的亲和力和倾向性，因此以动物与生态为主题的儿童文学深得小读者的喜爱，近些年动物与生态主题文学的创作与出版受到高度关注。这一主题的儿童文学创作包括动物小说、少年环境文学、大自然文学等，在内容方面主要通过动物、自然、竞争、自生、共生等矛盾与依存的复杂关系，在生命和地球的讨论中，描写生命存在的价值，呈现"人与自然的和谐发展"的意义，揭示少年儿童精神中的力量、意志等。

新媒体时代，动物生态文学的主题不断丰富，逐渐和新媒体相融合。金曾豪的《义犬》可以说是儿童文学与新媒体融合的典型，这是国内全新推出的第一部集合图书、网络、手机三者同步出版发行上线的"全媒体动物小说"。所谓"全媒体出版"，是指除了传统纸质媒介为主出版发行的纸质图书以外，还依靠数字多媒体的技术，借助手机、互联网、数字图书馆、阅读器等终端数字设备和平台，同步出版发行的新媒体图书。2009年，金曾豪《义犬》的"全媒体出版"是儿童文学与新媒体结合的一次尝试，少儿文学推出全媒体出版小说，是我国少儿出版进入新媒体的标志性事件，反映了儿童文学出版人已经开始有意识地主动顺应新媒体出版的发展潮流，这对促进中国全媒体出版产业和儿童文学都有积极的推动作用。

（四）中国元素与传统文化的主题模式

随着中国的逐步强大，中国与国际儿童文学交流日益增多，中国元素、中国文化成为中国儿童文学创作的一个重要主题。山川地理、历史人物、神话传说、民间文化、风俗民俗、中国功夫、美食京剧、古典小说等中国元素和传统文化元素成为儿童文学的重要支撑。很多中国儿童文学的图画书就是凭借着浓郁充盈的中国元素走向世界的。以中国元素为主题的动画电影《大圣归来》《白蛇缘起》《功夫熊猫》《花木兰》近几年也在国内外票房大卖。让世界听中国讲故事已成为重要的文化旋律，从美国迪士尼梦工厂的电影品牌打造到中国原创动画电影提升跟进，从儿童电影的票房大卖到对中国文化的了解宣传再到中国原创儿童文学的大量翻译出版，中国元素与传统文化逐渐成为新媒体时代儿童文学走向世界的主题。中国原创儿童文学也因为中国元素越来越快地占据海外市场，引起世界范围的广泛关注。

新媒体时代，以中国元素和中国传统文化为主题的优秀儿童文学图画书作品开始增多，如曹文轩的《柠檬蝶》《羽毛》、张秋生的《香香甜甜腊八粥》、秦文君的《我是花木兰》，这些作品都是作家联合国内外知名插画家罗杰·米罗、朱成梁、郁蓉等人合作打造的。

（五）科幻幻想的主题模式

科幻幻想主题的儿童文学作品是在新媒体时代逐渐兴盛并走向繁荣的。新媒体时代到来之前，与国外儿童文学读物相比，中国原创儿童文学作品的生产创作无论是数量还是质量都存在很大的差距，尤其是科幻幻想主题模式，作品相对匮乏。21世纪初，人民文学出版社引进了炙手可热的幻想小说《哈利·波特》系列，伴随着《哈利·波特》的IP神话，中国掀起了科幻幻想题材儿童文学的一波最强龙卷风，大量的西方科幻类儿童文学作品如《纳尼亚传奇》《魔戒》等小说、电影及IP衍生物被翻译引进，我国儿童读者的阅读趣味与世界潮流实现同步，科幻幻想主题成为儿童文学生产创作推崇的新领域。

新媒体时代，儿童文学科幻主题的作家群不断扩大，由早期的郑渊洁、孙幼军扩展到秦文君、彭懿、班马、陈丹燕、张玮等，创作的作品有秦文君的《王子的冒险》系列、《变形学校》系列，彭懿的《我是夏壳壳》《我是夏蛋蛋》，王晋康的《古蜀》，张炜的《少年与海》等，形成多元共生的发展面貌。

杨鹏是儿童文学科幻主题创作的代表作家，他也是中国首位迪士尼签约作家。自1991年他开始创作科幻文学，2005年曾发文呼吁"保卫想象力"，致力儿童文学幻想主题的创作20余年，创作了大量的儿童文学作品，影响广泛，代表作品有《校园三剑客》《幻想大王奇遇记》《装在口袋里的爸爸》《全新黑猫警长》等系列。他的作品有数千万册的累计销量，荣获"中宣部'五个一工程'奖""蒲公英奖""国家图书奖""全国优秀科普作品奖"多个儿童文学奖项，入选国家新闻出版总署推荐书目、教育部推荐小学生必读书目，被小读者亲切地称为"幻想大王"。

此外，与此前任何时期不同的是，儿童文学的幻想题材除了原创图书传统纸媒的发展外，新媒体让人们在网络世界中发现了幻想题材的新帝国。网络幻想小说从广义上来说包括科幻、玄幻、奇幻、魔幻四类，分为科幻小说、玄幻小说、奇幻小说、魔幻小说四大类。凭借网络的传播，优秀网络文学在海外市场的持续走红畅销，以玄幻题材的网络儿童文学作品很快延伸至世界范围的市场和平台。

（六）小众边缘的网络小清新的主题模式

新媒体时代，除了幻想小说题材，吸引青少年儿童的还有小众的小清新主题的网络新媒体文学。小清新题材的作品类似"轻小说"，但范围题材更宽泛一些，读者多为10岁左右的青少年、"御宅族"及漫画爱好者。小清新主题的作品最大特点是轻松、愉悦、舒适的阅读体验，插图强烈的色彩及构图形成的强有力的视觉冲击。这类小众的网络作品打造虚拟世界的新空间和另类文化，在作品的故事情节中，主角人物性格鲜明有个性，或突发奇遇穿越变身，或在异元空间冒险探宝，或经历奇遇虐心爱恋，或科幻玄幻推理破案，他们标新立异地宣告与成人世界的迥异甚至是格格不入，在轻小说和"二次元"的漫画与游戏中找寻独立空间。

第二节　儿童文学与新媒体的融合发展

一、文学生产的新媒体化发展

文学生产不仅包括作家用文字符号将自己的抽象思想表现出来转变成文本的写作生产过程，还包括出版社编辑文学文本转换成读物的包装生产过程。文学生产的新媒体化是文学生产物与新媒体技术融合的过程。

（一）文学生产力、生产方式与新媒体技术融合

从文学生产力要素角度看，新媒体时代，由于网络媒体的融入，儿童文学生产方式、创作方式发生根本性转变。这种转变不仅是作家由用笔写作到用电脑写作、手机微博写作、网络平台写作的转换，还形成了新媒体生产力和新型文学生产模式。文学生产力是生产文学过程中需要的工具、生产者、物质材料和生产技术，如语言文字、书写工具、印刷手段、传播方式、声像技术、作家和书商等。①新媒体时代，媒介的转换带来了生产力的转换，形成了新媒体文学生产力，这一新生产力融合了文学生产力和传播媒介生产力双重特性，并在信息技术迅速发展的今天不断更新迭代。

在传统文学生产中，文学的生产工具和媒介都仅具有纯粹的工具性特征，比如，书写用的软笔、硬笔，印刷用的白木浆纸、黄竹麻纸，这些工具的作用仅仅是客观反映和表达作者的写作内容，对读者的审美感受也没有更多的渲染和增色。在新媒体文学生产中，网络、手机、移动通信这些科学技术，不仅具有表情达意、审美欣赏的纯粹的工具性特征，还可以参与到文学创作的过程中，成为文学内容、表现形式效果、作品存在方式的必备要素，具备鲜活的生产力。也就是说，新媒体时代，媒介技术要素成为文学生产力中的生命力要素，可以参与文学生产的核心创作。数字媒体彻底改变了人的视觉、认识思维和行为方式，它的全面普及可能导致以文学和平面图像为基本媒介的文化形态，让位于以人工思维和数据处理为基本形态的多媒体影像文化。②

从文学生产方式要素角度看，由于新媒体文学生产力具体表现为当代新媒介和新媒介技术融合建构之下的生产能力，所以，可以依据新媒体文学生产力结合的不同方式划分新媒体时代新型文学生产方式。新型

---

① 单小曦.当代数字媒介场中的文学生产方式变革[J].文艺理论，2012（1）：101-108.

② 欧阳友权.网络传播与社会文化[M].北京：高等教育出版社，2005：188.

文学生产方式可以划分为三种，一种是语言文字和传统纸媒与印刷机进行整合后形成的纸媒型媒介文学生产，这一生产方式保持了传统文学生产中的以平面的时间叙事为主、语言符号的文本呈现和线性阅读的文学生产特征；第二种是以计算机网络整合诸多传统工具和数字软载体进行的网络媒介文学生产，这一生产方式开创出了虚拟空间叙事、立体化超文本呈现和接受—写作一体化的阅读模式的网络型文学生产形态；第三种是语言符号和影音符号、摄影机异质性整合后形成的播放型电子媒介文学生产，这一生产方式形成的是以空间叙事为主、以影音符号烘托语言符号的文本呈现和以空间场景为阅读单位的文学生产特征。[①] 新媒体媒介在十年内发生了巨变，第三种文学形态即播放型电子媒介文学生产也发生了翻天覆地的变化，变得更加丰富并且更新换代也更迅速。

新媒体时代，是文学生产与新媒体技术融合的时代，是智能化发展更全更强的时代。正如上述的梳理，儿童文学的生产出版在整体文化语境和受众审美需求发生变更的氛围中，要积极向媒介、技术、互联网借力并融合。在创作生产过程中，加强作家与读者的交流和互动，实现集文字、图像、声音的多种融合，丰富文学作品的艺术效果，给读者多感官、多维度、立体式、浸入式的阅读体验。在文学出版传播的过程中，在刊物设计、装帧美化时融入电子媒介的互动性、开放性元素，实现更好的艺术审美表达。

（二）新媒体文学生产平台

在新生媒体百花齐放、百家争鸣的浪潮中，新媒体媒介舆论生态呈现繁荣态势，除了文学生产工具外，儿童文学的生产和存在的新媒体平台迎来了"三微一端"和智能手机为终端的电子化新时代。

"三微一端"是指微信、微博、微视频以及客户端。微信是 2011 年

---

① 单小曦. 当代数字媒介场中的文学生产方式变革 [J]. 文艺理论，2012（1）：101-108.

腾讯公司推出的即时通信应用程序，支持单人、多人参与的跨通信运营商、跨操作系统平台。通过互联网在手机端或电脑端发送文字、语音、图片、视频、文件，依据通讯好友成立朋友圈，在日常的交流中记录或浏览朋友圈信息。此外，微信还开发"公众号""小程序""搜一搜""打卡""微信运动"等功能，实现信息交互、网络支付、娱乐游戏搜索引擎等共享流媒体内容资料的服务。

除了网络、"三微一端"，被称为"第五媒体"的手机现在已经完全融入大众的日常生活，成为新媒体多元发展最重要的生产传播平台。从最早的通信工具，到风靡一时的短信"微小说""手机小说"，再到现在涵盖吃穿住用行多方面应用于通讯、生活、学习、购物、娱乐、电子支付、服务的必需品，手机不仅改变了人与物的关系，还改变了人与人、人与社会的关系，使全民形成依赖手机的生活习惯，甚至成为一种时刻与人共生共存的"电子器官"。

新媒体时代，与手机功能的革新相同步，手机文学也经历了一个发展过程。21世纪初，手机小说或短信小说概念作为一种文学样式曾一度引起文坛关注，人们通过手机创作、书写、传播具有文学性特征的"微小说""段子"，以独特的文学话语方式参与时代的文化叙述及批判活动。它是使用载体定义的文学样式，富有节奏感的短句、口语化的语言、幽默搞笑的抒情、QQ聊天符号以及对日常经验的细致描摹，是由先进技术决定的文学，是在信息时代人类的文学的生产、阅读新方式。当然，手机小说风靡一时却也赶不上新媒体的更新迭代速度。随着智能手机的普及和软件开发的深入，手机文学很快从短信平台转到了微信、微博、微视频及客户端，从早期信息单向的接受模式转变成信息双向的接受和发布模式。近两年智能手机功能强大，逐渐取代了计算机，可容纳多种程序和软件功能，极大满足了手机用户的需求，出现了很多交互性、个性化的自媒体直播、微视频等功能，如西瓜视频、抖音、快手、今日头条等，成为人们获取信息、即时发声、个人书写的新式生活习惯。人们对手机为代表的电子媒介的依赖，实质是对其不断智能化、技术化提供的庞大信息和功能的依赖。由此，运用好新媒体生产力、生产方式和技术融合成为新时期文学生产的重要因素。

二、新媒体时代儿童文学的网络化发展

（一）新媒体儿童文学的分化及演变

新媒体时代儿童文学发展形成三个分支，包括以传统纸媒为媒介的儿童文学的新媒体化发展，以网络为媒介平台的儿童文学发展和以音像化、视像化等数字化媒介为平台的儿童文学 IP 化发展三部分。其中，网络儿童文学和儿童文学 IP 化发展是新媒体儿童文学生产经典化的核心内容。相对于传统儿童文学，新媒体时代，网络文学迅猛发展，网络提供了相对自由的发展空间，创新多种文学的创作形式和表现方法，为文学生产争取到了更大空间，创造了更多可能，从最初进入公众视野、大胆尝试燃亮的点点星光，到网络作家异军突起、网络文学形成规模成为传统文学的补充，再到如今蔚为大观，改变了传统文学"一家独大"的格局，形成三足鼎立之势。网络文学蓬勃发展，已经走过了 20 多年的历程，成为一道独特的文化景观。

文学最早源于民间，它是由远古人民的口头创作演变而来，是大众集体无意识积累的文化成果，后来随着记录载体的革新，才慢慢过渡到书面印刷文学阶段。到印刷为媒介的文学生产阶段，文学写作演变成为精英知识分子的"专利"，只有有一定文化修养和经济基础的人才能从事文学创作生产工作，且发表出版时更多还要受到环境的限制。进入网络时代以后，网络新媒体平台让文学从神坛又回到了民间，人人都可以成为文学创作的主体，只要有诉求，每个人都可以走进文学殿堂进行创作，大众被排斥在文学创作大门之外的时代千真万确地结束了。

此外，新媒体网络"促成文学形成相对自由的未来发展空间"①。文学创作是人的精神活动，它总会受到主流意识形态的影响及市场经济的制约，相对于传统文学而言，网络文学活动空间更大。网络文学自诞生起，既不以承担社会责任、透彻剖析人性为己任，也不用追求探索经典精英文学的审美及艺术形式。它以迎合大众的消遣和娱乐为目的，实现自由发表、自由评论、自由交流，因此思想主旨上受主流意识形态影响更小，内容更加追求出奇出新，表达可以更加随意，想象可以更加天马行空。

（二）网络儿童文学

网络儿童文学是一种集儿童文学、音乐、绘画、动画和互联网为一体的文学艺术形式。文学是基础核心，新媒体是技术手段。网络儿童文学包括以下三种形态：第一种，儿童文学网站将中外传统儿童文学经典作品在网络上登录出来，供读者阅读、欣赏和评论；第二种，当代儿童文学写手乃至作家将自己已经写作完成并发表在正式儿童文学刊物上的作品登录在网上，供读者阅读、欣赏和评论；第三种，当下一些作家或爱好者将自己的儿童文学作品首先在网络上原创发表出来，供读者阅读、欣赏和评论，便于自己快速听取读者与受众的反馈意见，从而使自己极大缩短了获取读者反馈意见的时间和修改的周期，有的作品在网络上发表三五分钟之后便可获得相应的反馈意见。②

从文学文本层面看，网络儿童文学是一种以网络为载体，在文字的基础上综合使用背景音乐、语音或配图动画等辅助表达方式，以超文本链接技术为支撑的新型文学品类。

从文学创作思路和过程层面看，网络儿童文学创作最突出的特点就是"以读者为中心"的创作思路和创作过程中作家与读者的互动性。网络儿童文学"以读者为中心"的创作思路是指作家将读者意识和读者需

---

① 欧阳友权.网络文学五年普查（2009-2013）[M].北京：中央编译出版社，2014：130-132.

② 侯颖.网络儿童文学的正负文化价值透视[J].文艺争鸣，2007（6）：67-69.

求贯穿自己创作的全过程，在作品构思起稿阶段对读者需求进行"预设"，研究和预测读者的兴趣爱好和阅读期待，同时将能体现读者期待的元素融入自己的创作思路中；在作品创作之后还要及时听取读者的反馈和意见，及时调整写作计划，具体体现在两个方面：

第一，网络文学的儿童读者圈里，存在着阅读偏好的差异化现象，受性别、年龄、生活环境、知识储备层次、阅读喜好等因素的影响和制约，网络儿童文学的读者多数以青少年为主，学龄前幼儿和小学生相对较少。传统纸媒的儿童文学抓住了幼儿文学和童年文学的读者群体市场，网络儿童文学则抢占青少年文学的读者群市场，这造成了网络文学作品和读者分化及网络文学网站的市场细分。因此，网络儿童文学作家在构思创作之前会利用网络平台数据统计和算法，推算了解网络文学读者群的爱好和需求，根据读者的点击率、浏览量、流量数据及评论区留言，选择自己擅长、读者喜爱的文学网站专栏、文体风格及内容主题。在具体创作过程中，网络文学写手也会以读者群的阅读兴趣、阅读习惯和阅读期望为基础，设计塑造人物形象、故事情节、叙述方式及语言风格。

第二，在网络儿童文学作家定期更新、完善作品创作的过程中，他们会花费大量的时间和精力分析读者的反馈，毕竟，网络文学作家生存的依靠就是读者的流量。作家通过各种网络平台与读者互动交流，关注他们作品的上榜和畅销的原因，及时接受读者的意见和建议，调整自己的写作方式和风格。所以，网络文学最大的特征就是读者很大程度影响、引导作者的写作思路，读者与作者共同参与作品的创作过程。因为网络平台迅速便捷，网络文学作品每更新一个章节，读者都会第一时间反馈阅读感受，作家也会适量将读者的意见和建议作为下一步创作的方向，努力满足读者需要。

在网络文学发展鼎盛的今天，与其他类型的原创文学相比，网络儿童文学无论是在网站平台的覆盖率、保有量方面，还是参与网络儿童文学创作的写手作家群数量方面，或者创作出的网络儿童文学数量、质量及典型代表作品的影响程度方面，又或者对网络儿童文学本身的理论研究成果方面，网络儿童文学发展的整体情况还是滞后的，但今后网络儿童文学如何发展，是否需要借鉴网络文学发展模式、生产方式、创新思维应该是当今需要关注的事情。

（三）昙花一现的儿童网游文学

除了网络儿童文学的自身发展，网络与儿童文学的交融发展也成为新媒体儿童文学的经典化的重要体现。这一经典化的融合既体现为儿童文学作家进军网络游戏执笔创作游戏的文学部分，又体现网络游戏走下网络走进图书市场，创新成为新世纪原创儿童文学的一个新品种——儿童网游文学。

随着网络游戏的普及和兴盛，受网游商家邀请，一批优秀儿童文学作家开始为儿童书写网络游戏文本。周锐、伍美珍、苏梅、李志伟、杨鹏成为最先尝试者。他们分别与上海淘米与童石公司合作，以自己的原创文学作品或流行的网络游戏中的人物或情节元素为蓝本，书写网络游戏文本。如周锐的《功夫派》系列，苏梅的《小花仙》系列，李志伟的《赛尔号》系列，伍美珍的《惜呆兔咪》系列，翟英琴的《植物大战僵尸学校》系列。这些网络游戏文学文笔流畅，接近儿童视角，在关注儿童兴趣的同时还启发儿童参与意识和游戏精神，深受儿童喜欢。同时，这也开发了新世纪原创儿童文学的一个新品种——儿童网游文学。这些文学作品运用儿童喜爱的网络游戏中的人物、情节等元素，与网络游戏、科普知识、传统文化或儿童感兴趣的题材相结合，对网络游戏进行文学再加工形成儿童文学读本，吸引了大量的儿童读者。很多喜欢网络游戏的儿童也成了网游文学的爱好者。

伴随着多元的儿童网络游戏，儿童网游文学图书创作呈现出多点开花、多层兼顾的态势，成为儿童文学的一个"新时尚"。但受儿童网络游戏本身的限制，网游文学这一新文体的文学性、经典性及艺术价值相比传统儿童文学经典还有很大差距，仅仅昙花一现便草草收场。

第三节　新媒介视野下儿童文学的传播

一、新媒体时代儿童文学的传播策略

（一）从内容传播平台的选择上

新媒体带来了一个"内容内爆"的时代，这给产业链的每一个环节都带来了挑战。现在的儿童文学作品要想进入传播渠道，不仅要设计最易传播的形式，还要争夺内容分发的平台。平台生态的变化会直接影响作者的变化，写手在百家、知乎、微信等平台也是经常流动的，哪个平台给的流量和收入多，就往哪个平台走。和传统儿童文学作家成名的想象相比，现在的儿童文学创作者更加注重平台的选择和"人设"的经营，在自媒体时代，成为"草根网红"似乎是可行的。

（二）从内容分发渠道上

在儿童文学产业链中，如何创作儿童文学作品是一个方面，如何分发是另一个方面。好的作品如果没有好的分发渠道，也会"酒香也怕巷子深"，沉入信息超载的汪洋大海。传统媒体中，进入出版流程，获得更好的出版资源，加以雄厚的推广资本就容易获得好的内容分发机会。而在新媒体时代，掌握信息搜索引擎的逻辑和主动权，发现不同媒体平台和形式背后的不同受众，并依然辅以雄厚的内容推广经费才是成功的关键。现在的儿童文学早已不是图书的营销，而是作者的营销、渠道的营销和传授关系的营销。

（三）从数据推送的逻辑上

新媒体时代儿童文学的传播已经实现了比较精准的营销和传播，只是囿于传播法律和传播伦理，还受到很多限制。运用大数据可以分析儿童受众特征，细分读者群体，准确定位需求。目前，算法推送已经能够实现趣缘群体的聚集，能够精准定位到具体的受众，如百度、今日头条等平台都能实现智能化的信息推送，用户无需订阅就能获得信息，很多视频 APP 如腾讯、优酷、爱奇艺也都设置了儿童专栏和青少年儿童专用频道。

在儿童文学传播方面，除了技术和媒介层面，还需在国家、政府、行业组织和政策等各方面来考虑儿童文学的传播策略。在当下媒体语境下，根据传播主体和功能性的差异，中国儿童文学传播推广的策略是多方合力、有机衔接、整体推进的，包括政府、行业组织的政策引导管理，儿童文学作家、专家学者及出版社生产的研究，多样的阅读方法推广，儿童教育与童书进校园营销的博弈，新媒体传播平台畅销书的营销等。

在儿童文学作品的传播与推广中，不能舍本逐末只把营销做好，而是应该回归作品本身，先把儿童文学作品打造好，才能在市场上占据一席之地。只有不断培育充满童心且有人文气息、人文素养的儿童文学作品，肯定人的价值，中国儿童文学作品才有比肩世界知名出版发行和影视公司的作品的可能。在中国的国家营销战略日益发达的情况下，回归本源恰恰是一条文化"走出去"的捷径。

二、新媒体时代儿童文学传播的方式

在媒介技术演进理论中，引发巨大争议但影响最为深远的是麦克卢汉的媒介理论，这位来自加拿大的传播学者用一系列"隐喻"描述媒介技术的变化。他用"部落化"隐喻媒介传播方式的演进史，认为媒介的传播方式呈现出部落化—非部落化—重新部落化的演进过程；把媒介进化的动力归因为保持感官平衡的压力，如文字放大了视觉的感官，而广播放大了听觉的感官，电视则让视觉和听觉实现了短暂的平衡。因此，他的理论在儿童文学作品的生产和传播方面，对研究者有着非常重要的启迪作用。

　　新媒体是一个融合了眼耳口舌鼻以及记忆等多种感官的媒介体系，与传统儿童文学的传播方式相比，新媒体的儿童文学传播方式有很多优势：

　　第一，伴随着信息内爆，新媒体的传播推送更具针对性。信息时代利用大数据的算法和个性化推送手段，能够最大程度地降低用户筛选信息的成本，可以依据儿童的年龄、性别、兴趣爱好及浏览痕迹推送内容相似的信息，使儿童更加方便地接受传播内容。在"媒介技术—人"这一对应关系上，媒介技术让人的信息选择更加"慵懒"，或者因无法逃避技术的推送而不得不变得"慵懒"，从而心安理得地接受媒介的"按摩"——"按摩"也是麦克卢汉对媒介的隐喻之一。

　　第二，新媒体的传播形式、感官体验更加丰富。正如麦克卢汉的"重新部落化"阶段，新媒体融合了文字、图片、音频、视频等多种形式，将儿童文学与书刊、报纸、广播、电视媒体、网络、短视频、游戏、动漫、VR等媒体的传播优势发挥到极致，全方位刺激儿童的视觉、听觉、触觉，引发独特丰富的感官体验，使得传播内容更立体化、有感染力，儿童在阅读接受上呈现单向线性的、感性的、平面化与多维的、理性的、立体化相结合的特点。

　　第三，新媒体的传播提供交互性交流平台。新媒体平台打破了儿童作家和读者的壁垒，提供了交流互动、表达个人见解的网络平台。网络时代的传播基本是点对点的传播，受众可不受时空限制，与处于网络另一端的人或媒体进行互动交流。信息接收者又是信息传播者，这是一种高度循性模式。①新媒体媒介提供更方便快捷的点对点互动交流平台，不仅可以增强作家的亲和力，还能让其及时接收到儿童读者的信息反馈，调整创作的内容，让儿童读者有参与意识，最大限度发挥主观能动性，增强趣味性。

　　从历史发展角度来看，文学传播方式与媒体变化、科技发展、传播

---

① 黄世虎.改革开放以来我国主流意识形态建设的基本经验[J].实事求是，2017（2）：16-19.

内容的变化、受众的需求息息相关。新媒体时代，网络数字传播方式形成多元化发展及分支，如儿童电视电影、儿童出版电子书、数字报纸杂志以及互动类图书 APP。这种媒介变化形成的技术垄断带来了传播方式的变化，不仅对儿童文学的创作生产、儿童阅读接受程度及大众消费文化转型有重要影响，某种程度上也改变了隐藏于表象之后的人的思维模式。

这种互联网思维的形成极大地推动了传统儿童文学生产及出版传播，并在新媒体网络领域里，即中国数字出版行业中形成完整的产业链。产业链包括从"上游"的内容到"中游"的出版再到"下游"的平台，由作者、海外版权代理公司和海外出版社生产的文学作品通过新媒体平台完成作品签约授权出版或数字版权授权。之后，国营出版社和民营图书出版公司及报纸杂志等出版公司出版刊物，刊物类型除了传统的纸质图书报纸杂志等，还包括数字出版物授权、数字出版发放平台的数字物，经由电子阅读器传播给读书用户。梳理产业链中数字出版分发的平台就是梳理数字出版的传播方式，从分类看，目前数字出版传播主要可分为运营商平台的传播方式、电商平台的传播方式、社交平台的传播方式、移动阅读平台的传播方式四类。

除了网络数字产业链的传播方式，新媒体时代儿童文学与新媒体融合的传播方式还有很多，这里不再赘述。

第四节　新媒介视野下的儿童文学的娱乐化

儿童文学的游戏性及游戏精神不能简单地和消费文化下的儿童文学的娱乐化倾向画等号，新媒体时代儿童文学依旧以经典性、文学性、艺术性为主流。但在消费文化影响下，新媒体时代，有一部分儿童文学作家的创作及理念和儿童图书市场关注的重心直接或间接地滑向了娱乐和消遣。又或者说，无论是文学生产、文学传播还是文学阅读，人们为了抢占市场刺激消费，扩大了儿童文学中游戏及娱乐元素，创作了大量的娱乐性强的快餐文学，构建了符合市场消费需求的娱乐化的儿童文学。

在谈及儿童文学消费的时候，应该把儿童文学的娱乐功能当成一个重要的思考向度。这种思考延续着波兹曼"娱乐至死"的思考，电子媒体时代，人们需要思考文学如何在快乐和娱乐之间游走的尺度问题。

方卫平指出："到了今天，儿童文学似乎已经不必再承担什么微言大义。消费社会期望它发挥的最大功能，就是使儿童快乐。正如当代社会的人们在一天的工作结束之后，只想多一些轻松快乐的生活消遣；儿童拿到儿童文学，也不希望它还像教科书似的板着脸说故事，而只希望从这里获得纯粹的欢乐体验。在消费时代，儿童文学的娱乐功能无疑得到了淋漓尽致的发挥和发展。"①

诚然，人们应该看到新媒体时代儿童的天性、新媒体的科技性、儿童文学的娱乐功能与教育功能集中在新媒体时代的儿童文学本身，实现了前所未有的统一，对儿童文学发展是有非常强烈的推进作用的。儿童有新需求，新媒体有技术和平台保障；时代提倡消费娱乐，儿童作家及出版社有创作生产手段。教育提倡现代化手段教学寓教于乐，"一种建立在快速变化的电子图像之上的新型教育已经出现在我们面前"②。在此影响下，新媒体时代，儿童文学及动画、漫画、电影等儿童文学的衍生品空前繁荣，不仅具备教育性、娱乐性、科技性于一体的特点，更为儿童文学的消费及需求提供了生存和发展空间，美国最早的电视节目《芝麻街》证明学习阅读的过程可以成为一种轻松的娱乐活动，电视对教育哲学的主要贡献是它提出了教学和娱乐不可分的理念。当前，很多儿童文学作品和儿童教育的内容形式都是以"寓教于乐""快乐学习"为核心制造卖点吸引消费群体的。

---

① 　方卫平.儿童文学教程[M].上海：复旦大学出版社，2015：18.
② 　波兹曼.娱乐至死[M].章艳，译.北京：中信出版社，2015：174.

但是，人们也应理性地看到，在消费文化影响下，儿童文学发展出现了一些偏差和误区，比如，部分作家或出版社过于看重眼前娱乐化、符号化带来的商业利润及图书市场的光鲜，忽略思考儿童文学发展的前景及可持续性发展的动力元素；儿童文学创作迎合读者泛娱乐化口味；传统的儿童文学经典一再被边缘化、没落化；甚至部分儿童文学创作不再以成长、思想启蒙和审美艺术为作品的精神坐标，变成一种单纯的可供儿童娱乐消遣的休闲活动，文学生产接受由精英阅读逐渐置换成为娱乐消遣；儿童文学阅读由传统的文学鉴赏艺术审美转向文化消费娱乐。

在新媒体时代的儿童文学活动中，人们时刻感受到一种"童年消逝"的危机感。一方面，伴随着商业化、娱乐化童书的兴起，儿童文学从思想启蒙引领日趋滑向了快餐娱乐消遣，作家和儿童读者在文学活动中的对话关系和对话方式都发生了相应的改变。儿童文学作家不再强调自身的成人身份和对儿童读者思想精神的对话与引领，而是一再降低自己的写作姿态，在对读者口味和需求的满足与迎合中，追逐畅销所带来的经济利益。另一方面，在儿童文学的消费接受过程中，儿童也逐渐模仿成人将文学阅读当成自己日常生活中的娱乐消遣，不再从阅读过程中学习体会生命经验，从而获得文学审美的启迪，提高文学修养。这样一种以娱乐消遣为目的的儿童文学阅读方式的形成，从某种程度上来说，其所体现的正是在消费文化和大众文化的影响下儿童文化身份的消解，儿童早早地结束了他们对文化的好奇心和吸收性体验，而进入一种成人化的文化和生活方式之中。

新的文化语境和精神需求，导致娱乐至上取代深度思考，个人欲望的宣泄取代对理想真理的追求。儿童文学的过度娱乐化导致儿童对低俗快感的追逐和娱乐化趋势。公众话语都日渐以娱乐的方式出现，并成为一种文化精神。① 在这一时代语境下，人与人之间不再彼此交谈，而是彼

---

① 波兹曼.娱乐至死[M].章艳，译.北京：中信出版社，2015：164.

此娱乐。所以，现在社会玩手机的"低头族"比比皆是，大家即使面对面也不愿意主动沟通交流思想，交流的是承载于新媒体之上的信息。人们在讨论争论问题时，往往也不是依靠逻辑和观点取胜，而是靠信息华丽时尚的外表、炫酷热闹的场面、娱乐的形式和市场消费效应。与传统媒体相比，新媒体娱乐化以转变成信息生产传播消费的时间越短越好；避免复杂，推崇标题党简单粗暴有效果，无须具备精妙含义；以视觉感官刺激代替交流和思考……文学艺术亦然，当前的儿童文学内容和形式泛娱乐化，儿童读者想要看的更多的是热闹的场面和华丽的形式，注意力都集中停留在声光电音美的娱乐化形式，追寻的是一种休闲娱乐的消费，而忘却了文学带给自己的思考和想象。

历史的消失根本不需要如此残酷的手段，表面温和的现代技术通过为民众提供一种政治形象、瞬间快乐和安慰疗法，能够同样有效地让历史销声匿迹，也许还更恒久，并且不会遭到任何反对。①儿童文学正在经受一场巨大的危机，这危机不仅来自电子、网络媒介发展对儿童文学生存空间的挤占，更源自消费文化语境下，儿童文学生产对市场和娱乐化需求的一味迎合与盲从。它让文学和生活的距离感消失，让富于艺术魅力的文学创作沦为了粗糙的机械复制，让文学审美变成了人们日常生活中的娱乐和消遣。人们要对儿童文学消费的娱乐化加以理性的分析和科学的引导。文学不可避免地模块化、快餐化和世俗化，纵使带有"神圣"和"启蒙"色彩的儿童文学也不能免俗，受到各方力量的裹挟与影响。可即便如此，人们也需要在消费文化成为一种主流文化之时保持一丝冷静和反省。因为消费所体现的并不是简单的人与物之间的关系，而是人与人之间的社会关系。人们需要在这样一个浮躁的年代重拾人的价值，挖掘儿童文学背后的人文色彩，让更多的儿童能在文学作品中既享受文本和故事，也悟到担当与责任。

---

① 罗钢，王中忱.消费文化读本[M].北京：中国社会科学出版社，2003：33-34.

第七章 语文学科核心素养视野下的当代儿童文学教学

第一节 小学语文与儿童文学的关系

儿童文学与小学语文课程是密不可分的，它不仅可以作用于儿童，还可以帮助教师准确把握小学生的心理，更新固有的教育教学理念，探讨行之有效的语文教学方法。

一、儿童文学是小学语文课程的重要资源

儿童文学已成为语文课程的主要资源。儿童文学作为语文的课程资源，主要是指儿童文学是语文教育中课程内容和教学组织活动的重要资源，特别是"人文性"教育的重要资源。小学生阅读的课外读物很多，但儿童文学应作为其主要阅读内容。儿童文学是因儿童教育的需要产生的，随着人们对儿童以及儿童文学认识的不断深入，儿童文学已不再被视为教化儿童的工具和手段。

（一）小学语文利用儿童文学资源的历史沿革

小学语文利用儿童文学资源由来已久，然而儿童文学作为小学语文课程资源却不是渐进式发展、一帆风顺的。以下从 20 世纪 20 年代到中华人民共和国成立前期、中华人民共和国成立后到 20 世纪 90 年代末期、

进入 21 世纪后三个阶段来阐述儿童文学在小学语文课本中所占比重的变化。

新文化运动以后，人们开始关注儿童，开始关注儿童文学，提出了"儿童"本位论的观点。20 世纪二三十年代，当时的国文课程标准与课程纲要确定了儿童文学在教科书中的地位，第一次指出，小学生阅读文学作品要以儿童文学为主，并且限定了毕业阅读量的最低标准，这些都提到了儿童文学。此后又提出：以儿童文学为"中心"或"主体"，这是儿童文学课程的鼎盛时期。魏寿镛、周侯予合著的《儿童文学概论》，朱鼎元编写的《儿童文学概论》都被当作师范学校儿童文学课程教材。1936 年以后，儿童文学在小学教科书中所占的地位开始降低，但是，在新颁布的小学国语课程标准和教学大纲中，仍然有体现"儿童文学"的描述。说明当时儿童文学还具有一定的课程地位。1949 年，中华人民共和国成立以前，小学国语课本都具有儿童文学化趋势。

1950 年颁布的《小学语文课程暂行标准（草案）》明确指出，编写小学语文教材应该以儿童文学作品为主，突出儿童情趣的重要性，并以此为主干。小学语文的主要学习形式应以学习儿童文学为主，以达到能独立阅读欣赏报纸、杂志和大众文学书籍的水平。随后两年的《小学语文教学大纲》也明确提出了阅读儿童文学作品的要求。

新的世纪迎来了新的曙光，儿童文学受到越来越多的关注和重视。《九年义务教育全日制小学语文教学大纲（试用修订版）》于 2000 年颁布，其中"教学内容和要求"中明确指出，小学低年级语文要注意"儿童化"课文类型应以适合年龄较小儿童阅读和理解的短童话、寓言、儿童诗歌、儿童故事为主。在第二年颁布的《全日制义务教育语文课程标准（实验稿》中，在"阶段目标"板块和课外读物建议中提出了阅读儿童文学作品（童话、寓言等作品）的要求。2011 年版《义务教育语文课程标准》中，在"学段目标与内容"中增加了人文性关怀，进一步确立了儿童文学在小学语文教材中的地位，指出"阅读浅显的童话、寓言、故事，向往美好的情境，关心自然和生命以及展开想象，获得初步情感体验，感受语言的优美"。这些都是和儿童文学教育目的相一致的。

（二）儿童文学是小学语文教材的重要组成部分

儿童文学区别于成人文学最大的特征是充满儿童情趣，是儿童最喜爱的读物种类。它是专为儿童创作的，适应儿童的心理特点、审美情趣和接受能力，因而更易为儿童所接受与喜爱。例如，国内的郑渊洁的《皮皮鲁外传》、杨红樱的《淘气包马小跳》、秦文君的《女生贾梅》等，国外的有《安徒生童话》《格林童话》《木偶奇遇记》等都是小学生喜欢阅读的作品。这些优秀的儿童文学作品能从儿童视角出发，贴近儿童心理，描绘儿童身边发生的事，能与儿童产生情感共鸣。小学语文教材是儿童文学一种重要的，又是很好的呈现方式。因为儿童文学最符合儿童的年龄特征，其个性品质天然属于儿童，最易引发他们的阅读兴趣。随着新的语文课程标准的制定和颁布，现行小学语文教材都有了明显的变动，儿童文学的各种文体在小学语文课本中占的比重也明显上升。

二、小学语文与儿童文学有着相似的功能

儿童文学之于小学语文，既有助于提高小学生的人文素养，又能够提高他们的语文素养，是小学语文教科书的重要组成部分，无论是受众对象，还是人文性和工具性相统一的教育目的，小学语文与儿童文学都有着高度的一致性。

（一）小学语文与儿童文学有着共同的服务对象

儿童文学的读者对象是儿童，而儿童有其独特的年龄特征，它就是指儿童在成长发育过程中与一定年龄相对应的相对稳定的生理特征、心理特征和社会文化程度的综合表现。这些特点形成了他们对文学的不同要求，也形成了对文学作品接受上的特点。儿童文学的接受，与儿童生理条件、心理条件有着密切的联系。同时还与接受者先期积累的各种经验特别是社会生活经验有密切的关系。考虑到这些因素，儿童文学按年龄阶段可分为婴幼儿期文学、童年期文学、少年前期文学、少年后期文学，这与我国教学阶段的幼儿园、小学、初中、高中阶段相吻合。综上所述，小学语文与儿童文学的童年期文学阶段的服务对象是相同的。

（二）小学语文与儿童文学的教育目标是一致的

儿童文学是以善为美、引人向善、导人完美的文学。新的《语文课程标准》明确指出："能初步理解、鉴赏文学作品，受到高尚情操与趣味的熏陶，发展个性，丰富自己的精神世界。"这与以善为美的儿童文学的价值取向是统一的。

儿童文学作品能给予儿童游戏式的快乐、好奇心的满足，这也是儿童对那些故事性、传奇性强的作品情有独钟的原因。《木偶奇遇记》中撒谎鼻子会变长的木偶匹诺曹、《神笔马良》中拥有一支神笔的马良、《大头儿子和小头爸爸》中形象夸张的父与子等，都能通过塑造鲜明的人物形象，设计曲折离奇的故事情节，来抓住孩子们的心，让他们在愉悦身心的同时受到文学美的熏陶。

总之，儿童通过对儿童文学作品的阅读、欣赏、接受，可以在情感上得到愉悦和满足，在精神上受到美的感染和熏陶，对儿童树立正确的人生观、价值观、对他们的身心健康发展都有着积极的作用。小学语文教育的目标也是培养爱国主义感情、社会主义道德品质，逐步形成积极的人生态度和正确价值观，提高文化品位和审美情趣。小学语文与儿童文学的教育目的是一致的。

（三）小学语文与儿童文学都肩负祖国的语言教育使命

童年期的儿童大脑重量已经接近成人，额叶显著增长，具备说出、写出和听懂、看懂语言的能力。小学阶段的儿童是人生语言发展最快的时期。童年期儿童文学作品要运用适合童年期儿童的艺术手法，使他们能品味出作品正在运用的某种手法。这与童年期儿童的主导生活——学习生活有关。在课堂上，他们初步了解了一些语言表现手段与艺术手法，产生了运用知识的欲望，而童年期儿童文学适应了这一需要，在作品的艺术手法上有所展现，就给儿童这种欲望以满足的机会，并且使他们熟悉进而掌握这些艺术手法。

文学是语言艺术，优秀的儿童文学作家总是通过鲜明、生动、具体的语言把大千世界展现在读者面前，使读者仿佛身临其境。文学作品的语言与其他实用文体的语言以及日常生活用语不同，它是有生命的和有灵性的，它有声，有色，有味，有情感，有厚度与质感，是应细心地去体味、沉吟、把玩，并从中感受到一种文学的趣味的语言。文学的语言教育就是养成学生对语言的丰富感受力和深入理解力，可以说文学语言教育是文学教育的重要支柱，对于正处于语言发展阶段的儿童而言，让他们感受文学语言的魅力是十分重要的。

儿童文学是语言的艺术，儿童文学作家同样借助语言这个媒介来表情达意。小学语文教材中 80% 以上的课文都是儿童文学的优秀作品，是经过加工、提炼的，具有明白晓畅、形象生动、音韵和谐、富有儿童情趣的特点。通过诵读优秀儿童文学作品可以极大地激发小学生学习语言的兴趣。优秀的语文老师总是能通过各种各样的方式引导学生去感受文学的语言魅力。许多有经验的儿童文学作家都十分重视作品语言的音乐性，儿歌、儿童诗自不待言，儿童散文、童话、儿童小说也无不重视语言的音乐性。由于儿童年龄小，对语言的理解能力也受到一定的限制，他们不易接受深奥、难懂、冗长的语言，因此儿童文学对语言的要求是既简短精练又通俗易懂，避免长句，禁用生僻字和不健康的语言。所以优秀的儿童文学作品都是语言简洁生动，读起来朗朗上口，富有音乐美。与成人相比，儿童更易接受叙述性的语言，这源于儿童对故事的偏爱。在儿童文学作品中，童话、故事、小说等叙事文体，无论是叙述话语还是人物的对话都有很强的叙述性。即使是以抒情为主的诗歌、散文等文体，也非常注重在抒情的同时显现出鲜明叙事特征，如《刻舟求剑》《守株待兔》等。

（四）提高学生思想道德和审美情趣的一致性

2011 年版《语文课程标准》指出：要通过语文课程对学生进行优秀的文化熏陶，促进学生身心健康发展，提高他们的思想道德情操和发现美、创造美的审美情趣，逐步形成良好的个性和健全的人格。在当今社会，未成年人健康人格的培养越来越受到人们的广泛重视。素质教育核心是通过教育使受教育者能够把人类传统的优秀文化以及精神内涵转化为自身素质，培养他们对真、善、美的追求，对人类、自然的关怀，对理想世界的向往与追求。儿童文学"以善为美"的内涵也是如此。当时才 9 岁的儿童刘倩倩（湖北鄂州市东方红小学学生）在读了《卖火柴的小女孩》后，写下了一首《你别问这是为什么》（获 1980 年世界儿童诗歌比赛国际奖）小诗，通过诗歌，展现了自己纯朴美好的心灵，表达了自己同情帮助弱者的美好愿望，表现出了博爱的胸怀和纯真的情操。这种情感的熏陶是小读者对作品深刻理解和感悟结合自己感情体验得到的，这就是文学的作用，任何形式的说教都不能替代。优秀的儿童文学作品对小学生人生的熏陶与影响将是受益终身的。

文学本身就是美的，没有美就没有文学。优秀的儿童文学作家总是通过其作品培养儿童对自然美、社会美、艺术美的感受能力，给儿童带来人生的启迪、情感的熏陶、美的享受。儿童文学中无论是以美为描写对象，还是以美为描写目的的作品，都具有鲜明的美感。在语文教学中，审美教育又是如何体现的呢？具体说来，首先就是形象性。整个小学阶段，儿童的思维是从具体形象思维向抽象思维转变，因此，在语文教学中，就要根据小学生的年龄特点，让学生体会语言美，感受作品形象魅力。其次是情感性。语文教学要发挥情感优势，以情动人。如通过富有情感的课文朗读、自然优美的语言、恰当有效的情感传递，让学生的情感得到美的熏陶。最后是愉悦性。通过语文学习，让小学生既感受到获得知识的愉悦，又感受到获得美的享受。优秀的儿童文学作品都是以其美的形象、美的语言、美的情感打动和感染读者，愉悦读者的心灵。比如，安徒生笔下的化为泡沫的美人鱼（《海的女儿》）、历经磨难成为白天鹅的丑小鸭（《丑小鸭》）；严文井笔下的勇往直前的小溪流（《小溪流的歌》、温暖而热烈的南风（《南风的话》）……作品中的形象无不以美的追求、美的情感感染着小读者。在教学中只要教师善于引导，文学作品所蕴含的美的元素必然会深深印刻在儿童的心中。

第二节　儿童文学的课程价值及教育功能体现

一、儿童文学的课程价值

儿童本位的立场使作为基础学科的小学语文与儿童文学之间有着各个层面的共性。在儿童文学和小学语文之间，目标、原则理念、方法全面契合。近年来，当代儿童文学界不少专家致力倡导小学语文教育的儿童文学化，小学语文教材也确实在向着儿童文学化的方向迈进。

（一）儿童文学进入课程的意义

儿童文学作为对儿童精神成长具有重要价值的语言艺术，其进入基础教育课程是必然的。这不仅因为众多优秀中外儿童文学作品凝聚着人类文明的优秀成果和核心价值，还因为儿童文学是童年精神结构的感性体现、集中表达。换句话说，儿童文学进入基础教育课程序列既是教育实践的需要，也是价值选择的结果。具体说，主要是以下四个方面：

1. 实现教育均衡化的内在要求

语文教育家张志公认为："应当向儿童、少年、青年进行文学教育，并不要求每个人，也不可能要求很多人成为文学家，但是应当要求所有受过教育的人都理解文学，具有文学鉴别能力，接受优秀文学作品在道德情操方面以及敏锐深入地观察社会生活的能力和丰富活跃的想象能力方面的感染熏陶和启迪，也就是说，具备必要的文学素养。"[1]

从文学教育的普及化和民主性意义上来说，作为教育者，一方面要奖励那些在学校图书馆借书阅读的孩子们，另一方面要用语文课和课外时间向孩子们教授阅读儿童文学作品，仅仅这样做还不够，还有必要在学校课程中设置文学科目，进行专门性指导[2]。

2. 多元主义教育价值观的需求

随着全球经济一体化、信息化、国际化程度加深，如何处理国际性与民族性之间的关系就成为课程设计所必须考虑的问题。而在现实的教育实践中，身处经济全球化、信息一体化的社会背景，多元文化不断渗透、不同价值观念彼此冲撞，正是当前我国基础教育课程建设所面临的处境。

面对多元文化教育生态中的诸多问题，不同国家、地区的儿童文学作为各民族文化的结晶，在帮助学生认识自身文化价值、培养对其他民族文化理解和尊重方面可以发挥极其重要的作用。

3. 语文学科的课程需要

21 世纪以来，国家新一轮语文课程改革开始充分重视文学教育。新的语文课程标准明确提出了对学生文学鉴赏能力的要求，并对九年义务制阶段学生的阅读量提出了具体的量化要求。比如，义务制教育小学阶段，要求学生阅读 150 万字；初中阶段，要求阅读 300 万字。这就为儿童文学进入语文课程提供了机会。

4. 文学教育自身的需要

不容否认，学校教育的系统性、课程设置的专业化以及课程实施的针对性都会让儿童文学发挥极其重要的作用。缺少了方法指导和资源甄

---

[1] 张志公.张志公语文教育论集[M].北京：人民教育出版社，1994：266-267.
[2] 上笙一郎.儿童文学引论[M].徐效民，译.成都：四川少年儿童出版社，1983：189.

别的随机阅读就可能成为只有快慰体验、感性愉悦，欠缺静思感悟、体味涵泳的"浅阅读"。同样，如果小学生对儿童文学作品仅止于条分缕析的理性阐释，而缺少情感融合和想象参与，那么文学教育的审美标准也很难实现。因此，要使小学生的儿童文学阅读既融合感性的体验、回味，又获得理性的品赏、思考，仅仅靠课程之外自发、自主的阅读恐怕难以实现。在这种情况下，语文教师专业层面的阅读推荐、方法指导、审美引领就必不可少。从这个意义上说，儿童文学进入语文课程，实际上也体现了文学教育的内在需求。

（二）儿童文学与小学语文教育的契合

1. 把儿童文学作品作为小学语文教材的主要内容

儿童文学的本质决定了它是有利于儿童成长的文学，因此它在小学语文教育中具有重要意义，是小学语文教学中进行美感教育、道德教育、人文素质教育的资源，语文课的人文性和工具性在儿童文学的阅读中可以得到实现，因此，历来的教科书都将儿童文学作品引入教材，作为语文教学的主要内容。

自近代语文学科独立存在以来，儿童文学作品就在小学语文教材中占有越来越重要的位置。儿童文学作品可以作为小学语文教材的主体课程资源这一点，从中国儿童文学发展初始阶段就已得到有识之士的认同，"儿童文学化"曾一度在小学语文教材中得到了充分体现，儿童文学作品成为当时小学国语教材的主流。最有代表性的教材便是1932年开明书店出版的由身兼语文教育家和儿童文学家的叶圣陶编写的《开明小学国语课本》（共八册），这套教材在当时的教育界引起了轰动，深受学生喜爱，产生了深远的影响。现在来看民国时期教育家的儿童文学理念，对当今语文教育依然是有深远意义的。

新课改以来，教育部颁发的新的语文课程标准，对语文教材和课外阅读中儿童文学的内容与含量都做出了明确规定，儿童文学已成为小学生阅读的主要内容。儿童文学作品作为语文教育的重要教材资源，正在越来越多地进入学生的教材和课堂。儿童文学在当代语文教育中正在扮演越来越重要的角色。

2. 把儿童文学的教学方法作为小学语文教学的主要方式

儿童文学作品作为小学语文的主体课程资源，如果在教学上不采用一些策略和方法，就很难发挥这类课程的文学审美功能。而最适合的教学方法莫过于儿童文学的教学方法。什么是儿童文学的教学方法呢？用朱自强先生的话说，就是人文性、整体性、趣味性、感性化、意义生成这五个要素有机融合为一体进行语文教学的方法。①

在遇到儿童文学课文时，人们可以根据不同的儿童文学文体设计教学重点。比如，儿童诗重点是感受节奏感、音韵美、意象以及人的情感；童话重点是体会幻想的乐趣、故事的奇妙、童话人物的性格等等。

语文课程在教学原则上要以人为本，重视学生的独特体验。以前，语文教学在总体上存在着重"教"轻"学"、重认知轻情感、重理性轻感性、重分析轻综合的倾向，缺少学生个体的自我体验，缺少对学生自我体验和独特见解的尊重。儿童文学的教学方式，弥补了这方面的不足，反映了新课改以来的"以人的发展为本位"的课程观，体现了语文课程的人文性。

3. 把儿童文学理念作为小学语文教学的指导思想

儿童文学是现代社会的产物，在浩瀚的历史长河中属于一门非常年轻的学科，在西方有 300 多年的历史，在中国仅存在百年。然而纵观中外的儿童文学史，都有一个由"教育论"到"童心论"的转变过程，即儿童文学由早期的道德训诫工具逐步转向后期的尊重儿童的独特文化。儿童文学理念的转向对小学语文教学至少有如下启示。

第一，语文教育中要理解儿童，尊重儿童。小学阶段的学生都是儿

---

① 朱自强.朱自强小学语文教育与儿童教育讲演录[M].长春：长春出版社，2009：14.

童，他们是具有着独特的思维方式、价值观和情感体验方式的群体。儿童独特的精神世界，在优秀的儿童文学作品中能充分得以展现，这在国外的儿童文学作品中举不胜举。比如，林格伦的很多作品就是充分展现儿童的顽皮、狂野、想象力丰富的特点，如《淘气包埃米尔》《淘气村的孩子们》等，最著名的莫过于《长袜子皮皮》和《小飞人卡尔松》了，而这些书在出版之初曾在瑞典教育界引起一片哗然，认为这是作家在"教唆"儿童干坏事，但是令人意想不到的是，这两部作品由于展现了儿童"狂野的想象力"而受到儿童热烈的喜爱。

儿童有他自己的审美标准和阅读视野。虽然语文教学不可能也不应该完全顺应学生的阅读要求，但给予充分的尊重则是必要的。在语文教学中，教师也要学会尊重学生，理解学生，要站在学生的位置考虑问题，及时调整自己的教学策略。比如，在阅读教学中要尊重学生对课文的独特感受和理解，在习作教学中要鼓励学生表达出对事物的真实感受和不同见解。

第二，语文教育中要把知识内化到生命之中，激发儿童自身对知识的渴求。只有意识到知识是内在于生命的，生命中内在地存在着求知的欲望，才能关注到学生个体生命的需求，才能充分激发起学生主动学习的动力。比如，教师可以让学生自己选择阅读、查找资料、交流讨论，引导他们力所能及地对图书展开批评与建议，教师所要做的就是进行适当的引导、点拨，这样的教学方式比教师单纯地讲解更能让学生感受到学习的乐趣，学生在这样的过程中不断地开拓着自身能力，磨砺出良好的心态及较高的综合素质。

第三，语文教育中要重视人文精神培养。儿童文学对儿童精神世界的影响是深广而久远的，童年时代所留下的印迹将会影响一个人的一生。因此，语文教育中尤其要重视对学生人文精神的培养，要充分发挥儿童文学的人文功能，在教学中从做人的观念上、从生命的基本伦理追求上、从为人处世的人生气度上予以影响。但是，也必须清楚，发挥儿童文学的人文功能，不能靠道德教化和思想提纯，那样做只能适得其反，因为儿童文学是富于感性化表现的文学，它与儿童感性化的心理特点是相适应的。要发挥儿童文学的人文性功能，只有通过审美的途径来达成。比如，在教学中老师要帮助学生"打开"心灵，可以以故事的形式讲解文章作者的人生追求与其作品之间的内在联系，讲述不同时代的诗人、作家以及他们的作品对社会构成的深远影响。也可以从细节上挖掘，发挥儿童对情节的想象能力，让学生感受其中的人性人情人心，从而感受人性的高尚的一面。这种以人生故事、细节体验为重点的形式能充分带动学生去理解进而接受那些看起来复杂深奥的道理，渗透着一种强烈的人文关怀，对儿童精神的塑造和影响是巨大的，在感受和感悟中丰富情感，奠定人性的基础。

小学语文教育所面对的问题，很多都和儿童文学界思考的问题"重叠"。这是因为这两个方面的问题面对的群体都是儿童，它们的根本任务归根到底都是儿童的成长。优秀的儿童文学作家通常也是儿童心理学家、儿童教育家，他们对儿童行为的观察、对儿童形象的塑造、对儿童心理的刻画，往往比其他人更深刻、全面。对小学语文教育来说，文学主体应该是儿童文学。优秀的儿童文学对培养孩子的阅读品质、提升语文学科教学的质量和保持人类丰富敏感的心灵非常重要。对小学语文教育来说，无论是作为资源，或是作为一种教育教学的方法，儿童文学都具有主体性的意义和价值。儿童文学应该是主体性的存在，不是实现语文教学效果的一种手段，它本身就应该成为一种目的。①

二、儿童文学在小学语文教材中的教育功能体现

（一）思想与品格教育

道德品质是社会行为道德规范在个体上的体现，是个体行为所表现

---

① 朱自强.朱自强小学语文教育与儿童教育讲演录[M].长春：长春出版社，2009：3.

出来的、符合社会道德要求的心理特征。在语文教学中，德育是语文教学的重要内容，对儿童道德品质的培养在语文教学中占有重要的地位。在这种情况下，儿童文学作品作为小学语文教材中的重要组成部分，自然也要承担起对儿童的思想教育和道德品质的培养的任务。儿童文学发挥教育作用的优势在于，其可以使儿童在阅读和欣赏儿童文学作品的过程中，在思想品德和爱国情感等方面受到潜移默化地教育和影响，在儿童人生观和价值观形成的过程中发挥重要作用，有着重要价值。

首先，儿童文学有助于培养儿童树立正确的道德观和积极的人生观。柏拉图在《理想国》曾说："开一个好头对于做任何事情都是最重要的，尤其是那些处于年轻和稚嫩阶段的事物，因为这时正是个性形成的时候，此时留下的印象也最深刻……年轻人成长时首次听到的故事应该是美德的典范。"[①] 儿童的成长过程正是由稚嫩走向成熟的阶段，正是从一个自然人逐步"成为一个有道德的人，能遵守社会规定的道德规范和行为准则的人"[②] 的阶段。高尚的品德是个体在社会中立足的根本，而道德观和人生观是个体在后天生活中逐步形成和发展起来的，儿童正处于道德观、人生观形成的重要阶段，向儿童传递人类社会共同拥有的最基本的道德准则和行为规范，在儿童心中种下真善美的种子对于儿童养成正确的道德观和积极的人生观具有重要的意义。在儿童文学中，可以看到对于人类基本美德的颂扬，如诚信、勇敢、友爱、尊重、宽容、合作等优秀品德在儿童文学中有着充分的展现，正确、积极的价值观、人生观、道德观、审美观更是儿童文学的主旋律。小学语文教材中的儿童文学作品，包含着大量有关人类美德和正确、积极的价值观、人生观等方面的典型范例，当儿童在阅读这些儿童文学作品时，当他们为作品中的文学形象所吸引时，他们会在潜移默化之中体验各种道德情感，这些形象的例子

---

① 柏拉图.理想国[M].王铮，译.重庆：重庆出版社，2016：29.

② 刘金花.儿童发展心理学[M].3版.上海：华东师范大学出版社，2013：2.

可以使孩子们作出对错的道德判断，提高他们的道德感。可以想见，儿童文学作品所隐含的道德认识、道德情感和道德判断会对儿童的伦理道德观念和行为产生重要的影响，有助于儿童树立正确的道德观和积极的人生观。

其次，儿童文学有助于塑造儿童的健全人格。所谓人格是指人类心理特征的统一体，包含着思想、品德和情感等，构建着人的内在心理特征，体现在人的行为之中，影响着人的行为模式。相关研究表明，社会文化对人格的养成有着重要的影响，也就是说，尽管也受到自然因素的影响，但人格在很大程度上是受社会文化影响的。对于儿童而言，儿童文学是与其联系最密切的社会文化资源，是儿童认知社会的重要窗口，儿童文学作品，尤其是优秀的儿童文学作品对开启儿童情感世界的重要性是其他教育手段所难以企及的。小学语文教学实践表明，好的儿童文学作品可以让学生终生难忘，教材中那些富有人文内涵的儿童文学作品对学生情感的影响是广泛而深刻的。

小学语文教材中的儿童文学对儿童品格的影响是多方位的，如《秋天的怀念》，是小学课文中一篇赞美伟大母爱的佳作，学生从文中可深切体会到母爱的伟大、亲情的无价。《麻雀》同样也是对学生进行母爱教育的经典之作，饱含着作者丰富的思想感情。从老麻雀为保护小麻雀不顾自身弱小敢于与猎狗拼斗这个故事中，学生真正感悟到母爱的无私、无畏、无价。有培养自信心，培养儿童的自我意识，培养儿童敢于冒险、勇于进取的品格。比如，《夜莺的歌声》讲述苏联卫国战争时期，一个被游击队员称作小夜莺的孩子巧妙同敌人周旋，用口哨学鸟鸣，为游击队传递信息，协助游击队歼灭德国法西斯强盗的故事。《小狮子爱尔莎》《曼谷的小象》《海豚救人》《一个村庄的故事》等课文通过人与动物，人与自然之间的感人故事，引导学生关爱小动物、关爱自然，鼓励学生大胆地接近自然、探索自然，与自然建立和谐的关系。

叶圣陶先生曾说过："学语文，就是学做人。"这可以说是对语文教育塑造人格的作用的最直白的表述，也是叶圣陶先生语文教育实践的经验之谈。因此，在小学语文教育过程中，应该充分利用儿童文学的教育功能，对儿童的思想、品德、情感进行积极的引导和影响，塑造儿童健全的人格。

（二）审美与情感教育

审美教育也叫美育。在教育发展史上，最早提出美育概念的是德国美学家席勒，他认为人的发展可以划分为三个阶段，第一阶段是感性的人，第二阶段是审美的人，第三阶段是理性的人。席勒指出，如果感性的人要变成理性的人，唯一的途径是使他先成为审美的人。从席勒对人的发展阶段的划分可以看出，他是将审美教育视为人走向全面发展和人格完善的必经途径，正如他所说的："有促进健康的教育，有促进认识的教育，有促进道德的教育，还有促进鉴赏力和美的教育。这最后一种教育的目的在于培养我们的感性和精神力量的整体达到尽可能的和谐。"[①]

作为教育重要的有机组成部分，审美教育所要实现的教育目的与教育的根本目标是一致的。教育的功能是要为社会培养合格的公民，以此促进社会的发展。而要实现这个目的，就要通过教育促进每一个受教育者个体的全面发展，从而"把人类已有的、共同创造的文化、经验、智慧转化为个体的道德、智慧和能力"[②]，也就是说，通过激发个体的潜能，充分发挥个体的主动性和创造性，最终实现马克思所说的"全面发展"。而审美教育正是通过运用自然界与社会生活中一切美的形式对人们进行耳濡目染、潜移默化的教育，从而达到美化人们的心灵、行为、语言、体态，提高人们道德与智慧的目的。换言之，审美教育就是要提高个体对各种美的感受能力，通过审美活动释放个体的审美情感，获得审美愉悦，最终达到审美超越，实现个体心灵的解放。

---

① 席勒. 美育书简 [M]. 徐恒醇，译. 北京：中国文联出版社，1984：108.
② 叶澜. 教育概论 [M]. 北京：人民教育出版社，1991：337.

从这个意义上讲，审美教育对于人的全面发展是具有不可替代的价值的。

对于儿童文学而言，"以善为美"是其基本的美学特征。儿童文学通过艺术的形象化的审美愉悦来陶冶和优化儿童的精神生命世界，形成人之为人的内在最基础、最根本的价值观、人生观、道德观、审美观，夯实人性的基础，塑造未来民族性格。[①]对于提升和丰富儿童的审美观念、审美趣味、审美情感和审美能力来说，儿童文学作品有着不可替代的重要作用。美感一经产生，总是包含着极其丰富的内容，包含着近乎无限的转化的可能性。具有美感的事物，总是积极的、向上的，总能净化人的心灵，潜移默化地将人引入一种新的境界。可以说，审美教育独特的本质和陶冶作用，是其他教育形式难以企及的。

小学语文教学中的审美教育，通过挖掘教学内容本身的内在美和运用教学形式艺术化的外在美来促进学生素质全面和谐发展。教材中有不少融自然美、社会美和艺术美于一体的课文，能培养儿童对美的感受能力，提高儿童的审美趣味，培养儿童欣赏美、理解美、评价美、创造美的能力。

优秀的儿童文学向儿童提供的审美的天地是广阔而又神秘的，充盈着奇幻的梦想和无穷的乐趣。在这个色彩斑斓的世界中，有美妙的声音、绚烂的图画、美丽的形象和美好的情感，给儿童带去美的感受、带去美的启迪。例如，郑振铎的散文《燕子》："阳春三月，下过几阵蒙蒙的细雨，微风吹拂着千万条才舒展开黄绿眉眼的柔柳，青的草，绿的叶，各种色彩鲜艳的花，都像赶集似的聚拢来，形成光彩夺目的春天……在微风中，在阳光下，燕子斜着身子在天空中掠过，'唧'的一声，已由这边的稻田上，飞到那边的柳树下了；还有几只横掠过湖面，剪尾或翼尖偶尔沾了一下水面，那小圆晕便一圈一圈地荡漾开去。"文章对景色的描写

---

① 杜卫. 美育论 [M].2 版. 北京：教育科学出版社，2014：156.

充满着奇妙新颖的比喻和想象，勾勒出美丽的阳春三月的诗意画面，这样的文章能够潜移默化地培养儿童对于美的感受，引导他们追寻生活中的美丽。

优秀的儿童文学作品还能够培养儿童健康的审美趣味。儿童文学作品中那些亮丽的色彩、感人的形象、浓郁的童趣，最能拨动儿童的心弦，最能让儿童去接受美的熏陶。例如，金波的《百泉村（四章）》："你看这四周的群山，你会发现，南山像一把怒刺云霄的剑，北山像猴儿捧着蜜桃，东山像两座驼峰，西山像雄鹰展翅。你不觉得你是生活在童话世界里吗……你爱我们山中的泉吗？山涧里流着小溪。当春天来到的时候，桃花瓣儿、杏花瓣儿会随风洒在水面上，让小溪流带着它们，像载着一只只小船，漂到山外去。"如诗般的语言、生动的形象，将满目的山水描绘得童趣盎然，牵引着儿童去感知、去体验美，激发出儿童对美的想象与追寻，培养着儿童健康的审美趣味。

儿童文学和成人文学一样，既是生活的真实反映，也是生活的审美反映。它集中表现了生活美、自然美，并创造了艺术美。哪怕在作品中主人公的结局是悲惨的，但他在读者的心里所激起的感情却是纯洁的、高尚的，读者从中获得美的享受。同样，生活中的丑在作家笔下亦能变成具有审美价值的艺术形象。如安徒生的《皇帝的新装》，就可以使读者在讥笑、否定丑恶的同时，更加神往生活中崇高的美的力量。

在当前的小学语文教材中，儿童文学作品占了很大的比例，其中蕴藏着丰富的审美教育的资源。优秀的儿童文学作品如王尔德的《快乐王子》，安徒生的《海的女儿》《卖火柴的小女孩》等，总是能以其丰富的美感使儿童产生感情上的共鸣，培养儿童欣赏美的能力。儿童文学的基本美学特征以及所具有的形象性、直观性、趣味性的特点，决定了儿童文学在小学语文教育中的独特的优势，它能做到"寓教于乐"，以美养善，以美怡情，以美启真，有助于学生净化心灵、促进情感道德的完善与升华，培养学生对科学知识的探索精神，给学生以美的熏陶、美的享受。

将审美教育方式内化为教育的基础方式，发挥优秀儿童文学作品的审美教育功能，使儿童文学的美感教育能够在更高的层次上得以发展，是儿童教育工作者需要直面的课题。

（三）知识与能力教育

帮助学生掌握语文知识、形成语文能力是小学语文教育的主要任务。小学语文课程标准中所确定的"识字写字""阅读""写话与习作""口语交际""综合性学习"等五个部分，都明确规定了传授知识、培养能力、发展智力的教学目标和任务。作为小学语文教材重要组成部分的儿童文学，在以其生动的形象、真挚的情感、丰富的精神使儿童获得审美体验的同时，也要承担起增长儿童的文化知识、扩大儿童的认知视野、发展儿童的语言与思维等各项能力，彰显其作为教材中实现语文教育目标的重要地位。

儿童文学，不仅让儿童在与文本的对话过程中获得审美体验，还能提高儿童的文学阅读和欣赏水平。当儿童文学作品纳入小学教材，其语文学科价值则显得尤为突出。

1.引导儿童了解自然科学知识，培养科学素养

儿童的求知欲与生俱来，他们对周围的未知世界怀有强烈的好奇心，脑子里有数不清的"为什么"，总是对世界的一切充满疑问和探求的欲望。小学语文教材中的儿童文学作品以其生动的形象、有趣的情节和活泼的笔法，向儿童传达不同的自然科学知识，满足其旺盛的求知欲。比如，人教版二年级上册教材第八组的内容，就是以科学知识为主题编组的，运用了童话、连环画等多种儿童喜闻乐见的文体形式，向儿童介绍了动物、植物、环境、航天等丰富多彩的科技知识。如经典科普童话《小壁虎借尾巴》，通过小壁虎借尾巴普及了不同动物尾巴各自的功能与用途。童话《"小伞兵"和"小刺猬"》则向儿童介绍了蒲公英和苍耳的外形特点及生长特性。《我们的土壤妈妈》以儿歌形式普及了土壤对于人

类生活的重要意义。这些优秀的儿童文学作品将科普知识借助儿童文学生动形象的语言，把儿童读者引入科学殿堂，使他们在获得审美愉悦的同时了解科学知识，在学习知识的同时陶冶性情。在利用儿童文学作品向儿童宣传科普知识的基础上，语文教材中还有一些培养儿童科学态度与科学意识的课文，如教材中的《动手做做看》《一次成功的实验》等，都发挥出了培养儿童的科学素养的功能。

2.引导儿童认识社会、开阔眼界，学会应对人生

文学是现实生活的艺术再现，优秀的文学作品都是立足现实，通过塑造形象和抒发情感来反映现实世界，反映出创作主体自身或从他人那里获得的生活经验，因此，文本阅读就是一个经验传递的过程。"历史题材作品反映过去的社会现实，现实题材是对当下生活的反映，幻想作品则是以新的视角曲折地反映现实。一篇作品就是一个万花筒，读者往往能从中了解到许多文化知识。"①

儿童对客观事物的认识，常常由于生活经验所限而停留于表面，比较简单、肤浅。儿童文学作为以形象反映生活的艺术形态，包括了广泛的社会文化内容，蕴含着丰富的生活知识。儿童在儿童文学作品中，可以从他人的思想经历、情感经历、困难经历、探险经历中获得间接经验，从而提高认识、丰富情感、启迪心智。儿童文学家将这一过程称为"体验成长"。如人教版小学语文教材第五册中的生活故事《亲人》，孩子不仅从故事中接受了尊敬老人、谦虚待人等道德教育，还学到了不同民族的生活习俗与生活技能。第七册中的故事《科利亚的木匣》则通过科利亚寻找木匣的故事，既讲了身体随着年龄的增长而成长的道理，也传授了遇事要动脑筋的道理。可以看到，优秀的儿童文学作品可以帮助儿童认知世界、增进见闻、开阔眼界、积累知识，可以帮助儿童去认识复杂的社会和人生，又能引导他们对人生进行理性的思考，使之懂得应怎样

---

① 王泉根，赵静.儿童文学与中小学语文教学[M].广州：广东教育出版社，2006：212.

对待社会和人生，更能激励孩子主动关注社会、关注世界，以加深他们对生活的了解和认识。

　　3. 促进儿童的语言能力

　　叶圣陶曾说："语文教育的一个主要任务是让学生认识语言现象，掌握语言规律，学会正确地熟练地运用语言这个工具。"①张志公先生也同样认为语文教学的基本任务之一就是语言学习，是语言的理解和运用。两位老一辈的语文教育家都充分肯定了语文教育中语言学习的重要性。经验告诉人们，想要学好语言，只是学好语法是远远不够的，还必须积累足够的语言材料，否则语言学习就会成为无本之木、无源之水。很多学生学习语文多年，但语文能力却难以提高，很重要的原因就是缺乏语言材料的积累，有限的语言积累还存在着运用能力的不足的问题，其结果就造成了语言表达过程中出现词不达意、词汇贫乏等"语言痛苦"的现象。学者郭沫若曾说过："胸藏万汇凭吞吐，笔有千钧任歙张。"也就是说，只有积累了丰富的语言材料，在运用语言时才能做到得心应手、下笔如有神。那么，儿童的语言学习需要怎么样的语言积累呢？

　　儿童文学首先是语言的艺术，儿童文学作品的语言因为其写作的针对性，是最贴近儿童的，最容易被儿童理解和接受的，因此也最有利于儿童语言材料的积累。优秀的儿童文学作品能够以生动形象的语言表达儿童的情感，表现儿童的情趣，展现儿童的内心世界和生活天地。儿童通过阅读优秀的儿童文学作品，不仅可以感受到作品的艺术美，还可以得到良好的语言训练，接受规范优雅的语言熏陶。对于儿童而言，儿童文学作品是学习语言最好的材料和典范。朗朗上口的儿歌，情节生动的故事，幽默诙谐的童话和寓言，不仅可以使儿童掌握正确的字音，学习实用的词汇，还可以帮助儿童建立初步的语言范式，帮助他们准确规范地使用语言。儿童文学作品中精彩的环境描写、细致入微的人物形象刻画、生动感人的故事情

---

① 叶圣陶. 关于语言文学分科的问题 [J]. 语文学习，1955（8）：27-33.

节描述，都有助于培养儿童的语感，为儿童的口语交谈和作文语言提供良好的语言积累和实践范例。

相对而言，小学语文教材中的儿童文学作品是较为讲究语言的规范性和规律性的，其编排更多地参照儿童年龄特征和语言学习规律，呈现出由简至繁的序列分布规律。小学低年级的课文普遍字词简单，语句简短；中高年级的课文语言逐渐增加，注入了适量的新字词和新句式，使得儿童可以在原有认知结构的基础上不断实现语言水平的增构，丰富语言材料的积累，提高自身的语言能力。在小学语文课文设计与教学实践中，还往往会通过各种科学的方法来帮助儿童学习语言，如词汇的反复出现、借助图画来创设情境等，这些都有利于儿童更好地理解语言，提高儿童运用语言的正确性。在这样的环境中，儿童语言能力可以得到有效地发展。儿童不断发展的语言能力是提高儿童听说读写各项语文能力的核心内容，而儿童文学作品以其特殊的地位，对儿童语文能力的发展具有不可替代的重要价值。

4. 促进儿童的思维能力

语言能力的发展同思维能力的发展是紧密相关的。语言是思维的形式，思维则会随着语言的发展而发展。换而言之，语言和思维是处在一个统一体之中的，发展语言和发展思维其实是统一的，学习语言的过程，也是思维活动的过程，通过语言学习还能进一步发展思维。相较于其他的文学形式，儿童文学对于儿童语言的发展起着更为重要的作用，儿童文学在培养儿童的语言能力的同时，也在培养着儿童的思维能力。

一般所说的学生的思维能力，包括形象思维能力、逻辑思维能力和创造思维能力。儿童文学对于形象思维的能力培养是获得了普遍认可的，因为儿童文学本身就具有形象性的特点。儿童文学也能发展儿童的逻辑思维能力。比如，谜语对儿童思维的训练就是一个思维能力培养的过程——看到重复出现的结构和场景，儿童的思维就开始推论，就会利用信息猜出谜底；儿歌的语言的反复对儿童的思维也是有引导性的——可以训练儿童联系、归纳、判断的思维能力。这些其实都是儿童文学对逻辑思维能力的培养作用。儿童文学具有丰富的想象力，童话、幻想文学等所表现的想象力是成人文学无法比拟的，想象力也正是创造性思维能力的基础，从这点上说，儿童文学对于创造性思维能力的培养具有重要意义。

儿童文学作品既有人物和情节的生动形象性，又有内容的逻辑性，所特有的丰富的想象力更是发展创造性思维的基础，所以说儿童文学对启发和训练儿童的各项思维能力都有着举足轻重的作用。

5. 对其他语文能力的培养

童年期是培养智力的最佳时期。智力是指认知方面的各种能力，它包含了注意力、观察力、记忆力和想象力等多种能力。小学生的学习离不开这些智力因素，它是个体认识外部世界、掌握知识的基本手段，是小学生学习发展的核心和基石。文学是以语言为表象构成的艺术世界，在文学教育中把语言转变成形象的过程就是注意力、观察力、记忆力和想象力等各种智力因素发挥作用的过程，小学语文教材中的儿童文学的各个文体，如童话、寓言、幻想故事等所表现的幻想世界对促进儿童的智力的发展具有重要的作用，是发展儿童的智力的源泉。

语文能力，简而言之，就是"听、说、读、写"的能力，是现代人生活、学习、工作的支柱性的能力。培养和发展儿童的听说读写的语文能力是小学阶段的主要任务，是语文学习的关键性目标，小学语文教材中的儿童文学对发展儿童的语文能力起着重要作用。选入教材的儿童文学大多是文质兼美的作品，注重对儿童读写技巧的训练，不仅编选有序，还有专门的针对性练习，是语文学习的绝好范例。比如，人教版语文教材二年级上册在课文《日记二则》后建议儿童开始写日记，并鼓励儿童展示自己的作品。第六册也有不少相似安排，第二单元学习两篇写建筑物的课文就练习写建筑物，第三单元学了《三棵银杏树》《雨》后练习写身边的景物……儿童通过对这些作品的学习，增长知识、提高技能，听说读写的语文能力得以发展。

当然，儿童文学作品的价值远远超过以上所述，事实上，课程中的所有领域都可以通过儿童文学作品得到加强。有学者认为，一篇儿童文学作品就是一个"语言游乐场"，它就如同游戏那样，"不仅可以扩大儿童的知识面，掌握必要的生活和学习技能，还可以调节和治疗儿童情绪失调，可以促进儿童想象力、创造性、耐心和持久性、灵活性以及与人交往能力的发展"①。

由于受到种种限制，教材的容量其实是相当有限的，因此在作品的选取时，应该选取那些对于儿童发展最具价值的文学作品；对于已经选取的作品，则要注意对这些作品进行恰当的安排，以便能发挥出其最大的价值。对小学语文教材中的儿童文学作品教育功能的综合运用，就是要利用儿童文学内容、形式的多样性，利用文学作品本身所具有的综合性，把儿童文学作为语文课程的教育手段，如将儿童文学作为语言教育的手段作为文化传统教育的手段、作为多元文化教育的手段等。在语文教育的框架下，还要把儿童文学作为文学教育的重要资源，发挥儿童文学所具有的审美价值，以实现培养学生的文学素养和文学能力的目标。

多年的教育实践经验告诉人们，文学教育对儿童的影响是显而易见的，文学教育所具有的思想教育功能、审美功能、语文知识能力的习得功能以及文化传承功能等，都会对儿童产生重要的影响，这种影响是会伴随着他们的一生的。文学教育的这些作用，决定了文学教育在整个语文教育中的举足轻重的地位。儿童文学是陪伴和促进儿童的精神成长的重要资源，在"最充分地发展儿童的个性、才智和身心能力"这一终极目的上，儿童文学与儿童教育有完全的一致性。

---

① 刘金花.儿童发展心理学[M].3 版.上海：华东师范大学出版社，2013：272.

第三节 不同文体的小学儿童文学教学

一、关于童话教学

童话是一种比较适合儿童阅读的文学体裁，它根据儿童的心理特点和需要，通过丰富的幻想想象和夸张来塑造鲜明的形象，用曲折动人的故事情节和浅显易懂的语言文字反映现实生活，抑恶扬善，起到教育人的目的。在阅读童话时，要深入作者幻想的世界，理解文章的内容，体会作者的写作意图。有的童话在文章中借主人公之口或用总结性语言把要说的道理直接说出来了，有的则须认真阅读理解，深入分析文章，才能悟出其中的道理。因此阅读童话时，要学会透过现象看本质，领悟生活真谛。

（一）童话的主要特点

1. 基本特征——幻想

童话是以奇异动人的幻想、奇妙曲折的情节间接地反映现实生活和表现儿童情趣的一种文学样式。虽然多数文学体裁的作品都有不同程度的幻想，但幻想是童话的灵魂，是童话的核心，没有幻想就没有童话。从古至今，童话都是借助幻想，把许许多多平凡常见的人物、事物、现象错综地编织成一幅幅不同寻常的图景，在读者面前展开一个超乎现实的奇妙的世界。童话没有了幻想就会失去色彩，倘若幻想脱离了现实，就会像五彩的气泡转瞬即逝。所以，没有生活也就没有童话。现实是童话幻想的源泉，童话所描述的种种幻想情节，乍看好像荒诞不经、虚无缥缈，但其实任何艺术形象都产生于现实的基础上，幻想也是如此，童话中无论何等怪异、离奇的形象与情节，都可以在物质世界找到它的原形。

童话就是用这种不存在来反映存在，用虚构来反映真实。众所周知，格林笔下的白雪公主和七个小矮人是现实生活中并不存在的虚构人物，但多少年来，不论成人还是儿童都深爱着他们，因为他们身上体现了人类真善美的高尚情感。谁也不会相信现实生活中的猫狗会说人话，但人们却对"鸟言兽语"的故事津津乐道，因为其中所讲的都是人情世故。优秀的童话作品，总是把幻想与现实巧妙而紧密地融合在一起，形成一种如诗似画的艺术境界。

2. 语言简洁活泼

童话的语言具有一般的文学语言所具有的情感性、形象性、含蓄性和音乐性等特征。童话的语言通过动物或人物之口予以表达，这些语言来自生活、发自内心，与儿童自身的语言比较接近。儿童在阅读童话时很容易进入童话创设的情境，同文本进行对话，与童话作者和作品人物进行思想情感的交流。

3. 表现手法多样

童话的表现手法主要有夸张、拟人、象征三种。

（1）夸张。没有夸张，就没有童话中的幻想。一般的文学作品，也运用夸张手法，但它们的夸张主要是集中和概括，就是按作品需要把生活中的某一部分放大（或缩小），以增强作品的艺术效果，这种夸张，总是有节制的、局部的。然而，童话的夸张则不同，它是极度的夸张、全面的夸张，甚至可以夸张到变形的地步。如安徒生的作品《豌豆上的公主》，在公主所睡的床上有一粒豌豆，可在这豌豆上面铺了二十张垫子和二十张鸭绒被，公主睡了一夜，却仍能感觉到睡在很硬的东西上面，睡得不舒服。这在常人看来是不可能的，也是不合常理的。可童话却让这一切的夸张变得合理，变得正常。童话故事用这种夸张突出了人物的性格特征，增加了作品的新奇性和生动性，深化了童话故事所要表达的主题，使故事情节更加幽默和有趣。

当然，童话的夸张并非无限度。不能说童话故事夸张得越荒诞，童话的价值就越高。夸张应该恰到好处，如果一味地追求笑料，对生活进行过度畸形的夸张，反而会丑化生活，所以夸张不能脱离生活的真实而独立存在。

（2）拟人。拟人就是把非人类的东西加以人格化，赋予它们人类的思想情感、行为和语言能力。童话中拟人化的范围十分广泛，包括对动物、植物以及其他非生物、各种具体和抽象事物、概念、观念、品质的拟人化。拟人化童话中的人格化的角色，并不等于生活中真实的人。他们具备了人的某些特点，但仍然保留物的许多属性，既是人又是物。拟人之所以广泛运用于童话创作之中，是因为这种手法十分符合儿童的心理和气质。

拟人是童话创作的常用手法之一，需要注意的是，拟人虽然是将不具备人的动作感情的物变成和人相似的，但它们并不能脱离自身的本质属性，正是由于这一点，童话故事具有了亦真亦假、有虚有实的创作美感。比如，格林兄弟的作品《猫和老鼠做朋友》的故事结尾，猫把老鼠吃掉了，这符合人们的认知规律，如果作者把结局写成老鼠把猫吃掉了，显然就违背了客观规律。

（3）象征。象征是一种通过某一具体事物把某种抽象的概念、思想或情感形象可感地表现出来的艺术手段。既然童话是用幻想反映现实的，那么它或是通过某种动物、植物、非生物，甚至某种概念的描写，来譬喻象征某种深刻的事理；或是通过一些奇异的童话情节、童话人物，来象征社会上某种人的性格以及社会上人与人之间的关系。比如，《小猫钓鱼》中的小猫天生活泼、做事不专心的特点与很多儿童的性格相似，借助这个童话形象来表达做事不能三心二意的主旨。

值得注意的是，童话中的象征性形象只能概括某一特征，并不涵盖被象征者的全部。比如，林格伦《小飞人三部曲》中的卡尔松这个精神奕奕、活泼勇敢的童话形象，以他好吃贪玩、爱吹牛、喜欢恶作剧等性格特点，象征了在现实生活中被压抑的儿童内心世界对自由发展的渴望；

怀特的《小老鼠斯图亚特》在小老鼠的生活趣闻和冒险经历的叙述中，以小老鼠蓬勃的生命力，象征着勇于做生活的主人、充满信心地迎接生活中的挑战的勇敢少年。所以，应该正确理解象征的运用，着眼于童话作品内容的整体去审视其象征意义。

4. 严密的逻辑性

童话的逻辑性是指幻想和现实结合的规律。所有的童话都是虚构的，但有的读起来似乎入情入理，而有的却让人觉得牵强附会，原因就在于前者符合童话的逻辑，而后者忽略了这一点，以致破坏了整个故事的合理性。童话的逻辑性建筑在假定之上，即作者必须为幻想人物的活动、虚构的故事情节的发展提供一个假设条件，然后从这一假定的前提出发，使事物按照自己的逻辑发展下去，使假想的人物在假想的生活环境条件下，合理自然地发展。①

童话的逻辑性还体现在安排人物思想活动、角色之间相互关系、事件发展变化等方面，必须遵循生活规律和自然规律。也就是说，童话描述的虽然是超脱现实的幻想世界，但其中的人物、现象却仍然要严格遵守真实生活的逻辑性。比如，在《山米，猫妈妈的孩子》中，小松鼠山米之所以能成为猫妈妈的孩子，是因为它失去了母亲，而母猫正好又失去了小猫，在这种特殊条件下，山米由母猫喂养长大，彼此才能互相接纳。作品中，山米并未成为小猫，而仍然保持松鼠的种种特性，如果把它写得如同小猫就不符合童话逻辑了。

（二）童话的教学方法

1. 童话与戏剧的形式相结合

童话的故事性很强，情境性也很强，因此很多童话作品都可以用戏剧的形式表达出来，戏剧结合了声音情景与人物的表现从而将故事能表现得更为立体，更为直观。在课堂上如果能将童话故事演变成为戏剧，让学生

---

① 陈振桂.新儿童文学教程 [M].南宁：广西人民出版社，2007：299.

们分别扮演童话故事中的角色，一方面可以丰富课堂的教学内容，更重要的还可以让学生更好地理解童话故事的内容，拉近学生与课堂的距离。

以《丑小鸭》这篇课文为例，《丑小鸭》的故事充满了童话色彩，非常适合以童话剧的形式来进行呈现。

第一，教学目标。

（1）带领学生了解故事内容，分析人物的性格语言及心理状态，让学生为表演做好准备。

（2）培养学生对于作品的鉴赏能力，深入分析故事的内蕴精神，让学生认识到故事的内涵，能够设身处地独立思考，挖掘丑小鸭的内在精神。

（3）帮助学生树立正确的人生观价值观，通过故事为学生传递一种积极向上的正面能量，通过关照自身去学习丑小鸭那种不畏逆境的精神，在不如意的环境中也要有继续行走的力量，教会他们只要不懈努力，终究会迎来自己的春天，丑小鸭最终也会变为白天鹅。

（4）在表演中培养学生的组织活动的能力，协调沟通的能力，分析文本的能力以及口语表达的能力，提高学生的感受力与创造力。

第二，活动重点。

（1）将课文转变成剧本，让学生在写剧本的过程中提高语言组织能力，文本表达能力。

（2）排演童话剧，在排演过程中提高学生的口语表达能力与协作能力。

第三，活动准备。

（1）分配任务，让全班同学编写剧本，然后让全班投票选出大家觉得最好的 5 个剧本。

（2）将 5 名写剧本的同学任命为组长，把班级的其余同学平均分配到五组之中，给他们分配角色，制作道具。

（3）依据每组的剧本进行排演。

（4）在课堂上 5 组分别表演，最后大家讨论，分别说说每组好与不好的地方，以及这个故事带给大家的感受。

第四，活动过程。

（1）带领学生先了解故事，让学生首先通过自己对故事的了解谈谈自己的认识，根据每个学生表演的不同角色，让他们自己说说人物的性格。

（2）让每组分别进行表演，每位同学先上台介绍一下自己所扮演的角色，然后正式开始表演，在表演结束后，让其他组的同学进行点评，说出每组表演的优缺点，再说说看完表演后个人的感受。

第五，讨论。

（1）如果你是丑小鸭，面对着其他小动物的冷漠与嘲笑你会怎么办？

（2）故事中的白天鹅代表了什么？在现实生活中你的身边是否有这样的丑小鸭，如果有你会用什么样的态度对待他？从丑小鸭身上你学习到了怎样的一种精神？如果是你你会做怎样的努力，最终使自己成为"白天鹅"？

第六，总结归纳。

丑小鸭是一篇带有自传性质的童话故事，作者安徒生的小时候就曾像丑小鸭一样受到了很多人不公的待遇，可正是因为他不妥协不低头的精神，最终他成为一名世界闻名的童话作家，实现了自己从丑小鸭到白天鹅的蜕变。在了解这个故事之后我们会为丑小鸭受到的境遇感到不平，但更需要我们去体会的就是怎样成为一个像丑小鸭一样的人，经历再多的风雨依然有着前进的决心。同时这篇童话也告诉我们，只要不畏困难就一定能收获人生的成功。在美丽的童话背后都会为你揭示一幅人生画卷，在学习过后我们要发掘故事中那种积极向上的人生态度，学会坚持自己的梦想，即使身处逆境也绝对不能放弃自己，每一天都要仰着头告诉世界，没人能够诋毁你，没人能够摧垮你，只要坚定信念必将收获成功。

在排演的过程中，每个学生都有了收获，不仅是知识，还有自己的口语表达能力与组织协调能力，透过自身的参与，让自己更好地理解故事的内涵，思考故事的哲理，收获精神的启迪。通过这样一种形式，学生不仅能全身心地投入故事之中，也使得故事呈现得更为全面，不仅培养了学生的理解能力，通过排演也提高了学生的表演能力组织活动能力和语言表达能力，使得课堂更有活力，提高了学生的学习热情和参与到课堂之中的激情。

2. 童话与学生的生活相结合

儿童文学作品的内容是丰富多彩的，它的语言特点和叙事手段更贴近儿童的心理和阅读习惯。儿童文学作品以善为传播纽带，以喜为传播途径，是适合儿童大声朗读的好作品。大声朗读的过程，本身就是用声音刺激自身大脑的过程。如果能够让儿童在朗读活动中感受到儿童文学作品的魅力，儿童就会对文学产生兴趣，如果儿童发现在文学作品存在自身生活的影子，就会感同身受。假如能让儿童能结合自身的实际来理解儿童文学作品的优美之处，体会到自身特有文学的美感，就会极大地促进儿童思考并创作自己的文学。

儿童文学作品不是简单地把故事讲给孩子听，是让孩子在听故事的时候产生共鸣。这主要有三方面的好处：一是提高儿童的口语能力。因为儿童文学作品的故事都是绘声绘色的小故事。二是可以提高儿童的文字阅读能力。儿童文学作品的语言一般浅显生动，还不失幽默。三是拓宽儿童的想象空间。最忌讳的是把儿童文学作品变成所谓的"小孩子作文"。教育孩子阅读儿童文学作品的时候，首先要让孩子们走进作者的幻想世界，进入作者的内心，从中体会作者的思想和感悟。童话阐明真善美，鞭笞假丑恶。这些惩恶扬善的文字，或许不像檄文那样慷慨激昂，但是如涓涓细流的童话语言更能抚慰儿童的心灵。

童话故事之中往往也蕴含着十分深刻的主题思想，在教学中教师也应将这些思想传递给学生，让学生更好地理解课文，体味哲理。在讲解

《丑小鸭》的时候可在课堂上设置提问环节，让学生发言，通过童话故事说说自身对于丑小鸭故事的理解，让每个人设身处地地想一下如果在生活中自己像丑小鸭一样受到嘲笑会以一种怎样的态度来面对生活，只有学生将文本思想融入生活实际，将故事精神运用到实际生活当中，才能让童话的内蕴更好地被学生理解，将童话中的正能量运用到每个孩子的生活当中，给予他们生活的启迪与指引。再如，讲解课文《我不能失信》，通过宋庆龄小时候对别人守诺的故事，让学生了解诚信的意义，让学生讲一讲自己是否经历过类似于课文中的事，自己是怎么做的，是否存在着不守信的时候，之后的后果是怎样的，然后大家一起评价，这样有利于学生更加明确诚信的重要性，明确在生活中人人都应该成为一个守信的人的思想。

3. 童话与学生的创造力相结合

孩子们喜欢什么样的文学载体，取决于自身的特有的心理状态和成长阶段，童话是一种喜闻乐见的文学样式，具有天然的儿童亲和力。因此，作为课堂指导者的教师不妨采取多种形式来引导学生领悟童话带来的快乐。续编或改写童话就是一种引导学生创新思维的一种好途径。学生通过自己对童话的再创作，可以发挥自己的想象，每一个孩子都有一双隐形的翅膀，改变童话的过程就是为孩子插上隐形的翅膀的过程。

兴趣是最好的老师，启发式教学是一种开创形式的教学理念。首先用集体谈话或个别交流的手段来开启学生想象的大门，使得孩子们从小喜欢上童话，看懂童话，记住童话，让孩子的心灵里种下童话的种子。等孩子长大后，这颗种子发芽，为孩子的成长提供精神营养。童话不是胡编，童话是现实世界中难以实现的事物通过美好的想象表现出来的故事。孩子在小的时候，或多或少地听过童话故事。耳熟能详的就有《乌鸦和狐狸》《拇指姑娘》《白雪公主》《海的女儿》等。这些故事带着孩子对美好未来的憧憬，伴随着一代又一代的人成长。教师也可以让学生尝试创作一些童话，让小动物成为文学的主人公，让孩子们的梦想在自己创作的童话中实现。比一比，看一看，哪位同学的作品更吸引人。丑小鸭，其实就是一枚天鹅蛋混入了家鸭的一窝蛋中，小天鹅小时候不被人待见，但他毕竟是小天鹅，次年的春天到来的时候，自强不息的所谓"丑小鸭"终于长出了白色的羽毛，哦，原来是一只大白天鹅啊。"灰姑娘"的故事，孩子们都记忆犹新，灰姑娘的故事给人们很多启示。第一，要敢于有梦想。当听到有王子要举办舞会的消息的时候，灰姑娘也大胆地提出要参加舞会（虽然她知道被允许的可能性很小）。第二，要有一群好朋友。小兔子，老鼠都是灰姑娘的好朋友，它们变成随从跟随着灰姑娘参加王子的舞会，它们与灰姑娘肝胆相照。第三，见到心爱的人要留一手。灰姑娘就把一只水晶鞋落在了王子的舞会上，给王子留下了深刻的印象。当然，也会有学生提出下面的问题：既然过了午夜，所有的魔法都将消失，为什么唯独那只留在舞会的水晶鞋没有变回原形呢？这个问题问得好。这或许是伟大的童话家安徒生的小疏忽，也或许是这种小疏忽才是童话的一部分，这些都是可以留给学生思考空间的问题。

带领孩子们创作童话时，不能数典忘祖。在没有接触、领会好经典童话的基础上创作的童话往往是乏味的。很多童话或许在孩提时代读不懂，但随着阅历的增长，会慢慢明白。明白《老头子做事总不会错》里的老夫妻是多么恩爱；明白《海的女儿》里的小美人鱼单相思的痛苦和为爱牺牲的悲悯。

一千个读者中有一千个哈姆雷特。教师不妨鼓励同学们在一起讨论，各抒己见，每人发言每次不超过三分钟。在讨论中，还会发现孩子们的思想远比大人想象深远，孩子是不会说没用的话的，大人才干些用不着的事情。

写童话前，要做好准备工作，充足的准备工作包括两个方面：一方面是大量阅读，掌握大量的素材。另一方面是热爱生活，热爱大自然。具有发散性思维模式，不拘泥于物，不凝于时。留意观察生活中的点点滴滴，以小见大，关心弱势，追求公平和正义。不一定讲什么大道理，只要把美好的东西留下来就已经很好了。《猫和老鼠》童话中，老鼠是弱势的，猫是强势的。美国人把处于弱势的老鼠描绘成机智勇敢的形象，调侃了处于强势地位的所谓大人物。这就有别于我们的一些赞扬猫捉老鼠的童话。为弱势者伸张正义，为孤立者送去温暖。故事不在于长，场面不在于大，只求读者能会心一笑。最后，完善习作。把写好的文章读一读，对照要求自己修改。

一定要重视儿童的想象力，不能以任何传统性的标准来评价一个儿童的作品。儿童受到年龄限制，对于世界的认识不完善，知识结构也不完整，表达的故事往往零散、不系统。因此，教师必须给予学生相应的指导，才能激发儿童天生的童话才能，更清楚、准确地创作完整的童话故事。要采取多种方法，学写童话故事。

一是续编、改编童话，推陈出新。童话对小朋友的吸引力不言而喻，好的童话会牢牢抓住小朋友的兴趣，所以，老师在进行教学引导时，要结合阅读与写作，阅读可以将学生的视野打开，在所读文本的基础上根据每个人独特的思维模式与情感对情节展开自由的想象，为读到的童话赋予自己的理解，运用思维的灵活性对其进行进一步创作，或者给童话的结尾加上更加富有创意的延续，使之合情合理而又出人意料。通过对已有的童话故事的续写，学生不但可以进一步体会著名童话奇特的构思与精妙的情节架构，更能深刻理解童话之外的教育意义，在此基础上又充分发挥自己的想象，培养续写经典的新思维能力。

二是创编童话，展示个性。对于任何一个孩子而言，就算他没有任何文学功底，但就凭借孩子对这个世界发散式的想象力，就可以在毫无准备的情况下凭借内心的感情完成歌曲、诗词、剧本的创作，这就说明创造力不是硬性教育出来的，而是要凭借对世界的幻想与发散，对思维进行有针对的训练，创作出富有想象力的文章。步骤如下：首先，看图创编童话。古代诗歌中讲究"诗中有画，画中有诗"。画虽然是平面、静态、无声的，但这恰恰给欣赏者提供了一个广阔的想象空间，学生可以借助想象，大胆演绎图画情节，变平面为立体，变静态为动态，变无声为有声，展现出现实生活的丰富性和生命活力。可以让学生在毫无压力的情形下欣赏一段没有说明的声音，再根据脑海中浮现的思绪编制成一篇童话故事。比如，在一段声音中，听到了水流的声音，根据水流的声音可以联想到小溪、河流、大海，从而想象到它们之间的相互联系。就像小溪承载了好多不同的欢快的生命，但河流却是由更多的小溪汇聚而成，最后它们都流向了大海的温暖的怀抱，在这样的基础上不断想象，发散思维，让学生以这样的情景大胆创造出根据自己想象生成的童话故事，在作文中自在遨游。其次，联想创编童话。运用"词语麻辣串"的方式也可以训练学生的发散思维，根据看似毫不相关的几个词语，但通过不拘一格的联想，就可以让学生将这些词汇加以联系，最后创作出奇特而又新颖的童话故事。如给出这样的一组词汇：西瓜、蚯蚓、货车，初眼一瞧这些词汇貌似毫无关联，但完全可以通过一个合情合理的童话情节使其联系在一起，可以锻炼学生的逻辑思维和发散思维。最后，根据情景创编童话。将生活与思想加以融合，再将环境与情感进行加工，一篇作文就出现了。对童话的编写更是如此，所需要的创作思路更是得益于对某一情景的进一步诱发。老师就需要给定学生一个基础情景，在此情形上对学生加以引导，但不要过多干预，让学生在自然而然的情况下产生对所在情景的独到见解，再根据自己无限的想象强化感受，使其创造性思维得以发展。比如，看到满天飞舞的彩色风筝，学生的思维肯定不会局限于此，应该会有不一样的想象。大千世界，想象的世界更是丰富多彩，在这种发散的思维中创作出的童话作品也是会充满想象力的。

二、关于寓言教学

（一）寓言的主要特点

1. 故事虚构

寓言属于文学作品，文学作品允许在符合生活真实的情况下虚构。寓言，尤其是中国寓言，很多是为了说理的需要而编写的，除了一些从历史事件演变而来的寓言外，大部分寓言的故事是虚构的。寓言的主人公可以是人，这个"人"可以是历史上确实存在过的人，也可以是作者按需要而"造"出来的人，如《郑人买履》中的郑人，《揠苗助长》中的宋人。寓言的主人公很大一部分是人格化了的动物、植物或自然界的其他东西或现象，这点在外国寓言中比较典型。一些动物故事在长期流传过程中形成了典型的形象，如狮子的勇猛、兔子的胆怯、狼的贪婪、狐狸的狡猾等，这些特性常被用来讽喻人类的行为。寓言中的主人公可以是动物，也可以是植物，如大树、小草等，甚至可以是非生物，如云朵、小水滴等。总之，世界上的万物，只要能凭借寓言说明道理，都可以成为寓言的主人公。所以，拟人手法是寓言的主要表达方式。虽然故事是虚构的，但这些故事的来源，是现实生活的具体形象，通过类比联想，并运用夸张、象征、拟人等手法，以表达理性的思考。

2. 短小精悍

篇幅短小、语言简练、结构简单是寓言的最大特点。中国寓言，如《郑人买履》全文只有 61 个字，《刻舟求剑》全文仅 53 个字。

为什么寓言一般都比较短小呢？寓言作者写寓言，并不是如说书人般为讲故事而讲故事，也不是仅仅借助故事表明一个或几个道理，其目的是在短时间内使人有所信，而过长的故事难以使人的注意力集中。为了使自己想说的话针对性更强，更有说服力，精简是必需的。尤其是我国古代，没有专门的寓言作家，一些寓言作品，仅仅是附在辩士的辩稿内，甚至大多数寓言是辩士在说理过程中根据需要而编写出来的，带有

"设喻"的性质。"辩"的时候，更需要材料的短小精悍，短小的寓言便应运而生了。

3. 言此意彼

寓言是"讲故事"，但不是为了讲故事而讲故事，而且这些故事都很简单。言在此而意在彼，是寓言的显著特征。讲故事，实际上就是中国古代所说的"设譬"。"设譬"，简单地说，就是"打比方"。在中国古代，辩士们为了表明自己的观点，故意兜个圈子，引人入彀。这是人们说明事物时经常使用的一种形象的方法。寓言以人们熟悉的、具体的、浅显的事物来说明较为陌生的、抽象的、深奥的事理，将抽象的道理具体化、形象化。

就故事的寓意而言，更多的寓言侧重揭露社会的缺陷，揭示生活中的丑恶，嘲笑人们某些愚蠢行为和思想性格上的弱点，具有强烈的讽刺性。如《守株待兔》讽刺了那种把偶然当成必然的人，《南辕北辙》讽刺了做事方向错误的人，《农夫和蛇》讽刺了那些怜惜恶人的人。当然也有直接表扬和劝勉的寓言，直接劝勉是为了社会的和谐，为了人的身心健康，这是显而易见的。但讽刺也是为了达到劝勉的目的，这是一种间接的劝勉。所以，在用讽刺性的寓言作品进行教学活动时，必须对学生进行正面教育。

（二）寓言的教学方法

好的方式方法能够事半功倍，寓言教学同样如此。在寓言教学中，为了让学生更好地理解寓言故事，体味寓意所在，教师在讲授课文是往往采用多种教学方式相结合的方法。下面重点介绍一下表演法、想象补白法、巧借背景法和词语锤炼法。

1. 表演法

表演法，顾名思义是引导学生在理解寓言的基础上，将寓言故事表演出来。在之前的论述中提到寓言是由形象的故事和抽象的寓意组成的，对于小学生，尤其是低年级学生来说，由于其抽象思维发展慢于形象思维的发展，寓言深邃的寓意对于学生来说是个难点，所以在小学阶段要注意将寓意的理解融进对故事的感悟中。借助小学生这一思维特点，可以在寓言课上使用表演法进行寓意的挖掘。学生在表演寓意时，会很自然地将自己融进故事的角色中，站在角色的角度思考问题，用这样的方式可以恰到好处、循序渐进地引导学生多元化地理解寓意。

2. 想象补白法

想象补白法是指针对文本的空白点或生发点，引导学生结合生活体验，通过想象将寓言故事里省略掉的语言空白、情感空白以及意境空白补充完整。由于寓言故事要求语言简练、结构概括，所以古今中外作家在创作寓言时均选取最能够表达寓意的片段，而忽略一些非重要内容，但是这些内容对于理解寓意也能起到一定的作用。在教授寓言作品时，就要充分地想象被作者忽略的这些内容，在这一过程中进一步理解寓言的深层含义。想象补白法的运用，使抽象的故事情节变得更加形象，从而增强了学生的情感体验，能够帮助学生进一步理解语言的内涵。

3. 巧借背景法

巧借背景法是指在学习寓言故事时，教师通过介绍寓言的历史背景来帮助学生理解寓意。寓言作为一种古老的文学样式，在其发展、成熟的过程中出现了许多优秀的作品，目前教科书里出现的这些寓言故事绝大部分都是中国古代寓言故事中的优秀作品，它们都是特定时代的产物，很多作品的创作过程有着极其重要的意义。比如，在人教版教科书里收录的寓言《亡羊补牢》是战国策里的一个小故事：战国时代，楚国的国君楚襄王昏庸无道、不理国事。大臣庄辛劝襄王要以国事为重，否则会有亡国之险。襄王非但不听，反而把庄辛骂了一顿。失望的庄辛便到赵国去了。庄辛走后五个月，秦国出兵侵占了楚国许多地方，襄王这才认识到自己的错误，于是派人请回了庄辛，并询问他恢复河山的办法。这时庄辛诚恳地说："见兔而顾犬，未为晚也；亡羊而补牢，未为迟也。"如果在教学中将这个寓言的背景介绍给学生，不仅能增强寓言学习的趣味性,更能帮助学生提炼出这则寓言想要表达的深层寓意。

4. 词语锤炼法

词语锤炼法简单地说就是在寓言教学中,通过对某一词语的反复锤炼使学生深刻理解寓意。寓言较其他文体最大的特点在于精练的语言和生动的情节,这也恰恰是理解一篇寓言故事的重点。在寓言教学中,可以抓住寓言的文体特点,通过锤炼语言文字把握人物形象,进而深刻理解寓意。与其他文体的阅读一样,寓言故事中人物形象的理解也往往基于对重点字词的把握,所以在教授寓言时,教师常常会抓住文章中的重点字词,通过分析、体会重点字词来分析人物形象,进而使学生把握寓意。

三、关于儿童小说教学

(一)儿童小说的主要特点

1. 主题:积极鲜明而有针对性

主题是作品的灵魂,它统帅着作品的一切。作者在创作小说的过程中一定要明确主题、把握主题,不能含糊不清、犹豫不决。儿童小说由于它的特定对象,应有鲜明、积极的主题。因为儿童正处于成长发育阶段,他们对外界事物的感知、理解和判断处在由简单到复杂、由表象到本质的渐变时期,思维正处于由单一到繁复的发展过程中,他们的思想水平、理解能力和阅读水平还没有完全成熟,所以儿童小说的主题不能过于含蓄、隐晦、模糊。同时,因为儿童文学担负着对下一代的思想、知识、审美等方面的教育责任,所以,儿童小说的主题也必须是比较积极、鲜明和有针对性的。

2. 题材:广泛、深刻而有选择性

儿童小说同其他儿童文学样式一样,都以反映与儿童相关的社会生活为主。社会生活内容的多样性和丰富性决定了儿童小说的题材应该是丰富多彩的。中外著名的儿童小说题材及其范围都是很广阔的。作家的

笔触深入许多领域，描绘了处于不同时代、不同民族国家的儿童生活。在众多的作品中，大部分题材是从儿童生活中选取的，或反映他们的生活，或反映他们的各种需求和追求，或反映他喜怒哀乐的情绪和情感。此外，惊奇的探险与侦破题材、科幻题材、动物题材、武侠题材等，都是儿童感兴趣的题材。

3. 人物：形象性格鲜明，以少年儿童为主

儿童小说与一般小说相同，以描写人物为中心。努力塑造性格鲜明、反映一定社会生活、概括一定生活本质、以少年儿童为主的人物形象是儿童小说的重要任务。具有艺术魅力的中外优秀的儿童小说，无不以性格鲜明的人物形象感染着一代又一代的儿童，发挥着巨大的精神感召作用。儿童小说塑造的以少年儿童为主的、性格鲜明的人物形象，既可以是先进少年儿童的典型，也可以是普通少年儿童的代表，还可以是有严重的过失或带有一定悲剧性的少年儿童形象。

4. 语言：简约明朗，笔调幽默风趣

由于特定读者对象的语言水准的限定，儿童小说的语言一般都要求准确、优美、形象，具有色彩化、画面化，人、物、景、情都栩栩如生，充满艺术魅力，这样才会更适宜儿童阅读。因此，儿童小说作者运用语言水平的高低和作品的优劣是成正比的，语言的表达效果也是一部儿童小说成败的关键。

（二）儿童小说的教学方法

1. 多层次朗读法

所谓多层次朗读法，就是结合教学的不同阶段，引导学生使用多种形式的朗读，加深对课文的学习。朗读是学习语文的基本方法，充满情感的朗读能够帮助学生更好地体会文章的意境，与作者进行心灵交流。儿童小说是形象性特别强的文体，更有利于朗读这种教学方法的使用。教师以生动活泼、饱含情感、富有儿童色彩的语言为儿童诵读文学作品，充分展现文学的语言美及其蕴含在语言之中的情感美。这样不仅能吸引

儿童的注意力，更能以真情牵引情感，以情感激发想象。其次，教师还要善于指导学生读那些语言优美、情感丰富的段落，读出凡卡的纯真与悲伤，闰土的质朴与无奈，雨来的勇敢与机智等。读的过程应是语言、情感与思想和谐交融的过程。通过这样的言语实践，可以更好地帮助儿童品味并实践文学语言的情感美与形式美，使学生在读中整体感知，在读中深入人物的内心世界，在读中有所感悟，在读中培养语感，在读中受到情感的熏陶。

不同的学习阶段可以使用不同的朗读方法，达到更好的教学效果。在儿童小说的整体感知阶段，宜用集体朗读、个人自读等方法，使学生迅速把握小说的基本内容。在小说的细节分析阶段，可用有感情朗读、对比朗读、个性化朗读等方法，使学生进入小说的情境，进行情感的体验，并读出自己的理解与感悟。在小说的总结阶段，可引导学生进行分角色朗读、表演朗读，这样更有利于对已经掌握的课文内容进一步理解把握，并在学习实践中产生新的观点。

2.感受语言法

文学是语言的艺术，儿童小说作为文学艺术的一种形式，其话语就必然具有文学语言的共同特点，儿童小说之所以区别于儿童诗歌、儿童戏剧、儿童散文等其他文学艺术，除了结构和创作技巧等形式外，起绝对作用的是它的语言所呈现出来的独特的审美特征。因此，儿童小说教学中对语言的品味也是一个重要的方面，品味儿童小说语言可从以下几个方面着手：

（1）深入感受儿童小说的人物语言。儿童小说中人物对话非常重要，与戏剧相比，儿童小说的人物话语是对实际生活中人物话语的艺术化处理，所以，儿童小说中人物的语言首先应贴近儿童的生活，即口语化。其次应符合儿童的语言特点，即浅显、直白，但又区别于纯粹的生活语言，小说人物语言是为塑造人物服务的，所以在口语的基础上又进行了艺术的加工。在教学实践中，教师应关注儿童小说语言这方面的特性，并在教学过程中予以体现。

（2）了解儿童小说的叙述语言。儿童小说叙述语言与人物语言不同，它具有综合性，也就是说小说既可以用散文的体式来描述人物动作，描述事物发生的场景，叙述整个故事，也可以用其他体式来描述。

3. 比较阅读法

比较阅读就是把在内容或形式上具有一定联系的课文或阅读材料进行比较，通过比较发现作品文本的相似之处与区别。在儿童小说教学中，教师灵活巧妙地运用比较阅读的方式，可以激发学生的阅读兴趣，调动学生的思维，通过比较阅读使学生对课文有更深层次的理解。

进行比较阅读时，教师一定要选择好阅读材料，选择好进行比较的角度。比如，课文在入选教材时都会依据总体教学目标和具体的单元教学内容进行相应的改编，所以教师在教学准备环节或教学结束后可以安排课文与原作的比较阅读，对学生理解作品有非常明显的作用。如《汤姆·索亚历险记》选入课文时是以故事梗概与小说片段的形式呈现的，在学生预习阶段就可以安排学生对原作的了解与阅读。

四、关于儿童散文教学

（一）儿童散文的主要特点

1. 情趣

表现儿童生活之情趣，是儿童文学的固有特色，也是儿童文学作家在不同体裁的文学传达中所遵循的美学原则。在儿童散文中，"情趣"包含着童趣与理趣两方面的内容。

以跳跃的童心表现童趣，借事理物象的描述融贯理趣，是儿童散文的一个鲜明特色。儿童散文的取材范围自由而广泛，涉及儿童生活的方方面面，这使它的内容有着极强的包容性。儿童散文在多方面、多角度地表现儿童的精神世界、感情世界和生活世界的同时，自然地将美好的情感情趣、丰富的知识事理融于其中，儿童散文因此富于童趣之美和理趣之美。

儿童散文将儿童稚气拙朴的语言、行为、心理与散文的事件、情景结合起来，依托具体的人、事、物、景来表现活跃的童心和作者对儿童世界的观察，对儿童心灵的思忖，以此铸就散文盎然的儿童情趣，并给读者带来回味和快乐。儿童散文在描绘儿童眼中的世界的同时，也将知识乃至人生哲理融入其中。当散文作者用含情带意的笔墨对蕴含着生活哲理和自然、社会科学等方面知识的客观世界进行摹写时，散文作家对儿童的精神品格的理性思考和美好期待，便借着散文的故事或情境得到了展现，儿童散文便拥有了一份理趣，能传达出超乎文本形象画面的深刻内涵。特别强调的是，儿童散文中的理趣，绝不是游离于作品内容之外的抽象说教，而是和作品所讲述的故事、所描绘的物象水乳交融、不可分离，同时又能够被儿童读者所感受。

2. 美

散文是美文，与其他文学题材相比，儿童散文更强调以美的内质给小读者以美的熏陶。这种内质美具体可以从以下三个方面来加以分析。

首先，语言美。文学是语言的艺术，儿童散文，一方面必须用散文的语言来表情达意，另一方面要充分考虑作为美文对少年儿童的语言熏陶。优秀的儿童散文总是以充分的儿童化的语言创造美的意境，抒发美的情趣，从而紧紧地抓住小读者的注意力，使他们流连不已，在优美的语言氛围中获得美的享受和启迪。

其次，感情美。率真是儿童可贵的品质，这种品质要求儿童散文将最美好的感情诉诸笔墨，表现儿童健康向上的情感。因此，儿童散文总是通过对自然、社会及外部世界的充满童稚之气的认识和感悟，书写属于儿童内心的感情，传达作家对儿童的关爱之情。儿童散文不认同造作的情感，它天然地排斥为文而造情。

最后，意境美。意境美指抒情作品所呈现的情景交融、虚实相生的形象系统及其所开拓的审美想象空间，儿童散文极为重视诗意地表现儿童的世界和儿童的情感。无论是叙事抒情还是状物写景，都将物与我融于一体，从而绘制出充满纯美和欢愉之气的艺术美图。儿童散文情景互融互渗的艺术表现，可使儿童在文学接收的过程中，获得超乎文本层面的审美感受。

（二）儿童散文的教学方法

1. 朗诵法

散文的语言美是必须通过朗读来感受的，教师可以先示范，用声音赋予散文更丰富的感情色彩，烘托散文的情景氛围，让儿童感受散文的语言美。

2. 欣赏法

教师在教学中要循序渐进地提高儿童的文学欣赏能力，帮助儿童理解优美词汇，培养其对艺术语言的敏感性。在理解相对抽象的语句时，教师需要做一些重点指导，如引导儿童理解比喻句的真正含义。

3. 图示法

文学是想象的艺术，由于儿童的生活经验不够丰富，有时需要借助更直观的方法来理解散文。在教学活动中，教师可借助挂图、图画书等载体培养儿童的观察能力和想象能力。

4. 表演法

表演也是一种游戏，除了叙事性散文可让儿童分角色扮演外，其他类型的散文也可做此类尝试。如在散文《云彩和风儿》的教学中，可请一名小朋友扮风，一部分小朋友扮云朵，云朵在空中悠闲地飘来飘去，当一阵风吹过之后，云朵要做一个造型，并且说出变的是谁，在干什么。

5. 仿编法

散文教学中，还可以要求儿童通过变换词语等方式构成新的文本。仿编法主要出现在整个教学活动的末尾。教师可引导儿童发挥想象力，用较固定的句式进行仿编，如"吹呀吹，云彩变成……"。

五、关于儿童诗教学

儿童诗是诗的一个分支，由于它受到特定读者对象心理特征的制约，因此所反映的生活内容、所进行的艺术构思、所展开的联想和想象、所运用的文学语言等，都必须符合儿童的年龄特征，必须为儿童所喜闻乐见。儿童诗在培养他们良好的道德品质、思想情操，在激发和丰富他们的想象力、思维能力，尤其在培养他们健康的审美意识和艺术鉴赏力等方面，发挥着独特的作用。

（一）儿童诗的主要特点

1. 儿童特有的情感

抒情，是诗歌反映生活的根本方式，儿童诗也不例外。但由于它的读者对象的特殊性，诗歌必须逼真地传达出孩子们那种美好的感情、善良的愿望、有趣的情致，以激起小读者感情上的共鸣。儿童诗所抒发的儿童情感，往往洋溢着盎然的儿童情趣，不仅能使儿童从中获得关照和愉悦，也能把成人读者带回那童心萌动的情景中，重温儿时的梦。

应当注意的是，儿童诗中盎然的儿童情趣是儿童生活中固有的元素，只不过是由儿童诗人采撷发现并进行了形象化的描摹而已，而不是生硬的外加的成分。

2. 儿童式的丰富想象

儿童是最富于想象和联想的，他们总是用自己创造性的想象来认识并诠释世界上的一切事物。在他们通往想象而诗化的世界里，花儿会笑、鸟儿会唱、草儿会舞、鱼儿会说……因此，儿童诗必须符合儿童心理的丰富想象，创造优美的意境，抒发儿童的童真童趣，让儿童在奇妙多姿的世界里，展开想象的翅膀，感悟诗的题旨。这就要求儿童诗要在想象的世界中用心灵与儿童对话。

3. 新颖巧妙的构思

儿童诗所抒发的情感不论在丰富性上，还是在深刻性上，都远不如成人诗歌，这是由儿童的情感特点所决定的。如何才能在不甚宽阔的情感层面上表达情趣并创造独特的表达效果呢？这主要依赖于构思的新颖巧妙。这种依赖生活积累和儿童式的想象的构思在很大程度上决定了儿童诗的艺术水平。如任溶溶的《爸爸的老师》，在同类题材的情感挖掘上并无太大的创意，却依然是同类题材作品的典范，其中的奥秘就在于作者创造了一种新颖巧妙的构思模式，达成了别具一格的表达效果。在生活基础上的大胆想象，依赖这种想象的巧妙构思，使平凡的生活现象变成一种儿童式的神奇和回味无穷的美丽。

4. 天真而精粹的语言

诗是语言的艺术。深刻的思想、鲜明的形象只有用凝练、形象、具有表现力的语言来表现，才能成为诗。儿童诗应为儿童学习驾驭语言提供优良的条件，让儿童在优美的语言环境中学习语言、丰富语汇，提高他们驾驭语言、鉴赏语言的能力，同时得到美的享受。经常吟诵此类诗，不仅可以提高审美能力，还能从中学习并提高鉴赏语言、驾驭语言的能力。

儿童诗优美的语言，除了词语的运用要准确恰当外，诗的声音节奏更应具有音乐性，即诗的音韵要有美感效应。

5. 童稚而优美的意境

意境同样是儿童诗应该刻意创造的，而且应以营造童稚而优美的意境为目标。人们常说"情景交融"，即诗的感情应当附丽于形象。只有把真实的儿童感受通过形象含蓄地表现出来，而不是抽象地呼喊，儿童诗才具有童稚而优美的意境，也才能感动儿童。

（二）儿童诗的教学方法

1. 打破传统：使儿童易于接受儿童诗

对于儿童而言，儿童诗充满了美与想象，不能走马观花似的进行教学，要将儿童诗歌教学看作一颗美的种子，不断地播种、精心地培育才能开出美丽的花朵。

在诗歌教学上，教师不应该只停留于字词的教学以及诗歌的朗读背诵这一层面。在语文课程的学习中，字词的学习是基础，但是对于诗歌而言，除去学习字词以外，教师应更注重带领儿童去欣赏体会儿童诗的优美与内涵。儿童诗不同于成人诗词，其更贴近儿童的心理。儿童诗具有高度的抒情性，朗读起来优美明快，杂糅着童趣与童真，因此儿童是很喜欢儿童诗歌的。学习儿童诗歌能够让学生增长智慧，提高审美情趣，激发儿童的创造力与综合素质。散文诗有很多优点，经常阅读散文诗有助于儿童提高自身的音乐美感，特别是节奏感。由于散文诗具有其自身的优点，文章短小精悍，又富有哲理和教育意义。由于它有很多其他文学样式不具备的优点，又富有感情，有利于儿童的心理成长，便于儿童接受，既有诗中有画，画中有诗的境界，又有抑扬顿挫的旋律，深受儿童喜欢。儿童诗是为儿童写的诗歌，以儿童为主要受众，儿童朗诵起来朗朗上口，不无裨益。它应该符合儿童的心理特点和对美的理解，这里当然包括成年人为儿童创作的作品，也包括了儿童自己所创作的诗歌。作为诗歌的一个分支，儿童诗的作者受到很大的限制，它应该满足儿童的心理特点，比如，诗中所描绘的情景，所进行的画面跳跃，所进行的联想和想象，运用的词汇等；无一不应该以儿童的心理为出发点，是儿童所喜欢听的，所喜欢见的。这样才能引导儿童，从而着手进行道德品质、思想情操、想象力、思维能力、阅读能力、写作能力等全方位的培养和教育。

对于儿童来说，儿童诗并非不可触及的，儿童诗相对其他诗歌种类对于儿童来说更注重趣味性与想象力，而非格式韵律。每个孩子都是天生的诗人，所以在讲解儿童诗的时候教师应着重于激发儿童的想象力与创造力。

2. 打磨灵性：使儿童会运用想象能力

在施行小学语文教育的过程之中，还要培养学生的想象能力，若其想象能力有所提高自然也就提高了教学质量。因为思维能力的重要构成元素之一就是想象能力，这与孩子的思维成长是分不开的。针对小学生的心理特征，要激发孩子们的想象能力，这是一个契机，它能促使思维能力等各方面的全面发展。在作者描绘的意境中，其形象与环境都是靠想象来形成的，而要想非常深刻地感受作品的内涵，必须以自己的生活经验生活阅历，加以想象来还原并充实作品的整个故事环境。学生的写作如果能有想象力的配合，那创造的故事环境才会充满情、意、声、色，才能活灵活现地刻画出生动的故事环境。孩子的未来是要由想象力来牵引的，它就像一个翅膀，带着孩子飞向未来，这是语文教学之中的一项具有传承价值和生命意义的光荣使命。

在课文教学中，要不留余力地挖掘儿童的想象能力，填补他们想象的空白，为儿童插上想象的翅膀，让想象力创造力与语文素养同步提高，互相促进。

第四节 小学儿童文学教学的具体策略

要正视儿童的文学生活，为儿童创设良好的阅读环境，开展多样化的阅读活动，不断提升小学生的文学素养。提升小学语文老师的儿童文学素养、扩大小学生的课外阅读量是教好儿童文学的前提。通过吟诵感知文学，引导学生进行联想与想象，利用多媒体教学是教学儿童文学的实践手段。

一、强化儿童文学教学的基础

（一）通过培训提升小学语文教师的儿童文学素养

鉴于小学语文教师儿童文学修养现状，建议组织教师在职培训，强化对儿童文学基本理论知识的学习。目前，针对小学骨干教师，已经开始组织国家级培训、省级培训等各级培训，但还没有强调对儿童文学知识的培训。建议对所有小学语文教师进行一次儿童文学知识培训，让所有小学语文老师都尽快补上儿童文学这一课。具体应关注以下几个方面。

1. 儿童文学理论知识和小学儿童文学教学实践相结合

小学语文教师是直接从事教学活动的一线人员，系统培训儿童文学理论知识的目的是优化课堂教学效果，是以应用为主，不是以研究为主。所以，培训重点应该放在如何把儿童文学理论知识融入课堂教学、提高语文教学质量上来。比如，在教授儿童诗时，不仅要介绍有关儿童诗的特点、欣赏方法等内容，还要针对具体篇目进行教学实例的展示，为教师的教学提供可借鉴的范例。

2. 学习儿童文学独特的审美特征

作为文学，儿童文学既具有一般文学的共性，又有其自身独特的审美品质。在审美特质方面与成人文学有着明显的区别，正如著名儿童文学理论家王泉根所说："与成人文学大致倾向于'以真为美'的美学取向不同，儿童文学作为一种寄予着成人社会（创作主体是成年人）对未来一代（接受主体是未成年人）文化期待与殷殷希望的专门性文学，其美学取向自然有其不同于成人文学之处，这就是'以善为美'——以善为美是儿童文学的基本美学特征。"[①]因而在培训过程中既要让教师掌握儿童文学的审美特质，又要培养教师的审美能力，以便在以后的教学中首先发现课文中的美，进而在课堂教学过程中去引导学生发现美、欣赏美、创造美，提高学生的审美能力。

3. 对当代儿童文学的主流作品进行关注

当代主流儿童文学作品，更加贴近儿童生活，与儿童的感情经验相重合，也更容易被儿童所接受，和儿童在思想上产生共鸣，甚至影响学生的思想和观念，一本好书强过老师、家长的说教。关注当代儿童文学

---

① 曹文英.儿童文学应用教学研究[M].哈尔滨：黑龙江教育出版社，2007：83.

作品，可以增加师生之间的共同话题。例如，杨红樱的《淘气包马小跳》系列作品，在学生中流传很广，深受孩子们的欢迎。所以，在儿童文学知识强化培训过程中要加入当代儿童文学的作家、作品以及创作趋向。这不仅能帮助教师把握学生的阅读倾向，更好地指导阅读，也有利于教师和学生的交流，增进师生间的情感。

总之，要充分利用儿童文学资源服务小学语文教学，就要加大对小学语文教师儿童文学知识的培训力度，提高老师的儿童文学修养，这样不但可以提高小学语文教学质量，说不定还能从教师中挖掘一些优秀的儿童文学作家。有些优秀儿童文学作家就是小学语文教师。即使专职儿童文学作家也要不定期到小学生中间去体验生活，寻找创作素材。

（二）转变固有教学观念

马新国在关于语文课程中贯彻审美教育方式报告中谈道："语文教育应采取审美教育方式。这种教育方式，孩子能积极地主动地参与，在获得审美愉悦中得到审美对象所包含的思想、文化、价值观的潜移默化的熏陶和感染，内化为自己的意识和下意识，终生发挥作用。"[①]现行的小学语文教材中的儿童文学作品较多，每一篇都蕴涵着思想的美、情感的美、语言的美。

面对小学语文课本中出现的大量的儿童文学作品，小学语文老师应该怎样上好语文课呢？这是摆在每一位小学语文教师面前的一个问题。作为一名合格的小学语文教师，除了具备扎实的语文基础知识外，更应该系统地学习儿童文学知识，大量阅读儿童文学作品，把握学生心理，积极创作儿童文学作品，能够在儿童文学理论知识的指导下去阅读、欣赏、分析儿童文学作品，引导学生阅读、欣赏、分析、尝试创作儿童文学作品，引导小学生能初步理解、鉴赏文学作品，并受到高尚情操与趣

---

① 郑国民，马新国. 新世纪小学语文课程改革：实践与探索 [M]. 北京：北京师范大学出版社，2002：14.

味的熏陶，发展个性，丰富自己的精神世界。系统掌握儿童知识包括儿童的年龄特征与儿童文学的关系、儿童文学的各种文体的概念特征、儿童文学的鉴赏和批评等。儿童文学的文体是与小学语文课程联系最紧密的儿童文学知识，只有明确儿童文学各种文体的类型特征，才能做到有的放矢，围绕其文体的基本特征展开分析和引导，才能把一堂儿童文学课上得幽默、风趣、生动，使学生始终处在愉悦的氛围中，使学生的灵性得以激发、情感得到熏陶、心灵得到升华、知识得到飞越。

（三）培养学生的阅读兴趣

随着课程改革的不断深入，作为语文教学重头戏的阅读教学也必然会变单一化为多样化，教师倡导学生选择自己感兴趣的作品，并鼓励学生与同伴一起阅读、交流，给学生以更大的自主空间，这不仅有利于提高学生的阅读能力，也可以培养学生合作交流的精神。阅读需要兴趣、心情，更需要营造好的环境氛围。大部分同学喜欢在安静的环境里看书，针对学生这样的要求，学校应该在班级开设图书角，让学生有时间和地点专心阅读儿童文学作品。在阅读的基础上定期开展读书交流活动，老师要保证经常和学生一起阅读儿童文学作品，并指导学生进行读书心得交流，激发学生的想象力。家庭是学生的重要的生活和学习场所，有条件的家庭也可以给孩子开辟一个图书角。家长要抽出时间经常陪孩子阅读儿童文学作品。除此之外，社会上经常举办一些亲子阅读活动，家长可经常带孩子参加这一类活动，不仅可以拉近父母和子女间的感情，还可以提高学生的阅读兴趣。

二、加强人文性教学

文学对儿童成长的影响是朦朦胧胧的、潜移默化的，但是对孩子精神境界的影响却决定了其一生。小学语文课本中有大量的儿童文学作品，儿童文学对小学生精神影响是巨大的。因此，加强小学儿童文学的人文性教学，是小学语文教育的重中之重。

（一）挖掘课文中的儿童情趣

儿童文学的最大特征是富有儿童情趣。有无童趣，是区别儿童文学作品与成人文学作品的最重要的分界线。

儿童文学作品都具有很强的趣味性，即使成年人读了也会受到感染、陶醉，甚至忘情地大笑。严文井有一篇童话《小松鼠》，讲的是调皮的小松鼠最怕被爸爸训斥。每次爸爸训斥他时，妈妈都很心疼，有一次趁小松鼠睡着时，妈妈嗔怪爸爸了："你小声点，他睡着了。你不要老吓孩子，他自己会变好的。"其实当时小松鼠根本没睡着，听了妈妈的话，他高兴得差点笑出声来。这样的作品，不仅小读者会觉得有趣、贴心，也会使成人读者深受教益。刘心开也写过一个调皮的小学生，班主任老师找他谈话时，这小家伙表面洗耳恭听，思想却在"走神"，总在琢磨墙上的小渍，究竟像只鸭子，还是像个茶壶？一个小小的心理细节描写，童趣十足，令人发笑。这就难怪翻译家任溶溶在翻译《木偶奇遇记》时竟然要"一面翻一面笑得要命"，并且认为是"非常'逗'又无一处不是在教训了"。可以说，优秀的儿童文学作家大多都是在增强"趣味性"上下了苦功的。

挖掘课文中的儿童情趣，可以充分激发儿童的学习兴趣，极大地调动小学生的想象力，为开展课堂教学奠定良好的基础。

（二）培养小学生健全的人格

儿童文学教学应注重培养儿童健全的人格。人类既需要物质文明也需要精神文明，人类必须有文学的滋养精神生命才更加完美。儿童文学作为人生最早接受的文学样式，是直接关系到少年儿童精神生命成长的文学，儿童文学对广大中小学生的素质教育、审美教育具有特殊的价值功能，是他们的精神食粮。每个人都拥有自己的童年时代，在童年时代都有着自己的梦，很多人一生都沿着自己童年时的梦在奋斗，童年时代接触的一个人、一件事、一本书都可能影响其一生。童年期的"阅读"

对人的影响最大，一本好书可以影响一辈子，一本《钢铁是怎样炼成的》不知道影响了多少人，甚至可以说影响了几代人的成长。读童话会培养孩子的审美情趣，给孩子们插上幻想的翅膀，拓展孩子们的想象空间；读知识性的读物会引导孩子们去探究知识的奥秘，激发他们对世界的兴趣。因此，儿童文学作品的意义、作用不是一般儿童读物所能比拟的，它直接关系到儿童心灵的塑造。《去年的树》是日本作家新美南吉的一篇感情真挚的童话。作品流露出积极情感，如友谊、守信、忠诚等。在进行这篇童话的教学时，老师可以组织学生分别扮演鸟儿和树。鸟儿的歌声，是一种承诺，是对"去年的树"诚挚情感的流淌。通过表演，在淡淡忧伤的气氛中，小学生可以感受到一种沉甸甸的友情，品味到一种在现实生活中不易感受到的独特的生活滋味。童话中所表露的情感深深地扎根在学生们的心底。总之，在小学儿童文学教学中教师的正确引导往往会决定一个人的人生之路和人格形成。

（三）注重小学生的情感发展

儿童文学教学要注重儿童的情感发展。儿童文学作家葛竞指出："一本好的儿童书，就像一颗种子，播撒在孩子心中，静静地抽枝发芽。当孩子长大成人，种子就变成了郁郁葱葱的大树，成为一道坚固的堤坝。儿童文学给予孩子丰富的情感养料，是其他形式的教育难以替代的。善良而柔软的心，深邃而丰富的情感，经得起捶打的结实筋骨，这是好的儿童文学作品应该给予小读者的三样东西。"① 这充分说明，小学儿童文学教学不是单纯的知识教学，它肩负着塑造小学生丰富感情世界的重任，例如，《王二小》中王二小高尚的内心世界；《丑小鸭》中表现的对弱者的关怀，对美好生活的向往，通过奋斗转变人生的过程，都会让小学生为之心动并有所感悟；《格林童话》中的《小红帽》也会唤醒儿童的智慧和同情……而这些情感的发展与小学儿童文学的人文教学是离不开的。

---

① 华南.葛竞 与想象相伴成长 [J].中华儿女，2018（11）：19-21.

如引导学生进入《卖火柴的小女孩》的童话世界，教师可以富有表情地描述：天冷极了，下着雪，又快黑了，一个小女孩赤着脚在街上走。一双小脚冻得红一块、青一块的。她的旧围裙兜着许多火柴手里还拿着一把。这一整天，谁也没买过她一根火柴，谁也没给过她一分钱。可怜的小女孩，又冷又饿，哆哆嗦嗦向前走。雪花落在她金黄的长头发上，那头发打成卷儿在肩上，看上去很美丽。

老师边描述边用图片展示一个风雪中饥寒交加的小女孩形象。通过老师的描述，学生们的想象和情感被调动起来，小女孩的形象在学生心目中活起来，小女孩的困苦也开始牵动着他们的心。教师还可以用表演法、谈话法让学生在主动积极的思维和情感活动中加深理解和体验，受到情感熏陶，拓展想象空间。

人类情感发展的关键时期在于童年，也就是我国传统的小学阶段。教育家蒙台梭利在《童年的秘密》中，阐述了两个核心的问题：首先，在儿童的内部有一种"精神胚胎"力量，这种力量能够引领孩子自我成长；其次，孩子的成长过程不仅是一个智力的成长过程，更是一个心理、情感的成长过程。人生命的开始绝不是一张单纯的白纸，一开始就有一个精神胚胎的存在。这个精神胚胎中蕴藏着心灵成长的密码，这个密码有通过自己的行动、感受、体验和思考才能打开。打开密码的关键期只有一个大概的规律，无法主动地操控，也不可能找到一个精确的时间表，这些只能由孩子从自发行为中去发现。从这个意义上来说，对小学生人文素养的培育是他们"精神胚胎"发育的重中之重。小学儿童文学教学就是要点燃儿童精神生命的火焰，照亮那一个个"漆黑地狱里的灵魂"。①

---

① 蒙台梭利.童年的秘密[M].刘惠芝，译.哈尔滨：黑龙江科学技术出版社，2012：47.

三、通过吟诵感知儿童文学

语言的作用是沟通，文学是语言的文字呈现方式，朗读是学习语言的一种重要方式，是体会作者思想感情的重要方式，有感情地诵读是对文学作品的再创造过程。通过吟诵感知儿童文学是小学儿童文学教学必不可少的手段之一。通过吟诵感知儿童文学作品要注意以下几个方面。

（一）对儿童文学各文体要明确概念、把握特征

儿童文学的不同文体都有独特的文体特征，小学儿童文学教学的关键是抓住文体特征，这需要小学语文教师系统学习儿童文学的基本理论知识。教师在课堂教学中怎样才能做到抓住儿童文学的文体特征进行教学呢？

1.了解儿童文学文体系统的构成及分类情况

相比成人文学，由于儿童文学的读者对象是儿童，儿童有不同的年龄阶段，每个阶段的儿童又有不同的年龄特征，不同年龄特征的儿童对文学的接受程度也不一样。因此，儿童文学文体的划分更加多样。包括儿歌、儿童诗、童话、儿童寓言、儿童故事、儿童小说、儿童散文、儿童戏剧、儿童报告文学、儿童文学批评等多种体裁形式。小学语文教师应该掌握在小学语文教材中出现过的文体样式的概念和特征。

2.了解和掌握各种文体的概念、特征与相应的成人文学文体的区别

（1）儿童诗。儿童诗是指以儿童为主体接受对象，适合他们阅读、吟诵，为他们所理解、欣赏、喜爱的诗歌。儿童诗切合儿童的心理特点，它那饱含情感的形象、优美深邃的意境、韵律和谐的节奏，可以激发儿童的想象，陶冶儿童的情操，使儿童获得美的享受和熏陶。儿童诗与成人诗有着不容忽视的共性。但因读者对象不同，儿童诗又有它独具的特性：①积极健康的主题。儿童诗绝大多数是成人写给儿童看的。它同时还肩负着儿童思想教育和语言学习的重任，所以它的选题一定要严谨。优秀的儿童诗总是以高尚健康的情感对儿童进行正确的引导。②天真活

泼的童真童趣。童真童趣是儿童诗最显著的艺术特征。大部分儿童诗是站在儿童的立场上去观察生活、反映生活，抒发对生活的感受的。其中有一部分诗作，直接出自少年儿童之手。如九岁儿童刘倩倩创作的《你别问这是为什么》将安徒生童话《卖火柴的小女孩》中贫苦女孩形象当作现实世界存在的真实人物，给其以同情和关怀，充满了盎然童趣。还有一些是从成人的立场出发描绘儿童生活（或为儿童所感兴趣的生活）并抒发感受的作品。③鲜明的形象性。儿童思维以形象思维为主，他们认识事物的方法是直观的、具体的。因此，给儿童写的诗要求更形象、更有趣味。静止的抒情、内心的独白、空泛的议论，会使儿童感到厌倦；生动的形象、绚丽的色彩和铿锵的声音才会吸引孩子。④优美的语言和流畅的音韵。儿童诗不但承担着对孩子们进行思想教育、陶冶情操的任务，也承担着语言训练的责任。因此，儿童诗还具有在语言上格外谨慎、讲究的艺术特征。儿童诗的语言首先要求准确精练，要用经过提炼的口语写诗，必须摒弃那些错误的、僵硬的、紊乱的、含糊的语言。儿童诗要具有音乐性，读起来朗朗上口。一般来说，年龄较小的读者，要求诗的韵脚密一些、少变化些，最好是一韵到底，读来顺畅，一气到底，易念易记；而年龄层次高一些的少年读者，则希望韵脚多点变化，音乐节奏感更强些，以满足更高的审美需要。

（2）童话。童话是儿童文学领域中最具代表性的、最重要的、儿童最喜爱的一种文学样式。是一种带有深厚幻想色彩的虚构故事。①童话的基本特征是幻想。幻想是童话反映社会生活的特殊艺术手段。在童话作品中，人物是虚构的，环境是假设的，情节也是离奇的。童话中的一切都是幻想的产物。②童话通过幻想折射式地反映现实。童话反映现实，总体来说具有折射式、变异性的特点。首先，幻想是与现实和谐地统一起来，如张天翼在 1933 年创作的长篇童话《大林和小林》，在那魔鬼当道的时代，张天翼创作了这篇童话，旨在揭露人吃人的社会本质。这就是幻想和现实生活的和谐统一、有机地结合的典型例子。其次，童话和现实的不和谐的、非凡的结合。洪汛涛所创作的童话《神笔马良》即属此类作品。这个童话所描写的事情，现实生活中根本不可能出现，但在幻想世界中却合情合理而又可信地存在。因为这些幻想表现了人民在最困难的时候也没有放弃美好的愿望，并为实现这美好的愿望而努力的奋斗精神。

（3）寓言。寓言是寄托着教训和哲理的简短故事。作者把所要说明的道理用故事的形式表达出来。①具有鲜明的寓意。鲜明的教谕性和强烈的讽刺性就是寓言的"寓意"（哲理、教训、讽刺等），寓意在寓言中是不可缺少的。拉封丹说："一个寓言可以分为身体和灵魂两部分。所述的故事好比身体，所给予人的教育好比是灵魂。"伊索和克雷洛夫的许多寓言就是由"身体"和"灵魂"两部分组成的。如克雷洛夫的《狗的友谊》先描写了两条狗互相握爪、拥抱的友好情景，继而写到由于碰到一根肉骨头，"友好和睦像蜡一样地融掉了"，两条狗都露出了自私、虚伪的本相，最后由狗及人，教谕人们人世间就充满了这样的"友谊"。另外有一种作品不是将"灵魂"直接点出，而是让其渗透、蕴含在故事中。克洛雷夫的《树叶和树根》，就没有在故事之外另加点题的话，而是通过树叶和树根的对比，来表明是非，寄托褒贬。②生动的比喻。寓言是把比喻手法运用于整个故事，其故事情节是虚构的，把整个故事作为一个喻体，从而表现本体所要表达的寓意。寓言中故事的虚构性还表现在故事主角大都是动物这一点上。从实质上讲，这些动物都是某种人、某种性格的写照，是人化了的自然（动物）。③语言精练。寓言在故事情节上非常概括、简明，只是截取一个片段，不作过多的细节描写，只作粗线条勾勒，不作细致的描绘，叙述直截了当，语言干净利落。④篇幅短小，结构紧凑，主题集中。寓言是叙事文学中最简短的一种。故事只为表达寓意服务，因此结构十分紧凑。

（4）儿童散文。儿童散文出现在五四运动时期，它是从现代散文中分化出来的，儿童散文是因作者对现实生活中有关儿童的人、物、事有所感触而记叙之、感慨之的文章。①童心和意趣表现儿童的生活情趣是一切儿童文学作品固有的特色。优秀的儿童散文无不让人感受到那种天真的、略带稚拙的意趣。20世纪20年代初，郑振铎写过一篇精致的儿童散文《纸船》，文章以儿童为视角，来描写客观世界，抒发主观情感，比较典型地体现了当时文坛所倡导的"儿童本位论"。一般来说，从儿童的立场出发，采用第一人称写法的儿童散文，特别强调表现儿童独有的心理、情绪、思维方式，情感指向。②优美的语言表现优美的意境。儿童散文之所以能为孩子们所接受、喜爱、欣赏，主要在于它那优美的语言所创造的优美的意境。

（5）儿童小说是少年儿童最喜爱的文学形式之一，它是以少年儿童为主要读者对象，根据儿童的心理特点、审美水平，通过人物、情节、环境三要素的描写，为他们所理解、所接受的文学形式。①主题积极鲜明、针对性强。儿童小说读者对象是少年儿童，所以应当具有鲜明而积极的主题。要求鲜明，是因为少年儿童对世界的认识水平、对事物的感知水平和对作品的阅读水平都还处于低级的、表层的阶段，所以儿童小说的主题不能过于含蓄、隐晦。要求积极，则是因为考虑到儿童正处于长知识、长身体、形成世界观的时期，应该多从积极的、正面的、健康的方面对其加以感染、熏陶和引导。②人物形象个性鲜明。小说要再现社会生活的真实面貌，揭示社会的本质，就不能不以人物为描写中心，作为小说第一要素的人物，塑造鲜明的人物形象是创作的中心环节。小说的人物形象既可以是少年儿童也可以是成人，既可以是正面形象也可以是反面人物。要注意形象塑造一定要为儿童所理解接受并始终与儿童相伴。③故事情节曲折生动，有较强的可读性。情节性强的儿童文学作品在吸引孩子方面有绝对优势。儿童小说的情节要曲折、脉络要清楚、情节要集中、细节要丰富。④语言准确、精练、朗朗上口。

（6）儿童故事。从文体上说，故事是一种叙事文体，它侧重事件过程的叙述描写，强调情节的生动性和连贯性，而对人物性格较少作细致的描写与刻画。专为儿童创作的、适合儿童阅读的故事即为儿童故事。①主题集中，故事性强。许多民间故事是为了让孩子从小就懂得做人的道理，培养他们勤劳、勇敢、谦逊、友爱的优良品德。如俄国作家阿·托尔泰所搜集整理的民间故事《大萝卜》，写了一个大萝卜经老爷爷、老奶奶、小孙子、小狗、小猫乃至小耗子共同努力才拔了起来的有趣故事，核心思想非常集中而明朗——团结起来力量大。至于取材于儿童生活事件的故事，更是掌握了孩子听故事的特点，因势利导，寓教于乐，带有更为显著的现实针对性，因而更为鲜明地表现出主题集中而明朗的特点。②情节曲折而单纯。紧张、曲折、有起有伏、张弛结合的情节，可以产生艺术吸引力，使注意力不易集中的孩子产生浓厚的兴趣，被故事牢牢地抓住而最终完成培养艺术审美的全过程。③强调趣味性。趣味性是儿童文学作品最为普遍的特征，儿童天性喜欢听故事，喜欢在有趣、新奇的故事中获得快乐。因此，儿童故事很强调趣味性。叙述还要求富有童趣，以增强作品的艺术感染力。优秀的儿童故事大多童趣十足，使读者感到贴近他们的生活，符合他们的兴趣，能引他们发笑，逗他们开心，跟他们的思想情趣真正对得上号。④语言质朴而活泼。故事语言的总体风格应质朴，一般说来，描写少，各种绘声绘色的形容词也少；言论抒情少，感情色彩就不会过浓，因此，无论成人故事还是儿童故事，直言其事的结果，便是明朗朴实的语体色彩。儿童故事在这方面显得尤其突出。儿童故事中的语言应浅近、平白、口语化。优秀的故事作品中，人物的对白语言，往往还能表现出人物的个性特征，使读者如闻其声、如睹其面。

（二）美读成诵，感知儿童文学

人对声音有一种天然的需求，就像一个毫无音乐知识的孩子对音乐有一种天然的感知能力一样。人们经常会有这样的体会：当倾听一首和谐、流畅的音乐时，或许对音乐所表达的意义并不是很清楚，但优美的旋律会带给人们一种美的享受。正如朱光潜所言："情感的最直接的表现原来是声音，而文学意义反在其次，文学意义所不能表现的情调可以用声音节奏表现出来。"①文学的语言只是一种视觉符号，通过吟诵，语言才能转化成有声的图画，直接诉诸人们的听觉，人们也才能从语音的节奏里感知到诗人的情感的律动，在情绪上受到感染，或喜或怒，或高亢或婉转，可以说把握声音美是我们进入文学作品意境的一把钥匙。

语感，是语言交际中人对词语表达的直觉判断和感受。良好的语感，离不开丰富的语言积累和凭借这些积累所展开的想象，其实质还是对作品内容的理解和领悟。由此看来，诵读与良好的语感形成，关系甚为密切。文学的突出特点，是运用优美的语言表现其博大的内涵。诵读，就是通过把文字转化为言语后的声、腔、调、味儿，把作品的内容和情感传达给听者。在诵读中，发音的气流控制，语调的高低强弱，语气韵味儿的浓淡诸多因素，都是为传达作品的内容、情感和神韵服务的。诵读者能够到位地体现上述诸多要求，听者就能够从中感受到轻重缓急、抑扬顿挫的意味，并深刻领悟作品的内容及其蕴涵的情感，达到主客观的统一，亦即成功的交流。

（三）美读的方法

怎样才能感受到声音的美呢？那就是美读。精美朗读比朗读高一个级别，美读要把握作品的感情基调，注意声音的抑扬顿挫、轻重缓急，要把作者的情感读出来，要与作者在心灵上进行沟通，是对作品的一个再创作的过程。特别是在小学儿童文学教学中，美读是一种重要的方法，通过美读不仅学生从语调的韵律中感受声音的和谐，还能使学生感受作者下笔时的情感。

美读的方法很多，老师既可以通过自己的美读示范，将作品的内在的情感直接传递给学生，激起他们的情感共鸣，诱发他们的美读愿望，也可以在课堂上为学生创造多种形式的美读实践机会，比如，配乐读、

---

① 曹文英.儿童文学应用教学研究[M].哈尔滨：黑龙江教育出版社，2007：185.

角色读、接力读、分组分段读等。不管哪种形式的朗读，老师必须仔细听学生的发音、断句和抑扬顿挫是否有所不妥，并及时作出指导。当然成功的诵读训练，首先依赖于教师深厚的文学素养。教师对作品的理解深刻精透，才会有高水平的诵读示范。老师的示范诵读，直接作用于学生的感官。学生边听示范诵读，边看文字，声音和文字同时在思维中相互印证，再伴之以语言和生活的积累为基础的想象活动，强化其直觉判断和感受，加深对作品内容的领悟，当然这种诵读训练是不可能一次成功的，须反复训练多次。诵读，必须全神贯注，一面吟诵，一面体会，由慢而渐快地读若干遍，直到"自然上口"，能品尝到其意味为止。

四、引导学生进行联想和想象

在素质教育中，培养具有创造精神和创造能力的学生是教育的目的。联想、想象的能力与创造力是紧密联系的。语文是一门重要的课程，语文教学中，通过各种方法、途径、模式培养学生联想和想象的能力具有重大意义。特别是儿童文学教学，如散文、诗歌、小说等都可以进行联想和想象能力的训练。

（一）通过联想和想象进入意境

联想和想象的能力是一个人能否具有创造力的重要判断标志。没有古人奔月梦想也许就没有今天的神舟飞船上天。想象和联想是诗的翅膀，童话故事的本身就是幻想的产物，小学生只有通过丰富的联系和想象，才能体会作品的意境，感受作品深刻的内涵，与作家进行心灵的沟通。

由于生活经验的不足，儿童对未知事物有一种与生俱来的好奇感，想象和联想是满足他们这种心理的重要方式。优秀的儿童文学作品可以无限发挥儿童的想象力。童话是具有浓重幻想色彩的故事，为儿童读者提供了更为广阔的想象空间，让儿童在幻想的世界里自由驰骋，丰富他们的生命体验和审美经验，开发和创造潜能。

优秀的作家总能用他们那善于发现美的眼睛、诗意的想象和优美的语言把生活中被人们所忽视的美的东西展示给人看。如郭风的作品《我听见小提琴的声音……》：

那小提琴拉得多么好呀，我静静地听着，听着。

一会听来，感到那琴声，好像是泉水从山谷里流到溪中来了。

有时听来，好像是给一位小姑娘唱的一首儿歌拉着一支伴奏曲。

一会听来，感到那琴声，好像是一阵细雨打在竹林里的声音传来了。

作品以诗一般的凝练的语句创造出了一个月夜听"琴"——蟋蟀鸣叫声的意境，具有一种引人遐想而又令人心旷神怡的艺术魅力。

（二）通过联想和想象加深对课文的理解

以诗歌为例。诗歌的诞生依赖丰富的想象，诗歌创作实践过程就是艺术想象的过程，"它（诗歌）遵从想象、情感的逻辑，常常由这一端一跃而到另一端，或由过去一跃而到未来，超越了时间和空间的藩篱"[①]。可见想象和联想是诗的翅膀。诗人强烈的感情自然会驱动想象的翅膀；丰富的想象又能表达强烈的感情。许多优秀的诗篇都是丰富想象与强烈感情结为一体的作品。同时诗歌的语言的高度凝练与结构上的跳跃性，经常会使诗歌留下一些"断裂"或"空白"处，给读者回味的余地，达到言尽而意犹未绝的艺术效果。要理解诗歌就需要读者通过想象与联想去衔接和填充诗歌的断裂或空白处，再现隐藏在背后的美妙意境，感受作者所要表达的情感。儿童是最有想象力的，只要教师善于引导与点拨，儿童就能很快进入想象的世界。例如《我想》教学案例：

老师：春天，是个美丽的季节，草长莺飞，满眼春光；春天是个想象的季节，神游四野，上天入地。在春天里，你会想象些什么呢？（放音乐，想象春天的情境。音乐声中，教师再作想象性描述，以体验春天美好意境的情感，来帮助学生理解这首诗所表达的对美好事物的向往。）

---

① 童庆炳.文学理论教程 [M].北京：高等教育出版社，2008：9.

描述：在美好的春天里"我"把自己想象成了什么？在那桃花盛开的春天，"我"想象把小手放在桃树枝上。带着一串花芭，牵着万缕阳光，悠呀，悠——悠出声声春的歌唱。暖阳、微风、垂柳轻拂，"我"想象把脚丫接在柳树根上。伸进湿软的土地，汲取甜美的营养，长呀，长——长成一座绿色的篷帐。蓝天白云、风筝飘飞，"我"想象把眼睛装在风筝上。看白云多柔软，瞧太阳多明亮，望呀，望——望向蓝天是我的课堂。我想把自己种在春天的土地上。变小草，绿得生辉，变小花，开得漂亮。成为柳絮和蒲公英，更是我最大的愿望。我会飞呀，飞——飞到遥远的地方。我是个听话的孩子，"我"飞向遥远的地方，要和爸爸妈妈商量商量……

（音乐渲染了情境，音乐的旋律把学生带入了春天美好的情境中，紧接着老师凭借自己创设的情境，利用学生被激起的情绪，引导学生把想象的画面及内心感受表达出来。）

这一教案充分利用了儿童思维形象性的特点，充分调动了学生的生活经验，再加以丰富的、富有启发性的语言描述，伴着优美的乐曲，为学生营造了一个想象的天地。学生乐在其中，也悟在其中。这样的教学，不仅加深了学生对课文的理解，也激发了儿童的想象力。

（三）培养小学生的美感、提高审美能力

美感是一种对事物的审美体验，是美的事物在观赏者心中所引起的一种主观情绪和情感。审美能力的发展不是依靠抽象的讲授和告知就能奏效的，而在阅读美的作品中，通过设身处地的体验和感受才能实现，而儿童文学恰恰为儿童提供了这种体验和感受的渠道。凡是文学都是美的，没有美就没有文学。儿童文学作为文学的组成部分蕴涵着思想美、语言美和情感的美。它能充分满足儿童的审美需求，培养他们的审美意识，引导他们体会美、感受美。

比如，优秀儿童文学作家冰波创作的童话《秋千，秋千……》以细

腻的感情和笔调，勾勒了两颗纯真美好的心灵，塑造了两个感人的动物形象：小兔白白和小猴子，在作者富有诗意的描写中，被渲染得淋漓尽致。在指导学生阅读时，教师可用引导学生进入作品意境的方法，培养小学生的美感和提高审美能力。可感受下文优美的意境：

藤环在静静的夜里，荡起来了，荡得那么舒缓。

星星出来了。月亮也出来了。月光穿过树枝的空隙，把光斑洒在兔妈妈雪白的皮毛上，飞快地跳动。

兔妈妈坐在藤环秋千上，她那白色的身体，在星空下画出一道白色的弧线。

"看着星星，看着月亮！"

下面，传来兔爸爸的声音。是呀，兔妈妈肚子里正怀着宝宝，如果经常看星星和月亮，他的孩子，眼睛就会像星星一样闪亮，笑脸就会像月亮一样美丽……

作品尤其注重意境的描绘和创造，特别是兔爸爸和兔妈妈荡秋千情节描绘得更是如诗如画。在这里教师可分三步引导学生进入意境：首先，教师示范朗读课文，把作者抒情诗般的语言展示给学生，给予学生美的享受，然后让学生默读，感受作品的语言美。其次，教师分句诵读课文，学生闭上眼睛，展开想象和联想，把他们带到一个诗情荡漾的童话世界。最后，学生表述自己脑海里展现的意境，进行美的再创造。

参考文献

[1] 金莉莉.文学叙事与儿童阅读研究 [M].北京：光明日报出版社，2020.

[2] 王蕾.新时代儿童文学教育研究纵论 [M].上海：上海教育出版社，2020.

[3] 聂爱萍.新世纪儿童文学新论：儿童幻想小说叙事研究 [M].上海：少年儿童出版社，2019.

[4] 魏慧娟.儿童文学研究 [M].长春：吉林出版集团股份有限公司，2020.

[5] 罗培坤，左培俊.儿童文学创作与研究 [M].武汉：华中师范大学出版社，1994.

[6] 王泉根.中国儿童文学现象研究 [M].长沙：湖南少年儿童出版社，1992.

[7] 朱一凡.论儿童文学的儿童性 [J].大众文艺，2021（13）：8-9.

[8] 罗晶，刘丽彬，张轩.儿童文学审美教育探析 [J].时代报告（奔流），2021（10）：18-19.

[9] 罗玉荣.儿童文学教学初探 [J].进展（教学与科研），2019（2）：70.

[10] 张安文.儿童文学与小学语文教学 [J].散文百家（新语文活页），

2020（3）：7.

[11] 于欣.小学语文教育的儿童文学 [J].中外交流，2020（23）：194.

[12] 曹虹.儿童文学与小学语文教育 [J].文渊（高中版），2020（1）：954–955.

[13] 袁汇.论儿童文学的教育意义 [J].文学少年，2020（18）：177.

[14] 边春丽.儿童文学作品阅读欣赏 [J].文存阅刊，2020（2）：27.

[15] 黄丽.小学语文教育的儿童文学 [J].好日子，2020（17）：126.

[16] 李绍伟.浅论儿童文学的价值观 [J].文学少年，2020（29）：80.

[17] 陈香.关于儿童文学的"跨界"和"可能" [J].儿童文学选刊，2020（6）：40–42.

[18] 黄惠芬.让儿童文学引领儿童健康成长 [J].体育画报，2021（17）：220–221.

[19] 杨晓丽.中国儿童文学发展走势探究 [J].文学少年，2021（27）：29.

[20] 陈思.优秀的儿童文学，提供的是什么 [J].新华月报，2021（12）：59–63.

[21] 方增云.小学语文教学中儿童文学的作用 [J].百科论坛电子杂志，2021（16）：1371.

[22] 邓礼红.试论中国儿童文学及其教育价值 [J].文学教育（上），2021（11）：144–145.

[23] 农金云.小学语文儿童文学教学策略研究 [J].文学少年，2021（3）：148.

[24] 李利芳，江璧炜.儿童文学价值评价问题研究 [J].湖南大学学报（社会科学版），2021，35（4）：86–91.

[25] 陶琪.试析小学语文教学中的儿童文学 [J].当代家庭教育，2021（34）：129–130.

[26] 施静 . 儿童文学的美学特征及创作趋势研究 [J]. 今古文创, 2021
（36）: 27–28.

[27] 曹爱晨 . 从美育角度谈儿童文学教学 [J]. 辽宁师专学报（社会科
学版）, 2021（6）: 38–39.

[28] 秦英 . 儿童文学渗透小学语文教育 [J]. 下一代, 2021（1）: 79–
80.

[29] 于韵 . 儿童文学与小学语文课程教学 [J]. 小学生: 多元智能大王,
2021（1）: 23.

[30] 李杰 . 小学语文教学不能忽视儿童文学 [J]. 魅力中国, 2021（4）:
250–251.

[31] 腾旋 . 女巫形象在儿童文学中的嬗变 [J]. 昆明学院学报, 2021,
43（5）: 1–7.

[32] 李旷怡 . 论儿童文学的儿童性 [J]. 传播力研究, 2019（13）: 204–
205.

[33] 梅子涵 . 文学化的儿童文学课堂 [J]. 教育, 2019（16）: 1.

[34] 黄春娇 . 浅谈小学语文与儿童文学 [J]. 语文课内外, 2019（29）:
317.

[35] 谢裕梅 . 小学语文教育的儿童文学 [J]. 社会科学（全文版）, 2019
（2）: 192.

[36] 康彦忠 . 刍议儿童文学阅读的策略 [J]. 求知导刊, 2019（13）:
142–143.

[37] 王宏任 . 儿童文学就应当是人的文学 [J]. 书屋, 2020（8）: 75–
78.

[38] 陈帆 . 着眼儿童文学, 优化小学语文 [J]. 魅力中国, 2020（5）:
178–179.

[39] 任海燕. 小学语文和儿童文学结合教学策略 [J]. 百科论坛电子杂志，2020（20）：2638.

[40] 白改娟. 小学语文教学中儿童文学的作用 [J]. 吕梁教育学院学报，2020（2）：86–87.

[41] 沈荣群. 浅谈小学低段儿童文学的阅读启蒙 [J]. 文学少年，2020（15）：93.

[42] 王联荣. 浅谈儿童文学教学 [J]. 都市家教（上半月），2017（4）：30–31.

[43] 高建英. 儿童文学实践教育研究初探 [J]. 文存阅刊，2020（23）：11–12.

[44] 胡振波. 互联网语境下儿童文学的阅读策略 [J]. 语文课内外，2020（3）：206.

[45] 徐妍. 儿童文学：通向未来人类的梦想 [J]. 儿童文学选刊，2020（11）：42–44.

[46] 宋秀瑞. 有效开展儿童文学阅读的方法和策略 [J]. 甘肃教育，2020（4）：63.

[47] 吕利，毛克锋. 论儿童文学的教育价值和创作主题 [J]. 课程教育研究（学法教法研究），2020（1）：57.

[48] 张文学. 论儿童文学与小学语文教师的关系 [J]. 读与写（教师），2020（1）：134.

[49] 王淑梅. 探讨小学语文儿童文学教学策略 [J]. 新课程（上），2019（10）：32.

[50] 任君. 提升小学语文教师的儿童文学素养 [J]. 进展（教学与科研），2020（2）：37–38.

[51] 艾力发.儿童文学的育人功能[J].安徽文学（下半月），2017（6）：
148-149.

[52] 王婧，苏敏.儿童文学的美学特质[J].汉字文化，2020（2）：
121-123.

[53] 王玉霞.《儿童文学》实践教学的几点思考[J].教育教学论坛，
2020（2）：334-335.

[54] 龙婕.浅论儿童文学教学与审美素养培养[J].明日风尚，2020（2）：
180-181.

[55] 包江彦.儿童文学在小学语文教学的渗透[J].新一代（理论版），
2020（14）：87.

[56] 刘丽莎.试论新时代儿童文学的价值准则[J].海南大学学报（人
文社会科学版），2020,38（4）：114-119.

[57] 张晓旭.儿童文学与小学语文阅读教学融合[J].课程教育研究（学
法教法研究），2020（9）：229.